Quando Dormem as Feiticeiras

Texto de acordo
com a nova
reforma ortográfica

CARLOS COSTA

QUANDO DORMEM AS FEITICEIRAS

Coleção
NOVOS TALENTOS DA LITERATURA BRASILEIRA

SÃO PAULO 2009

Copyright © 2009 by Carlos Costa

PRODUÇÃO EDITORIAL: Equipe Novo Século
EDITORAÇÃO ELETRÔNICA: Fama Editora
CAPA: Genildo Santana – Lumiar Design
PREPARAÇÃO DE TEXTO: Vera Lúcia Quintanilha
REVISÃO: Josias Aparecido Andrade

Dados Internacionais de Catalogação na Publicação (CIP)
(Câmara Brasileira do Livro, SP, Brasil)

Costa, Carlos
Quando dormem as feiticeiras / Carlos Costa. — Osasco, SP :
Novo Século Editora, 2009. — (Coleção novos talentos da literatura brasileira)

1. Ficção brasileira I. Título. II. Série.

09-01128   CDD-869.93

Índices para catálogo sistemático:
1. Ficção : Literatura brasileira 869.93

2008
Proibida a reprodução total ou parcial.
Os infratores serão processados na forma da lei.
Direitos exclusivos para a língua portuguesa cedidos à
Novo Século Editora Ltda.
Rua Aurora Soares Barbosa, 405 – 2º andar
Osasco – SP – CEP 06023-010
Tel. (11) 3699-7107
www.novoseculo.com.br
atendimento@novoseculo.com.br

DEDICO

às bruxas de todos os tempos, poderosas apenas por exercerem com maestria o poder que dorme no coração de muitos;

a todas as mulheres que vivenciaram o sagrado e alimentaram a chama da magia, fazendo com que tradições esquecidas e preciosos ensinamentos chegassem até nossos dias;

a essas feiticeiras e magas que andam por aí, renascidas de tempos longínquos e das fogueiras do passado, despertando, sem o saber, nossos sonhos, nossos mistérios e nossas esperanças.

Agradecimentos

ANTES DE MAIS NADA, devo agradecer a todas as pessoas com as quais cruzei nessa grande jornada que é a busca espiritual; aos mestres visíveis e invisíveis que pululam por aí, nos auxiliando de um jeito ou de outro a vencermos os obstáculos; aos grupos dos quais participei e que foram alicerces para tudo o que viria a ser.

NÃO MENOS IMPORTANTE, às pessoas amigas que primeiramente leram os escritos e foram como faróis incandescentes de incentivo, valor e força.

EM ESPECIAL, a minha mulher, Luciana Freire, grande incentivadora e colaboradora em tudo o que faço, possuidora de dotes estéticos, habilidade crítica, profundidade psicológica, senso prático e, não raras vezes, da providencial intuição feminina.

"Busco as inspirações nas horas calmas, quando os guardiões do silêncio, da poesia e da magia se reúnem calmamente à meia distância do jardim das delícias. Nessas horas, tudo parece efervescer e prestar juramento ao coração da verdade".

O Autor

Lembranças da feiticeira Medricie

"Via-me indefesa diante da fera e, ao mesmo tempo, tão entregue e possuída. O lobo era majestoso e de todo inverossímil pelos modos e tamanho. Não me assustei tanto com sua presença, mas algo do seu olhar antigo e terrível trespassava a carne em direção ao nosso íntimo, vasculhando as intenções e nossa vontade enquanto feiticeiras. Era impossível escapar de tão insidiosa investigação, como se ela brotasse das entranhas do próprio ser. No entanto, contra todas as possibilidades, aquilo ia me purificando do hiato existencial e da realidade comum vivida pelos homens. Pela primeira vez, vi luzes infinitas penetrarem absolutamente em tudo. Compreendi que a verdadeira vida é uma comunhão fascinante e duradoura, nutrindo-se da beleza e da verdade de cada instante. Nesse ponto, o algo raciocinante contraiu-se por uma vertigem qualquer, sobrevindo a vivência pura e intangível dos que lidam com o mistério. Pela minha escolha, detive as sombras e me feri na luz. Caí e me sustentei na substância espiritual recriada e inesgotável. Pelas luzes do meu próprio olhar, vi a travessia da minha vida transformando-se num gozo perene de atitudes mais conscientes. Tudo recomeçou no que sou e no que serei. Então, a imortalidade me alcançou, sem que isso fosse uma necessidade ou um anseio, prostrou-se à minha frente, despojada das vestimentas da dúvida e da fé. E quando voltei minhas faces pagãs para a lua, senti que o elo com a Deusa das bruxas resgatou-me de muitas vidas."

I

A VELHA BRUXA

Naquela hora da tarde, inflexíveis sombras dominavam a fachada inferior da casa, parecendo que, a partir dali, a cobririam com vestes solenes. O silêncio mélico dos campos ia se desfazendo vagarosamente, enquanto o crescente zunido dos insetos anunciava a chegada da noite. A bruxa escrevia, recostada numa cadeira de carvalho, o conhecimento de toda uma vida. Possuía a diligência própria dos visionários e dos que aguardam a derradeira passagem.

Naquele mesmo momento, observava ao longe, atenta e intrigada, o horizonte cor de cobre. Por aquelas bandas, as nuvens mais baixas eram tingidas em vários tons rubros, carregando-se ainda mais na cor, conforme a escuridão avançava. Em certo ponto, viam-se os mesmos fulvos raios prorrompendo acima dos bastiões montanhosos para depois desaparecerem no manto da noite. Encantada com o que assistia, às vezes, um aparente desleixo tomava o curso da escrita. Assim, rabiscava o papel de forma livre, embora, por perícia do ofício, as ideias não se viam ali ameaçadas; pelo contrário, fabricavam-se umas às outras.

Palavras e mais palavras davam vida ao misterioso escrito, mesmo se elas, como tépidas folhas, caíssem imprecisas, enrugadas e mortas. Serviam ao menos para fertilizar o árido papel em branco, isso quando não se transformavam na viçosa folhagem das letras. Então, o vento do espírito, por entre os ramos bordados de tinta, soprava a brisa ágil e fecunda, sendo possível até ouvir, no farfalhar das folhagens, esses sons das mudas letras:

Nasci pelas ordens que formaram o mundo nas inumeráveis dobras do tempo, tempo este no qual os nomes dos reis figuravam como lei maior. Acorrentada ao destino como um ser atormentado e inquieto, possuía uma enorme fome pela vida e no que nela se expressa como dor e prazer. Deparei-me, então, com a força poderosa da magia que me transformou por dentro e por fora, e no que me tornei nesta existência — com esta casca humana: — uma feiticeira do fogo e da terra, cuja semente viera das estrelas. Vi, ante meus olhos fascinados, o que para a maioria das pessoas poderia ser uma imponderável realidade: numa noite sem lua, a cidade dos anjos aparecer com a luminosidade do sol, para de alguma forma, acredito eu, emprestar mais nobreza ao mundo dos homens.

Tenho, é verdade, deste mundo, a dor de tantos outros que perderam seus entes mais queridos. Na minha longa vida, minhas inesquecíveis companheiras, as herdeiras das tradições que guardam o primado da Mãe Terra e da Grande Loba. Tudo, como ainda me recordo daquela ocasião, aconteceu repentinamente, quando no seio da nossa irmandade, a qual chamávamos Irmandade da Loba, fomos vítimas da traição de uma das nossas líderes — Deirdhre Gridelim, possibilitando aos tão temidos inquisidores prepararem uma cilada nos arredores de uma vila, passagem para a secular cidade de Albi, sul da França. Muitas foram capturadas ou mortas, embora um pequeno grupo conseguisse escapar do confronto inicial, retornando ao Vale dos Lobos, nosso lar. Nesse retorno, uma matriarca morreu e outra de nossas irmãs, de nome Itangra, decidiu não seguir na mesma direção. Se sua sorte fora melhor, nós não sabíamos ao certo, pois os inquisidores continuaram incansáveis em nosso encalço até nos alcançarem no Vale dos Lobos. Por muito pouco não fomos capturadas. Neste episódio, duas de minhas irmãs-lobas, Lintra e Singra, em nobre sacrifício, ofereceram-se para permanecerem ali com o propósito de reterem o máximo os nossos perseguidores e garantir ao restante do grupo das feiticeiras uma maior chance na fuga.

A verdade era que apenas seis de nós, feiticeiras-lobas, restavam livres da pesada mão dos seculares inquisidores quando partimos para sempre da nossa amada terra. Por fim, ainda sofremos um derradeiro revés no momento em que esse pequeno grupo de feiticeiras teve de se dividir: eu, de nome Urtra, consagrada matriarca da Irmandade da Loba, segui, com a menina Yalana, o caminho para o oeste; Cailantra, Virna, Urânia e a menina Isiandra tomaram uma outra direção, um curso mais para o norte. Tudo está descrito no livro Da Claridade e Das Sombras, redescoberto por mim há pouco tempo. Já reli uma boa parte de seu conteúdo e continuarei lendo até o final, a fim de rememorar todos os acontecimentos daquela época de aventuras e perigos constantes. Isso enquanto aguardo cumprir a promessa que precede, até mesmo, a existência das primeiras letras deste importante livro, a misteriosa pessoa que virá reclamá-lo como herdeiro.

No meu entendimento, tenho acreditado que cumpri, como desafio maior, a parte que me coube no serviço da antiga ordem das mulheres-lobas. E estou certa de que tive a sorte de contemplar a face de deuses esquecidos que me vieram assustados com os labores dos homens. E, não menos importante, aqueles que vieram do abismo celeste, anjos ou demônios, para me dotarem de poder e revelarem segredos sobre a origem de uma parte da humanidade. Contudo, ainda não alcancei a sabedoria dos antigos artífices da magia que poderia me libertar das encarnações em vidas futuras, entendendo a necessidade delas no aprimoramento contínuo de minhas imperfeições humanas. Hoje, nessa minha idade adiantada, ou assim me parece, com a graça desses anjos caídos, sinto uma única e enorme perplexidade nas horas que olho para o céu noturno. Tudo por compreender que, de alguma forma, o futuro está lá, nas estrelas.

II

A TAVERNA

Dessas terras férteis que moldavam o interior da França em vales e colinas altaneiras, onde bosques dominavam os recantos mais longínquos, me fazia recordar de que tudo ali era sagrado. Mesmo a paisagem dos montes mais escarpados em seu afloramento rochoso, agora argênteo pelo inverno, revelava a força exuberante dos elementos da terra e do ar.

Como o dia amanhecera excepcionalmente claro, talvez merecesse de mim e da criança ao meu lado menos rigor e preocupação. Depois de tão longa e penosa jornada, queríamos o aconchego e a segurança do nosso destino: o castelo da baronesa Isabelle, próximo ao condado de Toulouse. E isso parecia se traduzir em algo inegociável para os sentidos. Até aquele ponto, fora uma aventura de zelo duvidoso, alimentada apenas com o calor de nossa pouca vontade de viver. O novo agora inspirava a inquietude, aliás, como é natural ao lidar com o desconhecido. Também a traição que sofremos ressoava em nossas almas. E um perigo parecia pairar continuamente no etéreo mundo. Estávamos, assim, condenadas pela cautela constante.

Olhando a paisagem próxima, identifiquei as muitas formações de neve que se amontoavam aqui e ali, às vezes, em dezenas de planos sobrepostos, nuances que facilmente escapariam aos desabituados dos matizes que reservam as cores alvas do inverno; ou, então, o cheiro puríssimo da neve que concorria com o odor característico das árvores ressecadas nessa época do ano. Todavia, nem tudo era vislumbre do que ocorria no mundo exterior, pois nossas angústias estavam presentes e atuantes, pude concluir, sem esforço, inspirada principalmente no olhar doce, distante e triste da menina ao meu lado. Fiquei a pensar profundamente e descobri não existir nenhuma diferença de sentimentos entre nós duas, em nossas vicissitudes, mesmo tendo eu já vivido bastante as adversidades da vida.

— Tia Urtra, ainda andaremos muito hoje? — questionou a menina, enquanto ajeitava o cachecol envolto no pescoço.

— Espero que não, Yalana.

Nossa localização exata não podia afirmar com muita clareza até àquela altura, quando íamos nos aproximando lentamente da pequena vila que chamavam de La Cloche. Havíamos passado por vilarejos bem menores antes de atravessarmos o rio Lot, tendo arriscado a visitar uns e evitado completamente outros — precavendo-nos de ser reconhecidas ou apontadas como bruxas. Por causa disso, muitos desvios foram necessários, aumentando em muito nossa jornada. Na realidade, seguimos muito para o oeste em direção do velho mar, em determinado ponto nos voltamos para o norte, o oeste novamente e, então, o sul. Uma lunação já tinha passado desde nossa fuga do Vale dos Lobos. Talvez, por um lado, fosse muito desproporcional tal resolução, uma vez que não havia notícias em nenhum lugar de nossas paradas, ou quando, ocasionalmente, encontrávamos algum viajante, falando de perseguição a hereges ou a mulheres bruxas, especificamente. Somente num desses lugarejos, num caso isolado, falou-se de uma pobre e velha camponesa que fora condenada por bruxaria e seria queimada na fogueira naqueles próximos dias ou, no máximo, logo depois do inverno.

Para os meus sentidos imediatos, restava agora a realidade do clima a exigir mais do corpo. Antes tivemos a sorte de encontrar uma caverna e aguardar o pior de uma nevasca que se perpetuou por algumas horas. Mas não podíamos continuar a vida inteira ali, ou sob os favores do mau tempo, que vinha sendo nosso pior inimigo.

O inverno se cercara de seu evanescente esplendor ao cobrir com o manto branco quase toda a planície que se avizinhava, permanecendo apenas raras extensões de terra desnuda ou de paisagens impecavelmente verdes. Compreendemos com isso que os gênios e os demônios do inverno não tinham interesse em nos poupar, ou mesmo de adiar seus desígnios eternos até cumprirmos nossa missão, ainda mais criaturas como nós, perdidas na solidão do tempo. As roupas e os cobertores de pele de lobo seriam insuficientes para suportarem os rigores que ainda viriam. Na verdade, se não fossem os abrigos que fomos encontrando durante o caminho ou a compaixão de umas poucas pessoas, já estaríamos mortas.

Por aquela mesma estrada e nos seus arredores, não se via mais o chão em terra batida por causa da neve que caíra durante a noite. E, como imaginei, não veríamos tão cedo nenhum sinal parecido, pois muito mais estava por vir nos próximos dias. Àquela altura do inverno, não se poderia esperar outra coisa. Num ponto mais ao longe e já bem próximo à vila, víamos agitar, com algum entusiasmo, uma turba de camponeses trabalhando nas margens da estrada. Provavelmente, assegurando sua continuidade para o tráfego das pessoas e de umas poucas carroças que se acumulavam em uma determinada parte da entrada principal de La Cloche.

Teríamos de permanecer no refúgio desse povoado com todos os riscos que ele podia nos oferecer. Foi a minha difícil constatação, naquele instante. Afinal, era necessário nos proteger das tempestades de neve e do frio implacável que crescia a cada dia, como também para dar algum descanso aos nossos corpos, bem maltratados.

Tomada a decisão e também encorajada pela menina, que não pestanejou quando comuniquei minha intenção, fomos seguindo no que restava da estrada. Ironicamente, o frio se acentuou depois dessa minha decisão, não sabendo se obra do acaso ou uma impressão fortuita. De qualquer sorte, fomos, assim, com o mais dedicado dos ânimos àquela aglomeração de pessoas, casas e animais encontrar alguma taberna ou hospedaria. Na realidade, qualquer local mais quente serviria para aquecer nossas carnes quase enregeladas. Ao contatarmos os primeiros camponeses que trabalhavam na beira da estrada, eles nos olharam com grande interesse, particularmente para mim, a ponto de nos observarem por longo tempo. Um dos trabalhadores, de feição marcada por rugas profundas, nariz adunco, olhar desorientado e torpe, fazia levar sempre à boca sem dentes um dos dedos — decepado pela metade. Tal manobra parecia significar que estava necessitado de algum "favor de mulher". No seu rosto, entre um bufão de corte e alguém digno de pena, desenhavam-se caretas de todos os tipos. Entretanto, logo parou suas galhofas quando um outro homem se adiantou, nervosamente. Tinha uma barba espessa e o olhar rigoroso, e, sem vacilar, aplicou um safanão no meio da cara do primeiro. Talvez por aquele já se encontrar longe demais do seu posto de trabalho. Naturalmente, compreendi que me confundiam com alguma meretriz de estrada. Minha altura e constituição nunca me deixariam passar despercebida, em verdade, a nenhuma das mulheres da Irmandade da Loba. Ao avançarmos, perto de um batente de neve que era amontoado numa pequena encosta, cruzamos com um derradeiro homem. Mas este apresentava traços mais finos, grande estatura, tez branca, cabelos lisos e brilhantes. Percebi que ele vinha nos fitando com grata surpresa. Ao aproximarmos mais, dirigiu-nos a palavra com certo desembaraço e amabilidade:

— Por favor, moça e garotinha, vocês vêm das terras ligeiras e vermelhas de Albi, ou então, das altaneiras de Cordes?

Aquela pergunta me paralisou por alguns instantes. Olhei o semblante do homem à minha frente, que não parecia se enganar em já me ter visto. Tentei, em seguida, recordar de alguma coisa que transformasse aquela figura sem vínculos em algo familiar, porém nada veio à minha mente que pudesse desvelar o gentio. Embora uma coisa e outra tivesse chegado em vagas imagens, como aquelas retidas nas margens da memória. Todavia, de fato, nada em boa medida que superasse a questão. Só parecia existir uma maneira de descobrir, arriscando com uma resposta incisiva, já que também não pressentia perigo imediato.

— Sim, meu bom e respeitável homem desta vila.

Seu rosto se iluminou, como de uma criança ansiosa que descobre uma preciosidade qualquer. E se animou a falar com desenvoltura, maneira que julguei ser natural nele.

— Tenho parentes queridos na Vila de Cordes e há muito não recebo notícias. Minha aflição aumentou, pois daqui a três meses eu me mudarei para Paris, deixando para sempre La Cloche — falou de modo direto sem esconder sua angústia.

— Não sei se serei fiel em lhe amparar com alguma palavra, pois eu e minha filha — apontando para Yalana (achei por bem apresentá-la assim) — viajamos desde muito e pouco sabemos daqueles confins, além do mais não vivíamos verdadeiramente em Cordes, mas nas suas imediações, no campo. De qualquer modo, ficarei satisfeita em ajudá-lo, desde que me ofereça seu nome. E é razoável também que me diga onde exatamente o cavalheiro me conhecera, já que não tenho tal lembrança...

— Desculpe-me... por não me apresentar de imediato, mas a aflição do meu coração passou por cima dos bons modos. Meu nome é Antoine Renard, nasci em Albi e depois me mudei para cá, há cerca de dez anos. Quanto a você moça... aliás, senhora... bem... nunca fomos apresentados formalmente... da última vez que estive lá para visitar meus parentes, entre cinco e seis anos, não sei precisar... passei por Cordes... a vi na taberna de Santelmo, do judeu que lá todos conhecem como Serafim Merk. E não pude esquecer seu rosto e a cor do seu cabelo ou mesmo das outras que lhe acompanhavam naquela ocasião, por sinal mulheres tão formosas quanto a moça.

— Muito bem, senhor Renard... não tenho lembrança dessa ocasião, como me tem contado, embora, de fato, algumas vezes, corríamos até aquela taberna. Mas isso não importa neste instante. Gostaria apenas de ajudá-lo no que for possível, já que cumpriu gentilmente suas apresentações... por favor, prossiga.

— Tenho esperado notícias de minhas irmãs Fidela e Margot, há quase quatro anos. Isso tem me afligido bastante, e com minha mudança, em breve, ficará mais difícil revê-las. De Fidela, eu tive informações seguras de que se casara com o filho do ferreiro daquelas redondezas e teve um garoto, depois disso, nada mais soube. Moça, acaso você tem alguma notícia dessas minhas caras pessoas?

— Meu senhor, conheci Fidela...

— Conheceu? Que alívio! — exclamou ele, quase dando pulos.

— Sim... quando ficou viúva. Sei que teve muitas dificuldades, desde então. Além disso, sua outra irmã ficou muito doente e quase morrera, inclusive, minha madrinha Bithias, muito a ajudou na cura de sua enfermidade. Isso faz um ano. Hoje não posso afirmar nada, apenas que são tempos perigosos e difíceis para mulheres viúvas ou solteiras — firmei meu olhar no dele e fiz uma pausa grave, sugerindo a situação.

O homem passou a fitar com desalento o horizonte à nossa frente, suspirou com profundidade e alisou o cabelo em ritmo frenético. Depois olhou para mim como se alguma ideia lhe ocorresse naquele instante.

— Moça, os motivos que lhe trazem aqui a conduzirão de volta a Albi ou a Cordes?

— Se estiver pensando em mim como mensageira, tenho que declinar... confie a outro ou contrate alguém, pois seria até mais confiável, como deve saber é uma viagem muito arriscada.

Não pretendia revelar mais dos meus planos e de minha pessoa, por isso tratei de me despedir naquele momento, antes que tomasse mais o meu tempo ou investigasse mais. De uma maneira ou de outra, ele pareceu compreender bem que eu não poderia ou não queria mais ajudá-lo. Embora insistisse um pouco.

— Saiba moça, não tenho nada a perder, caso aceite, pois é difícil um portador para aquelas bandas, e é muito caro pagar. Eu mesmo iria, se minha mulher não tivesse no final de uma gravidez e meus negócios não me prendessem tanto aqui — falava, enquanto passava a mão na testa nervosamente. — Compreendo, é claro, o risco, ainda mais para uma jovem dama viajando apenas na companhia de uma criança e nessas condições... a moça é, sem dúvida, muito corajosa, sendo até penoso imaginar quão grande é o preço que Deus tem lhe cobrado na vida. Mas se...

Antes que ele continuasse, fui incisiva.

— Não! Não mesmo. Está completamente fora de meus planos voltar para lá... sinto muito... tenho de ir agora, pois o frio é intenso e não posso deixar minha criança congelar. Ofereço-lhe minhas sinceras saudações e melhor sorte da próxima vez que encontrar alguém daquela região.

— Espero! Mas obrigado assim mesmo, pois você me trouxe esperança — suspirou, observando a estrada que agora estava mais desobstruída, e por fim acrescentou mais resignado: — Uma boa estada em La Cloche.

— Por que a vila tem esse nome, moço? — perguntou Yalana, de repente.

Ele sorriu e olhou para a menina com boa vontade, respondendo:

— Dizem que os romanos, quando aqui chegaram, há mais de mil anos, instalaram um sino naquele local — e apontou para umas ruínas, fora dos muros da povoação, em que mal se podia divisar qualquer coisa.

— Onde posso encontrar uma estalagem? — indaguei a seguir.

— Existe uma logo na entrada e outra próxima ao mercado.

— Obrigada!

— Não foi nada.

Inclinei a cabeça com cerimônia e saí com Yalana. E, afastando-me com alguma pressa, ele ainda questiona:

— Acabei por não saber seu nome, moça.

Sem me voltar para trás, respondo laconicamente:

— Marie... e penso ao mesmo tempo: "*Urtra*".

Ao cruzarmos o que parecia o pórtico principal do vilarejo e passarmos por alguns transeuntes em sua azáfama diária, andamos uns cem passos até estarmos à porta de uma taberna e estalagem. Isolada do resto das outras construções, fora erguida rente ao muro que contornava o pequeno vilarejo, era a primeira construção propriamente dita. De frente a esta, do outro lado da rua, existia um grande estábulo em que se via, naquele momento, uns poucos animais nas coxias.

Ao nos aproximarmos mais da estalagem, vemos uma placa de madeira, suspensa por uma única dobradiça, de tamanho razoável, mas completamente enferrujada. À primeira vista, tinha-se a impressão de que cairia na primeira ventania. O nome escrito em alto-relevo dizia: "O Trovador da Primavera". Paramos e examinamos detidamente aquele estabelecimento que se abria por uma grande porta. Esta fora reforçada na parte de cima e de baixo, duas fileiras de pregos de cabeça quadrada fixavam grossas travessas de madeira. A estalagem possuía pelo menos três andares e duas chaminés maiores, o que era surpreendente para aquele vilarejo. Enquanto ainda estávamos ali paradas, de lá saíram três homens em grande algazarra, tendo a porta sido fechada com estardalhaço. Por causa disso, de uma só vez, a neve que se acumulara no telhado rebaixado despencou bem próximo de onde estávamos. Eles nos olharam com divertimento e curiosidade, mas não se deteram e, com pressa, foram para o outro lado, a fim, talvez, de cumprir algum comércio. Resolvemos entrar, antes que tivéssemos mais surpresas.

O interior era uma mistura de odores tanto agradáveis como desagradáveis. Na porta, onde a neve não se acumulara o suficiente devido ao amplo telhado, havia excrementos de animais e imundices humanas que vinham se amontoando em grande quantidade, exalando um odor acre e cortante com o frio. Todas as janelas estavam fechadas e abarrotadas de mercadorias, impedindo até que a luz entrasse livremente por toda estalagem. Tudo ali parecia provisório e desarrumado, o bom gosto e a limpeza pareciam nunca frequentarem o lugar. Contudo, logo que entramos, a quentura local foi um bálsamo para nossos corpos, como se o calor nos acalentasse com ternura. De um canto, uma lareira iluminava e aquecia o ambiente e, de outro ponto equidistante, um forno que assava alguma caça fazia emprestar mais calor ao recinto. Além disso, o aroma que vinha do forno enfeitiçava os estômagos nervosos e carentes. Era um lugar com seus problemas é bem verdade, mas aconchegante.

Assim que entrei, não consegui definir imediatamente a extensão total daquele ambiente, pois estava muito escuro em comparação com o dia claro. À medida que ia acostumando minha visão, pude perceber um grande salão sustentado por sete grandes pilares rodeados de produtos de todos os tipos. Distingui, a seguir, uma escadaria que levava para o andar de cima e que ficava na mesma direção da entrada principal. Vi à direita quatro grandes mesas guarnecidas, cada uma, por dois imensos bancos. Acima, na parede, dois guarda-armas, cada um servindo a duas mesas. No momento, apenas uma besta, uma espada e uma aljava cheia de flechas estavam ali dependuradas. Em uma dessas mesas havia cinco homens que tomavam alguma bebida e conversavam com entusiasmo matutino. Ao entrarmos, fomos, como se poderia esperar, acompanhadas em cada passo por aqueles estranhos.

O que parecia o dono da taberna e estalagem se levantou rapidamente do meio daqueles, segurando em uma das mãos uma garrafa, vindo a depositá-la num pequeno balcão, imediatamente ao lado das mesas. No mesmo móvel, apanhou um castiçal com três velas. Veio em minha direção sem muita disposição. O silêncio caiu no lugar de modo perturbador.

Uma tensão havia sido estabelecida só por nossa inesperada presença. Yalana se adiantou e mexeu em alguma iguaria defumada, o que irritou o taberneiro sobremaneira.

— O que você quer? Aqui não servimos de graça a pedintes ou a mundanas — reclamou ele, em tom bastante irritadiço.

Abaixei o capuz, revelando mais meu rosto e meu cabelo. Então, pude escutar um dos estranhos comentar jovialmente aquela recepção do taberneiro:

— Que exagero é esse, homem de Deus? Não seja descortês com belas moças forasteiras. O que irão pensar das boas maneiras desse vilarejo?

O taberneiro era um homem de quase 50 anos, de braços fortes e peludos, calvície pronunciada e os poucos cabelos, grisalhos. Possuía um abdome saliente, que o deixava ainda mais deselegante. E muito embora seus olhos azuis fossem vivos e atraentes, piscavam como estiletes cortantes. Tinha o ar ofegante, como se sofresse de algum mal crônico, mas sua voz era possante e sóbria, como a dos poetas de trovas.

Irritada com o tratamento que me fora dirigido, falei com mais rigor do que pretendia inicialmente:

— Não sou uma cortesã de estrada ou de locais de má reputação e posso muito bem pagar qualquer coisa nesta espelunca de taberna!

— Isso é o que todas dizem! — respondeu com grande incredulidade, sem se deixar impressionar pelas minhas palavras, o que me surpreendeu um pouco.

Após cuspir no chão, continuou:

— Não faço caridade para seu tipo de pessoa. Por isso, vai pegando suas trouxas, essa criança aí e caindo fora do meu estabelecimento, pois posso me zangar, moça. Não é mesmo, rapazes? — e olhou para aqueles significativamente, como uma forma de confirmar seu gênio iracundo.

— Veja isto, seu azarento barrigudo! — saquei de dentro da costura do meu vestido uma moeda de ouro.

Nesse instante, ele arregalou os olhos como se nunca tivesse visto uma daquelas e, mudando imediatamente o tom de sua fala, argumenta:

— Deixe-me ver de perto... e se... se for... for verdadeira, podemos fazer negócio. Prometo! — tão ávido ficou com o ouro, que gaguejou ao falar.

No início, recusei, colocando novamente sob a proteção do vestido. Além disso, apertei contra o meu corpo a trouxa com o pequeno baú e uma valise. Porém, como insistisse em ver a qualidade do ouro para então conversarmos as condições, fui obrigada a ceder, preferindo arriscar a ser enganada e voltar para o frio. Olhou a moeda bem de perto, colocando próxima a uma lamparina que acendera especialmente para a tarefa. Esfregou numa das mangas de sua camisa até conseguir algum polimento, mas só após uma boa mordida de canto de boca por duas ou três vezes, deu-se por satisfeito. Embora continuasse a fitá-la com grande magnetismo.

— E então, homem de Deus?! — perguntei já aflita.

— É negociável. O que quer do estabelecimento? — anunciou com aparente desprendimento.

— Roupas, comida e abrigo durante as próximas três ou quatro semanas — respondi, sem pestanejar.

— Um momento! — seu rosto avermelhou um pouco. — Espera com uma moeda comprar o mundo, mulher? — bradou ele.

Naquele instante, num gesto quase involuntário, olhei para a mesa ocupada, constatando que toda nossa conversa fora acompanhada com bastante atenção até ali. E não tive dúvidas de que depois de me verem dar a moeda de ouro ao tabeneiro, a atenção redobrou. Principalmente um certo homem que se colocava mais à sombra e estava usando requintada vestimenta. Por isso, fiz questão de falar com mais moderação na voz.

— Colocarei outra moeda em suas mãos na metade desse tempo, e mais duas ao final, contanto que também me consiga mantimentos e provisões para uma viagem curta — ponderei.

Então, por uns instantes, pesquisou-me com grande interesse e atenção, contudo, como faz uma ave de rapina com sua presa, quando assim estabeleceu:

— Está bem... mas se fornicar com qualquer homem que traga aqui, dividirá o dinheiro comigo. E não aceitarei qualquer coisa, moça! Estamos entendidos?

— Já lhe disse que não sou cortesã... — enquanto tentava explicar uma vez mais minha condição, simplesmente me deu as costas e foi em direção ao seu balcão, sem querer saber de minhas justificativas ou atenuantes do que imaginava ser meu comércio. Talvez fosse até melhor mesmo que ele acreditasse nisso, finalmente.

Retirou por trás do móvel, num único impulso, quase impraticável para seu corpo obeso, um baú encimado por dois grandes cadeados. Após abri-los com chaves que levava sempre penduradas ao pescoço, acondicionou a moeda em saco escuro, retirado do fundo da caixa. Possivelmente, cheio de todo tipo de moedas ou das suas joias mais preciosas que guardava com todo cuidado. Percebi que o mesmo soturno homem em suas vestimentas elegantes, recostado na parede, também o acompanhava furtivamente, esmiuçando todos os movimentos do taberneiro com interesse sinistro e ameaçador.

Nos aproximamos mais daquela parte da taberna, junto ao balcão, e pude constatar que estava mesmo repleta de mercadorias. Certamente, todas as reservas acumuladas durante as estações de plantio e colheita para melhor garantir o inverno. O ar, como percebera na entrada da taberna, era uma mistura de vários odores. Notei imediatamente que ali se acentuava um específico, talvez pelos víveres arrumados todos juntos. Quando tocamos o balcão, um dos homens se levanta e pergunta com distinta educação:

— Não quero parecer atrevido nesta hora da manhã, mas gostaria de indagar à moça de onde veio? — De imediato, reconheci como a voz que recriminou o taberneiro logo em nossa chegada. — Nunca a vimos por aqui em nosso vilarejo. Se for de grande distância que conquiste toda sorte necessária para alcançar seus preciosos desejos. E não se importe com esse velhaco do Roaiz. Ah, esses são meus companheiros: Balzac — apontando para o tal homem em ricas vestimentas, do outro lado da mesa.

Aproximou dos demais, tocando no ombro de cada um, e me apresentou:

— Este é La Perliat, o fazendeiro, e ao seu lado, meu irmão, Deró.

Ele falava sempre olhando nos olhos. Era um homem muito bonito, cortês e de gestos polidos. Tinha cabelos dourados, que lhe vinham caindo até os ombros de modo gracioso. O rosto combinava traços viris com a suavidade vista nos rostos femininos. Uma harmonia perfeita de pele e brilho, marcado, ainda, por uma fronte lisa; sobrancelhas espessas; grande meiguice e jovialidade no olhar, mas de força penetrante. Tanto ele como o irmão eram bem encorpados e a altura deles superava a média. Então, preferi dar um curso mais jovial à conversa, respondendo:

— Do mundo que está atrás de você e que não pode alcançar com os pés, ainda que puxado por mil cavalos!

Todos os outros riram com grande algazarra do gentil homem, até mesmo o taberneiro que no momento ajeitava o baú em seu local de origem, soltou uma gargalhada divertida e prolongada.

Aproximou-se mais de mim e, com ternura, enlaçou-me naquele olhar quente e sedutor. Minhas palavras só fizeram acender seu ânimo impulsivo.

— Tanto mais valor eu devo emprestar à sua presença. Saiba que sua disposição não me embaraça, moça. É, sem dúvida, de domação difícil e mente vigorosa; vejo em seu olhar brilhante de lua crescente. Aviso, porém, que tenho por prazer ou desafio uma inclinação por mulheres assim, de espírito inquieto e que parece ter nas incertezas da vida um alimento constante. Nada em você me fará economizar palavras ou recursos, ainda mais com o apelo e a formosura que traz de Afrodite.

— Belas e valiosas palavras, que não sejam melhores que suas intenções...

— Posso parecer atrevido, galhardo e demasiadamente seguro na minha prontidão, quando não devia, pois nada sei a seu respeito ou sobre sua condição — ponderou ele, parecendo também surpreso consigo próprio. — Todavia, saiba que minhas palavras não são melhores que minhas intenções. Para provar isso, como homem honrado, afirmo apequenado diante de Deus, guardião de suas obras e de nosso rei de França, Carlos VIII. Por isso, testemunha o Altíssimo que minha intenção é te oferecer a hospitalidade deste coração e de minha casa, sem que isto te apreste uma devolução qualquer no momento ou no futuro — inclinou a cabeça e continuou. — Tenho assim a graça de conhecer?

Houve estranhamento geral. Até o taberneiro o olhou sem entender exatamente qual era a intenção ali, ou o que o tinha motivado para aquele gesto incomum.

Imberbe e surpresa, defrontei-me com a paixão de uma alma grandiosa, aquelas que raríssimas pessoas possuem. Silenciei meu coração e fechei a esse encanto insidioso. Sabia que nunca seria um hálito fresco para sua boca, ou uma voz suave para seus ouvidos, ou um corpo que silenciaria seus desejos apenas no dele. E do meu coração esfacelado, certamente nunca um porto seguro a um amor tranquilo. Seu charme, beleza e alma seduziriam qualquer mulher. Como lhe dizer que ele tocara ali em algo melhor do que minhas virtudes, e que estávamos em caminhos tão diversos. Por isso mesmo, condenados ao abismo do amor impossível. Seria fatal para ambos se me envolvesse com ele.

— Meu nome é Marie — olhei com atenção para ele e o encarei com mais seriedade, invadida que fui por um sentimento genuíno. — Agradeço seu convite; no entanto, seria por demais incômodo para todos, embora sinta em suas palavras a sinceridade e o valor que superam os do homem comum, pois não se embaraça em demonstrar seus sentimentos e opiniões tão claramente, mesmo diante de seus honrados amigos, abrindo seu nobre coração a uma viajante desconhecida e com uma missão religiosa para um convento, sem a bênção da vida para coisas mundanas — me inclinei levemente considerando o homem à minha frente.

— Então, moça! Insisto, já que considera válidas minhas intenções — aproximou-se mais e tocou nos meus braços com gentileza e intimidade.

Não posso negar que fiquei seduzida pela proposta e por aquele homem; contudo, meus instintos gritavam para não aceitar. E, em breve, entenderia o porquê.

— Acredite em mim, aqui estarei bem acomodada. E depois não poderia ser sua consorte já que o claustro religioso é meu destino agora — tentei passar convicção. Infelizmente, minhas palavras não soaram com a firmeza desejada e por isso não o dissuadiram.

— Não julgo improcedente, ainda assim, meu convite. Aliás, isso só está me instigando e franqueando a uma maior disposição de caráter — falou em tom espirituoso, e de seus lábios um sorriso nasceu como o sol. Tive de desviar meu olhar para não rir também. Contudo, logo retruquei.

— Não importa, meu caro, o quanto insista, estou decidida. E tem mais, já empenhei certo valor junto ao seu amigo taberneiro e, certamente, ele não devolverá pelo que contratamos há pouco. — E logo, sem maiores formalidades, ouviu-se do avarento Roaiz o que parecia um rugido de palavras.

— Nem pense nisso aqui! — Suas feições não deixavam dúvida de que seria impossível qualquer tipo de acordo.

Aquele que estava mais próximo, sentado no banco, desde que Avieur começara a falar, mostrou-se o mais perturbado com nossa conversa. Após ouvir-me, com grande desdém protestou com veemência:

— Avieur, meu irmão, está você fora da razão ou isso é uma brincadeira para nos alegrar a manhã? Nosso virtuoso pai nunca abençoaria tal coisa, mesmo se para devolver toda nossa fortuna. Um convite assim, a uma mulher desconhecida sem um homem por acompanhá-la que trouxesse o nome dele, e, se esse nome fosse honrado! Está certo de que queira se deitar com ela, mas devotá-la na casa de nossos dignos antepassados não lhe parece um absurdo, irmão?

Ainda que constrangido com aquela intervenção, respondeu prontamente:

— Não seja tolo, nem se mostre intolerante, Deró! Não percebe que esta moça que julga como indigna possui educação e refinamento altivo para ser uma qualquer. E pelo que escutou com seus próprios ouvidos, ela nem mesmo aceitou o meu convite ou cedeu diante de meus argumentos. Saiba! — sua voz parecia reverberar — Meu coração não se engana, pode não enxergar com seus olhos cerrados pelo juízo insolente da juventude, mas esta moça é muito valorosa. Além do mais, devemos ser mais modestos em nossos atos, pois pouco nos sobrou de nossas riquezas para sermos orgulhosos ou envaidecidos com etiquetas da nobreza e nomes honrados.

— Como pode lhe devotar tal atenção e nos expor ao ridículo nesse baixo comércio? — exasperou o mais jovem, que se revelava de um humor irascível. — Uma mulher educada não tem esse comportamento arredio ou se traja como uma cigana vagabunda, cortesã de beira de estrada. Você só pode ter sido enfeitiçado... Ela lhe conjurou sortilégios, pois mal a conhece... como poderia fazer tal proposta, se não fosse pela arte do demônio? É uma bruxa miserável — gritou ele, olhando diretamente para mim com o desafeto que dizem o diabo possuir.

Isso me fez perder a firmeza e a naturalidade. Sorria de modo angustiado e completamente sem graça. Como tudo isso pôde acontecer? Uma simples ida a uma estalagem de um vilarejo qualquer. Até Yalana, em um impulso indesejável, veio parar nos meus braços, deixando-me ainda mais apreensiva. No entanto, de onde menos se podia esperar veio a salvação: o taberneiro.

— Também... para você, jovem Deró dos Lavillavertes, todas as mulheres são bruxas, ainda mais se forem agraciadas com a beleza — comentou com aberta maledicência, insinuando que o outro, talvez não nutrisse interesse viril por mulheres.

O rapaz, que já havia se levantado impaciente, ficou enfurecido e incontrolável, partindo para o taberneiro, desembainhando do seu elegante boldrié a espada, em meio a uma troca acalorada de impropérios de todos os tipos. Os homens o seguraram firmemente, apesar de sua força e agilidade, retirando-o da taberna, finalmente. Saiu prometendo vingança. Quando o jovem Deró já estava do lado de fora, bradou Avieur para o dono do estabelecimento:

— Temos certo parentesco e alguma amizade, e certa vez me salvou de ladrões. Por isso, com mais calma depois conversaremos, Roaiz. Isso foi muito descortês de sua parte, peço agora aos céus que conserve sua língua mais dentro da boca para que não venha, assim, a perder prematuramente sua cabeça.

O taberneiro quis demonstrar que não se importava muito com aquela ameaça, mas se calou por precaução. Ainda escutei falar para si mesmo:

— Era só uma brincadeirinha... uma brincadeirinha. Nem sei bem por que falei isso dele — e se retirou coçando o alto da cabeça, gesticulando muito com os braços, como se desapontado consigo mesmo e com o mundo.

Então, Avieur, voltou-se imediatamente para mim com elegância e em meio à vergonha que não fazia questão de esconder.

— Estou muitíssimo envergonhado com tudo isso. Ainda espero continuar nossa entrevista em outra oportunidade e peço desculpas pelos arrojos do meu irmão... bem... é muito jovem, descuidado e de gênio intempestivo — concluiu ele com tristeza, olhando um instante para baixo em sinal de amarga decepção.

Inclinou o tronco levando graciosamente o chapéu todo à sua frente, em seguida ao peito em posição ereta, fez uma segunda e menor inclinação da cabeça ao mesmo tempo em que flexionava o joelho esquerdo num gesto combinado, revelando um grande estilo. Por último, um giro rápido em direção à porta, saindo rapidamente. Pensei comigo: *talento da corte*.

Contudo, ainda ouvi, por parte daquele homem chamado Balzac que vinha retornando para a mesa, um comentário maledicente, nascido, pude presumir, pela inveja que sentia de Avieur.

— Esse meu primo é um sonhador que pensa ser um nobre cavaleiro e não um herdeiro da decadência dos Lavillavertes.

Passada a confusão entre os homens, o taberneiro gritou para o andar de cima, chamando, com toda voz que parecia existir na garganta, sua mulher.

— Medricie! Medricie, mulher! Desça aqui... temos viajantes para acomodar.

— Já vou, senhor Roaiz! — grita ela, sem ânimo, mas com certa apreensão.

A moça desce com toda pressa pela escada, com as mãos a enxugar num avental. Olha e procura pelos tais viajantes até se dar conta de ser apenas nós duas. Ao encarar a mim e a menina Yalana, parece tomar um susto, suas mãos passam a tremer e o rosto adquire o tom da neve.

— Sim, sua tonta, é essa mulher e a criança — fala o taberneiro com impaciência ao perceber a dúvida e o estranho susto da outra. — Vá logo acomodá-las num dos quartos. Serão nossas hóspedes por um tempo!

— Oh, sim... Acompanhe-me, por favor, senhora — responde com submissão —, alguma bagagem?

— Nada que não possamos carregar, apenas um pequeno baú e nossas roupas numa velha valise, tudo embrulhado nessa trouxa — respondi gentilmente.

Ao subirmos os primeiros lances da escada, no giro que ela faz para a direita, antes de seguir por mais degraus até atingir o andar de cima, damos de frente com um arcabuz, decorando a parede, cruzado por cima de uma espada. Com a confiança estabelecida, Medricie me revelaria que a arma estava carregada e preparada para o disparo em situações de urgência, uma vez que brigas aconteciam com certa frequência. O artefato era o maior orgulho do senhor Roaiz, pois conseguira subtrair de um oficial do exército, em uma aposta. Com mais alguns passos, somos encaminhadas a um quarto pequeno e algo malcheiroso. Os lençóis fediam a urina envelhecida.

— Só existem quartos assim? — perguntei, inconformada com a escolha.

— Não... existem piores — pontuou a moça com naturalidade e certa sagacidade, o que me fez compreender inteiramente a situação daquela taberna.

— Pelo menos está quente, não é mesmo, Yalana? — ao falar isso, na verdade, estava tentando muito mais confortar a mim mesma do que a menina.

— Eu gostei, mãe. E a cama é bem macia — falou enquanto pulava de todo jeito por cima dos lençóis amarrotados.

Quis então a moça explicar suas vantagens.

— E este aqui é um dos melhores. A chaminé passa aqui por de trás, mantendo-o sempre mais aquecido nesta época do ano.

— É... tem razão... e como não tem jeito, ficamos... bem... outra coisa, gostaríamos que providenciasse banho e roupas novas. E tire todos esses lençóis daqui.

— Por sorte, há água aquecida neste momento, mas sobre as roupas, terá de falar com senhor Roaiz — sentenciou ela, sem rodeios.

— Está bem, jovem, enquanto vou acertar com ele tal expediente, ajude no banho de Yalana, pois posso demorar com seu patrão. Como percebi, ele não é um homem fácil de se lidar, principalmente quando é para lhe subtrair algo.

— Pois não... senhora? É... senhora? — falou com ênfase e deferência, tentando descobrir meu nome.

— Ah, querida! Pode chamar-me de Marie.

Quando desci o andar, ainda se encontrava o sinistro Balzac, que mantinha uma conversa ociosa com o taberneiro. Enquanto não se interpusesse no meu caminho, manter-me-ia serena e distante. Mas minha presciência me dizia que, de alguma forma, o tal Balzac já estava no meu destino. Preferi, mesmo assim, não pensar no assunto e aguardar os acontecimentos.

À medida que ia escolhendo, num montante de panos e peças de costura, a roupa que melhor serviria para mim ou, como logo pude constatar, com mais dificuldade, para Yalana, fui tomada por uma estranha impressão e um susto que me paralisou. Ao virar-me para um lado, vejo-a lá, inclemente com seus olhos vazados, assombrando o ambiente como um vassalo do inferno: a morte. Ela, a me olhar, se é que aquilo se traduziria em alguma coisa de tal ordem. Parecia trazer das profundezas do seu reino um aviso importante. A seguir, sua imagem desaparecera quase instantaneamente sob o rosto do estranho homem. O que aquilo teria querido dizer exatamente não sabia. Entretanto, a cena que se seguiu mostrava um punhal ensanguentado em minhas mãos. Quando ia ver mais, fui desperta abruptamente pela voz do taberneiro.

— O que lhe ocorre mulher, parece que está vendo as almas do inferno?

— Não! Somente uma enorme e nojenta aranha que veio pela parede, atrás do seu amigo, e agora sobe pelo seu balcão, senhor.

Aproveitei aquela oportuna incursão do inseto para desviar a atenção da pergunta e por aquele acontecimento fortuito explicar meu estado de torpor.

Correu ele imediatamente para aqueles cantos a fim de se livrar do bicho peçonhento. Imaginei que o deixaria plenamente convencido do motivo da minha embriaguez. E, de fato, comportou-se como assunto encerrado. Era um homem prático e pouco dado a crendices. Já o tal Balzac olhou-me com dúvida, mas nada disse. Procurou ocultar-se nas sombras e, a partir delas, me observar como um caçador faz com sua presa. Senti que teve medo de mim naquela hora, mas não desistiria dos planos que certamente preparava. A minha única dúvida ali era se ele estava em parceria com o velhaco do Roaiz. Minha visão ainda mostrou a imagem de duas serpentes, uma sendo esmagada e morta; a outra, ferida e dominada. O jeito era esperar e ficar atenta. Na hora certa, eu saberia.

Quando subi para o quarto, já encontrei Yalana de banho tomado e conversando animadamente com a hospedeira que lhe tinha escovado os cabelos primorosamente.

— Yalana, trouxe roupas novas. Provavelmente, elas estão um pouco grandes para você. De qualquer jeito, terão de servir.

Ao experimentar algumas peças em Yalana, ficou claro que muitos ajustes seriam necessários.

— Não se preocupe, senhora Marie. Tenho linha em quantidade para os ajustes devidos. Não gostaria de deixar a pobre menina em tal desconforto — adiantou a jovem hospedeira.

Por sua educação e beleza, fez despertar minha curiosidade em saber mais daquela desconhecida. Também senti que possuía uma certa ligação com a Deusa, embora isso soasse inverossímil e descabido no primeiro momento. Não era muito alta para um corpo magro e quadris pronunciados. Seu rosto revelava uma tez ainda juvenil de traços finos e delicados, chamando a atenção sua boca quase infantil. Os olhos eram vívidos de um tom cor de mel, incendiados por uma luz puríssima que vinha de dentro, denotando inteligência e sagacidade. Tinha uma elegância natural nos movimentos e no modo de falar, contrastando grandemente com suas vestes e os afazeres domésticos ali.

— Quantos anos você tem, Medricie?

— Completarei 19 anos no começo da primavera — respondeu rapidamente, sem muito interesse.

— Hum, já é uma mulher feita, embora pareça ser mais nova. E sua família?

— Morreram quase todos — disse ela, lacônica.

— Não sobrou ninguém? — insisti.

— Sim, uma irmã e alguns parentes distantes...

— Decididamente, minha cara hospedeira, o que uma jovem como você faz aqui, nesta espelunca, com um tipo de homem como Roaiz, tão grosseiro e asqueroso? A mão pesada do destino terá descido sobre sua cabeça impiedosamente?

— Sim... certamente, minha senhora... — baixou as vistas como se fosse chorar. E antes que qualquer lágrima caísse, da abertura de seu vestido, puxou um pequeno crucifixo que segurou com grande fervor.

— Não precisa me revelar seus infortúnios, se o fato de contá-los lhe causa tanto embaraço e sofrimento — comentei.

— É meu pecado, é só isso! — falou com tristeza.

— Como assim, pecado?! — fiquei instigada com aquela resposta.

— Sra. Marie, não sei se devo me lamentar mais, pois já aceitei em nome de Deus e de seu filho Salvador, a minha cruz.

— Estará tudo certo para mim, se é o que pensa realmente — instiguei.

— Não... é justamente... isso, tenho dúvidas atrozes. Dúvidas que vêm me corroendo a alma — desabafou ela com alarde. Até Yalana, que começava a cochilar no seu colo, assustou-se momentaneamente.

— Então, diga, jovem. Eu talvez possa lhe prestar algum auxílio com minha experiência. "Quiçá com minha presciência", pensei eu.

— Sim, eu sei, senhora Marie, pois é uma mulher vivida e pelo que percebo muito altiva no espírito, além de ser muito bonita também, imagino conhecedora da vida mais secreta — suas faces enrubesceram-se — e até de homens em grande distinção — concluiu ela com certa pressa em pronunciar as palavras em razão do assunto.

— Não sou prostituta, jovem Medricie, se é o que quer dizer de maneira educada. Mas, decerto, não é uma experiência desinteressante para uma mulher viver, caso extraia disso certo prazer e valor.

Ficou ela impressionada pela minha opinião segura e, apesar de se ruborizar mais ainda com tal perspectiva, quis investigar mais.

— Mas, senhora Marie, não é um pecado aos olhos do Senhor, até pôr em ação tal pensamento? — indagou ela, pondo, em um gesto involuntário, a mão na boca.

— Quem lhe deu tal convicção?

— Está escrito nas escrituras, como todos sabemos, pelos pastores de Deus.

— E se for uma invenção dos homens vestidos de padres, como poderemos saber, afinal? Não terá esse homem, na verdade, medo das mulheres? Não é isso, no fundo, o que todas nós mulheres já sabemos desde o princípio, em nossas almas?

— É... posso até sentir assim algumas vezes... mas é muito difícil, e mesmo vergonhoso para mim, senhora Marie, aceitar isso, por ser um pecado muito grande.

— E se for? Que prejuízos teremos nessa economia divina, já que não parecemos ter lugar nesse mundo de Deus e dos homens, ou em qualquer outro? Deveremos ter receio do quê, exatamente?

— Como pode pensar tais coisas, senhora Marie? O Deus Pai é por todos — disse ela, agora alterada — somos pecadoras e necessitamos de humildade e penitência. A mulher é uma serpente traiçoeira e temos de pagar por isso.

— Decerto que a humildade é virtude recomendada para qualquer um, mas o que se chama de pecado, quando não acerta o alvo da compreensão, é filho pródigo da ignorância. Sei que não entenderá o que lhe disser agora, mas saiba que suas dores não se aquietarão com o amor forjado na opressão da doutrina da cristandade, nem com essa crença absurda sobre a mulher. A liberdade é sagrada, e muito mais aquela que damos aos nossos semelhantes quando já tenhamos começado por nós mesmos. Nos campos, próximos a Cordes, as pessoas têm certa liberdade e muitos são, entre homens e mulheres, os que não professam os rigores dessa fé, pois lá sentiram a mão pesada dos clérigos, há pouco mais de cem anos. Aqui mesmo, na Vila La Cloche, sinto que há pessoas que professam cultos antigos e nem por isso são pessoas piores de coração.

— Como sabe essas coisas? — perguntou, entre assustada e intrigada.

— Foram seus olhos que me revelaram isso... talvez seus pensamentos, querida — falei em tom de desafio.

Uma mistura de espanto e admiração veio visitar-lhe as feições joviais. Ela não quis falar mais sobre o assunto. Porém, permaneceu ali, assim acreditei, a refletir com minhas palavras. Aceitei com naturalidade seu silêncio e me coloquei a pensar outras coisas. Após ela deitar Yalana na cama com gentileza, deteve-se a observar o corpo da menina para logo depois vir a comentar com ênfase estranha, no que me pareceu um leve transe, as palavras:

— Ela se tornará uma mulher com a força de muitas e a beleza que poucas possuem...

Eu não pude deixar de rir pela surpresa daquela observação e quase propositadamente quis deixá-la embaraçada.

— Como pode saber disso, Medricie?

— Não sei... acho que pensei... ou ouvi dos meus pensamentos? — falou, apreensiva e confusa.

— Tudo bem... jovem, esqueça isso... e se quiser, pode ir agora — falei com carinho, tentando demovê-la daquela apreensão. — Vejo que trouxe água suficiente e poderei perfeitamente cuidar do meu banho.

Então, se despediu cordialmente, mas antes de passar pela porta parou com alguma inquietação, virou-se para mim inconclusa nas feições, tornou a seguir um pouco mais, até se deter novamente.

Percebendo sua aflição ou embaraço, tentei deixá-la à vontade o quanto fosse possível.

— O que ainda lhe aflige, jovem de nome Medricie? Não se embarace, filha, com nossa conversa!

Suspirou alto, massageou os olhos com o colo da mão e disse:

— Duas coisas: uma é aquilo que sinto e me atormenta dia após dia e necessito confessar; a outra é esse encontro com a senhora — olhou para o teto em parte enegrecido e, logo a seguir, encarou-me com certa cerimônia. — Não sei explicar... de tão vívido que é para mim... como se já tivesse ocorrido antes... é difícil dizer... é muito estranho. Isso me assusta e... e — parou repentinamente.

— Continue, jovem? — insisti.

— Atrai-me — verbalizou as palavras, sem exatamente querer fazer.

— Talvez eu compreenda melhor do que você imagina — argumentei.

— Não duvido. E é justamente dessa certeza que possa vir da senhora que tenho mais medo. Quando a vi lá embaixo meu corpo tremeu, como se sempre a esperasse. Por aqueles instantes, ainda cheguei a acreditar, senhora, que tudo ali não passasse de um sonho. Como posso sentir isso? Acreditei que, finalmente, me despojaria de toda confusão, mas agora me vejo mais confusa.

— Lembro-me com clareza, menina... — sua palidez era tamanha que nem o bruxulear da luz escondia seu susto e nervosismo. Não é exagero seu, querida — olhei-a com intensidade. — Porém, o que posso eu lhe dizer que você já não saiba verdadeiramente?

Veio para perto e novamente sacou o crucifixo, mantendo firme entre os dedos da mão direita. Persignando-se por umas três vezes.

— Tenho tido grande vergonha de falar desse pecado nos últimos anos, principalmente para o padre. Pois sei que ele não compreende as mulheres ou sua natureza. Mas estranhamente hoje, quando a vi, senhora, pude me sentir confiante em revelar pela primeira vez esses ocultos tormentos, mesmo que sua pessoa me assuste um pouco. Medricie era de uma sinceridade espantosa.

Antes de continuar, beijou o crucifixo e guardou na segurança e no aconchego dos alvos seios, tentando, na verdade, como me pareceu, escondê-los bem, pois o fato de me revelar aquele segredo nem o crucifixo poderia ser testemunha, tamanho o pecado.

— Vou falar de uma época de três anos passados, quando contava com 16 anos de vida. Morava com minha irmã Laurrence, seu marido e o filho deles, de 7 anos. Vivíamos numa imensa propriedade ao norte daqui. Um certo dia, em uma dessas noites de verão, acordara excitada com o calor que fazia e a garganta seca me exigia o frescor da água. Então, levantei-me para providenciar uma bebida refrescante. Nessa estranha noite, a lua irradiava um brilho intenso, algo fantasmagórico. E como numa torrente incontrolável, ia inundando o castelo em todos seus recantos abertos ou semissecretos, penetrando cada fenda, cada abertura descuidada, cada janela disponível. Era um branco diáfano, uma luminosidade apenas conseguida nos sonhos mais prodigiosos ou naqueles cheios de encantos duvidosos. Dava medo andar pelos corredores sombreados de figuras imprecisas, numa mistura de trevas e claridade rarefeita. Os criados e as amas já dormiam o sono perdido da madrugada. Apenas as sentinelas, nas suas torres, permaneciam acordadas como vigilantes audazes, quase invisíveis. Entretanto, sob o rogo incessante do vento, a impressão é de que não se estava só, mas sempre vigiada. Como sabia, era a hora dos espíritos saírem de suas tumbas. E devo a sinceridade de sua presença, senhora Marie, aquilo me atraía semelhante ao que o viço do fogo faz com nosso olhar. Nessa hora, ouvi gemidos da parte de cima, os mais estranhos, daqueles que viria descobrir como incontinentes do ato carnal. Então, uma mistura de medo e violenta excitação se fizeram percorrer por todo meu corpo, como relâmpagos terríveis. Arrepios e tremores que compreendi serem de fêmea, como nunca antes pudesse crer possuir. Do salão, chamado circular, olhei para o andar superior e descobri de onde partiam: do quarto de minha irmã e seu marido. Num impulso irrefletido, subi as escadas e os flagrei na batalha do amor. Essa visão eu nunca consegui extrair da memória e, a partir de então, me fez pecadora e doente.

— O que viu no quarto, querida? — indaguei com viva curiosidade.

Engoliu em seco, umas duas vezes, antes de querer prosseguir. Ainda a incentivei com devotado interesse.

— Vamos, vamos! Continue... antes que a coragem lhe desobedeça e o constrangimento impere no seu coração inclemente.

Pressionou as têmporas com as pontas dos dedos e depois, num gesto apreensivo, abraçou a si mesma, então, segurou as próprias mãos com força.

— A porta do quarto estava, para minha danação, displicentemente aberta, assim como as janelas próximas do leito conjugal. Estas, além da luminosidade lunar, deixavam passar uma leve brisa, vibrando, vezes por outra, o dossel de seda. O cômodo era enorme, embora pudesse enxergar muito pouco de sua extensão, pois sua maior parte estava mergulhada em sombras plúmbeas, talvez, como estavam minhas próprias intenções — tossiu secamente, enquanto nervosamente levava uma das mãos à boca.

— Seriam, tais intenções, a de participar da alcova? — questionei.

— Não, senhora! Ave Maria! Era apenas de conhecer os assuntos carnais, pelo menos assim pensava eu até aquele momento.

— Isso é muito natural. Todos temos curiosidades. Mas prossiga... jovem.

Olhava para mim com tamanho espanto e credulidade, que chegava a ser engraçado.

— A claridade, justamente, se fazia próxima à cama e a um biombo a pouca distância de um baú abaixo de uma das janelas. O leito era banhado de um lado pela tênue luz das estrelas e de outro pela luminosidade da lua, que chegava assim, inadvertida como eu, ao íntimo do quarto. Esse recanto do cômodo contrastava de forma curiosa e impressionante com o resto dos aposentos, embora apenas a cena humana, senhora Marie, bastasse para se estar perdidamente fisgada. Logo, ao primeiro olhar, meu coração disparou e parecia querer passar pela minha boca, enquanto minhas ações se enrijeceram no meu corpo petrificado pelo êxtase e a vergonha do que assistia. Minha irmã se encontrava imobilizada pelas mãos, enquanto suas ancas eram oferecidas ao marido que, segurando pelos seus pés, a mantinha com pernas bem abertas, cavalgando-a com o regime dos mais hábeis cavaleiros. Todo seu corpo ficou prata naquela luz lunar, fazendo-se apenas escura no seu monte de pelos que subia espesso pelo ventre, como se ali, naquelas partes recônditas, roubassem a fraca luz. Noutros instantes, para minha loucura e frenesi, ele a cobria como um cachorro cobre uma cadela e seus movimentos eram também semelhantes aos vigorosos apelos desses animais. Como podia ser feito de maneira tão bestial? — pensava aturdida. O que não impedia, excitada, de minhas intimidades molharem-se. Sentia estranhamente uma onda subir e descer pelo meu ventre, como se aquilo fosse dominar meu corpo por completo, com tal força, acredite senhora Marie, pois era fustigada pelas ondas quentes do sangue e pela ventania impura e fugidia do espírito. Tão intensa era a ânsia, que tive a certeza de que seria arrebatada, ali mesmo, para um outro mundo. Lutei e impedi o destempero demoníaco. Passei a sentir mórbidos calafrios, enquanto suava toda na agonia de um corpo que nascia para o mistério de ser fêmea. Porém, a tentativa que fizera de fechar os olhos mais espanto me causara, pois constatei incrivelmente que os enxergava ainda mais. Detalhes que me escapavam pelo velo da escuridão e pela minha relativa distância da alcova. Foi então que imaginei o seu rígido órgão como um facho incandescente, afastando a escuridão e penetrando a vulva da noite. Até os gemidos adquiriram maior grandiosidade, reverberando como acordes altivos. Não tive escolha, abri os olhos em desespero, mas confesso, um desespero que também ansiava por continuar a ver tudo aquilo.

Parou, fez um gesto com a cabeça que lhe era peculiar e olhou-me com certa timidez. Como me encontrava impassível, prosseguiu:

— E tudo prosseguia em um ritmo arquejante. Um transe de corpos na lascívia do amor físico. Ele ainda, com a boca ávida, percorria, como no périplo dos corajosos navegantes, os contrafortes do pescoço, costeando habilmente para o sul daquele corpo gentil e arfante, até contornar as volumosas encostas dos seios, arriscando, por fim, ao cume eriçado que, pelo frenético sugar de seus lábios, parecia extrair dali algum divino sabor. Mas seus maiores avanços levavam sobremaneira a uma única direção, as terras do extremo sul. Não sei como continuar. Tenho enorme vergonha!

— Vergonha! A vergonha tem serventia apenas se ela não te possuir.

— Ó senhora, não posso continuar — e levantou-se incomodada e aflita.

— De maneira nenhuma, agora você vai contar o resto todo! — fui incisiva.

Ela sentou-se e disparou de uma vez:

— Da cabeça do meu cunhado se enfronhar entre as coxas de minha irmã. E na abertura do lanoso vestíbulo feminino, esse beijo indecente, iria provocar as mais fortes contrações, na verdade, fazendo-a gemer descontrolada entre os lençóis e as penumbras. Por fim, num derradeiro instante, ele saiu por detrás dela ainda com seu membro em riste, à semelhança da lança que sai a perseguir seu alvo, aproximou-se do rosto delicado de Laurrence e a fez engolir toda aquela intumescência. Ela, com desenvoltura ousada, como se o talento lhe fosse natural, no labor incessante de sorver e manusear a virilidade, tramou a inevitabilidade da natureza masculina. Em pouco tempo, o varão, em espasmos violentos e em urros indefiníveis, deposita o alvacento fluido na pequena boca de Laurrence, que de imediato passa a escorrer e a gotejar. Vejo-o, então, retroceder seu membro, agora abandonado quase que completamente de seu vigor. Esta última visão me provocou um enjoo furtivo e incontrolável, e sem premeditar me adiantaram as regras ali mesmo. Nessa mesma hora, fui invadida por um prazer intenso e carnal. Contudo, um vômito manchou toda a minha roupa e um grande desconforto senti. Felizmente tive forças para correr. Entretanto, nunca mais pude olhar minha irmã da mesma maneira. Quanto a ele, no começo, senti um ressentimento terrível. Na verdade, apenas era um desprezo revestido de um grande desejo. Mais tarde, compreendi que, muitas vezes, sonhava com a morte de minha irmã e, assim, depois... pudesse assumir o seu lugar... naquele quarto... naquele quarto! Justamente ela que me deu tanto carinho e amor, como só uma irmã faria por outra. E mesmo ele fora como um pai em muitas ocasiões. Entende isso, senhora? Como posso desejar tamanho pecado?

Baixou a cabeça entre os joelhos para esconder sua vergonha e novamente levantou, com certa dificuldade, a fim de terminar sua fala.

— Tinha pesadelos horríveis depois de tudo isso. Em alguns sonhos, enquanto rezava para a Virgem Santíssima, um homem nu se aproximava, por vezes, sendo meu próprio cunhado, outras, o padre de La Cloche, quando me obrigavam a colocar sua virilidade na minha boca, sufocando-me. Acordava palpitante e resfolegava feito um animal no matadouro.

Levantou-se um pouco, andou pelo quarto, apertando as mãos uma contra a outra. E anunciou:

— Nunca pensei que teria coragem de contar toda minha história, senhora Marie.

Pedi que sentasse novamente e disse:

— E posso dizer como é importante partilhar certos segredos com os afins. O que você revelou, sem querer lhe ofender, parece-me ingênuo e mesmo natural, embora tenha eu a certeza de que sua dor não seja, de modo algum, inverossímil. Você não se enganou quanto aos seus desejos mais secretos, e isso é bom, mas se deixou ludibriar pela forma que é sua vida, e isso é uma escolha por mais que neguemos... gostaria de saber ainda, o que lhe aconteceu? Quais foram os acontecimentos que fizeram que terminasse aqui nesta taberna e hospedaria?

Torceu as mãos com nervosismo, continuando a seguir.

— Com toda minha culpa e aflição, fiquei decidida a entrar para um convento e tentar salvar minha alma atormentada. No entanto, até essa ideia me pareceu por demais pecaminosa, tanto que, quanto mais pensava assim, mais sonhava com homens nus me perseguindo pelos corredores de um convento. A única forma, ponderei, seria expiar minhas faltas. Então, o senhor. Roaiz, certa feita, oferecera um bom dote, porém tendo sido recusado pelo meu cunhado e minha irmã. Quando soube da oferta, era uma forma de sair da presença deles e uma maneira de fazer uma boa obra, resgatando alguém, pois nunca conheci homem mais desprezível e vil. Depois de muita insistência, consegui que eles consentissem no casamento, embora até hoje não compreendam bem minha decisão. Isso foi tudo.

Levantei e me afastei um pouco de Yalana que dormia enrolada em vários cobertores, chamei Medricie para uma parte mais isolada do quarto e considerei:

— Sim... é um assunto delicado para muitas pessoas, devo concordar, mas de forma alguma incomum, como pode até agora acreditar. E, por isso, serei fiel à minha compreensão desses acontecimentos, alertando-a para não se entregar a essa culpa ingênua. Isso serve apenas aos tolos de coração e a uma alma aprisionada por valores duvidosos. Não tenha medo de você mesma... e saiba, filha, não somos apenas luz... nós somos trevas também, trevas por vezes profundas que de maneira alguma devem ser negadas, mas sim abraçadas com comiseração, mantidas sob um olhar atento e transformador. Outrossim, sua descoberta como mulher ainda não se realizou plenamente, pois não amaste alguém com seu coração. Quando isso acontecer terá mais confiança e paz, mas é preciso se desenovelar de parte de suas crenças, pois as necessidades do seu corpo superam as do seu espírito nesses tempos. É uma luta inútil, uma vez que você já foi vencida e tragada por correntes superiores da vitalidade do mundo e da natureza. Um dia, talvez, compreenda que tudo é uma coisa só... que tudo é sagrado quando não aviltamos em excessos ou ultrapassamos os limites dos outros, ou mais ainda, nossos próprios limites. Se você espera uma ajuda de mim, esta é a única que poderei lhe dar.

Ela escutou silenciosamente, mas não demonstrou nenhuma concordância com minhas ideias. Nesse espaço de tempo, tive uma curiosidade sobre o atual marido e questionei. O que prontamente me respondeu:

— É incapaz... e devo agora revelar, quase conheci um outro homem debaixo de suas barbas. Um viajante de vilas quis que fugisse com ele — confidenciou após olhar por todos os lados.

— Considerando a situação, era o que deveria ter feito de fato! — observei.

Tendo tais palavras, mediadas muito mais pela agilidade da minha língua do que pela reflexão segura da mente, resultando num certo desconforto em nossa conversa.

Levantou-se um pouco desconfiada e saiu quase sem se despedir.

Entendi perfeitamente sua atitude e as dificuldades que enfrentaria para se livrar das próprias culpas e crenças. *Como fazer entender a uma moça tais coisas, ou dizer-lhe o que realmente penso a respeito? Talvez como dizia minha grã-mestra Bithias: a razão ama o tempo e o chão atrai a alma do pássaro, Urtra!*

Naquela noite, não pensei em mais nada. A conversa com a jovem fizera-me esquecer minhas próprias vicissitudes e, surpreendentemente, um tempo depois, até refletir melhor as desventuras passadas. Por isso, o sono veio rápido e tranquilo, perpetuando-se por várias horas. Quando acordei, parecia que tinha dormido o sono de mil anos.

III

O SONHO

A semana passou sem muitas novidades ou sobressaltos inoportunos. De forma alguma, reclamei desses dias amenos. Poucas pessoas saíam de suas casas. Na realidade, nevara bastante durante todos os dias, impedindo-as de se deslocarem. Mesmo na taberna, poucos fregueses apareceram, embora Avieur viesse visitar-me por duas vezes. Nesse período, Medricie, Yalana e eu nos dedicamos a arrumar os quartos daquele andar, o que suscitou até num elogio do taberneiro, sempre muito ranzinza.

No fim da segunda semana, meu coração, como poderia descrever, reclamou de saudades e só havia um motivo: minhas amadas companheiras. A tristeza vinha se avizinhando havia algum tempo, procurei mantê-la afastada o quanto pude, mas nem tudo é possível dominar com a razão ou com o temperamento decidido. Cedi, finalmente, a seu enlace impróprio e desumano, entregando-me à angústia das horas.

Existem momentos na vida nos quais nada mais parece ser importante, apenas a própria tristeza que alimenta cruelmente sua vítima em afagos de longos suspiros e intermináveis pesares. Nesse dia, o sono me escapou e a madrugada se enfronhou desdenhosa sob minhas pálpebras rígidas que se recusavam a fechar, não me beneficiando, assim, com o doce sono. Andei pelo quarto a fim de saborear a noite escura e misteriosa, talvez tenebrosa para os homens, mas não para mim, uma feiticeira. Abri a janela maior e, no horizonte, sob um branco aveludado, nascia uma lua, uma lua nova. Ali, sobressaindo apenas por um fio de arco prateado.

Um lobo, a grande distância, uivava para a última hora, aquela antes dos primeiros raios. Meu coração, por esse sinal, enche-se de esperança e minha mente aquieta-se como uma criança depois de amamentada.

"De todo mal nasce ao menos um bem", dizia sempre a amiga Cailantra. E isso parecia uma verdade. Voltei para o leito e percebi a obediência de minhas pálpebras, que se fecharam em um simples ensejo da vontade. Mantiveram-se ainda abrindo e fechando por um tempo, até extenuar-se com a repetição monótona. Cumpria tal rito como a se deleitar entre o sono e a vigília, tocando ora uma dimensão, ora outra, até render-se finalmente, a Morfeus.

— Dormia, ou então estava acordada? — perguntava-me.

Compreendi, finalmente, que o corpo dormia, somente o espírito estava desperto.

Meu corpo adormecido respirava suavemente estendido na cama, enquanto o espírito flutuava fora dele e pulsava como se fosse um coração. Fui novamente até a janela e vi a beleza com os olhos superiores da alma, indo, nesse instante, perscrutar distâncias enormes. O céu, pingue de estrelas, crispava a luz em vários tons azulados. O próprio céu era indescritivelmente azul. Saí como a flutuar sob uma lamela de luz azulada que vinha e se fundia à tênue luz da lua. Minhas roupas eram brancas e transparentes nas quais a nudez avivava nas suas sombras inevitáveis. Passei por montes e colinas, e mares eu enxerguei em tons acinzentados, mas muito dessemelhantes das vagas que se desmanchavam nas brônzeas praias. Então, uma voz me chamou com sublimidade: "Urtra do Vale dos Lobos, a cabelos de cobre, vá em direção ao poente, pois outras iguais te esperam nesta hora primeira". Detive-me e ordenei ao meu coração o caminho a seguir. Vi, adiante, um bosque em tons variados de verde, com imensa clareira que se assemelhava a uma ferradura. E lá, logo distingui, entre tantas pessoas, uma muito querida, conversando próxima a uma imensa árvore. Ao chegar perto de uma fonte, Vaillany me recepciona com grande abraço e fala ao meu ouvido com carinho:

— Como estás, filha Urtra?

— A coragem tem me faltado às vezes, mãe — me dirigi a ela com a deferência que dávamos à mestra Bithias — e muitas atribulações já passamos depois da sua morte terrena. Sofremos muito com sua partida e me senti, nessa ocasião, culpada de ter, com meus cuidados, falhado na sua recuperação.

— Não te exijas tanto. Minha hora havia chegado. Além do mais, como podes notar, estou bem melhor aqui.

Seu rosto reluzia uma juventude que, naquele momento, parecia eterna, e sua voz melíflua comparava-se à de cantores de ópera. Por um breve instante, havia me esquecido de que não morrera tão jovem como ali se apresentava. Então concluí:

— Embora, inegavelmente, isso se dê como afirmas, sinto, naquele mundo terreno que abandonaste, saudades tua, irmã e mãe.

— É, sem dúvida, mais fácil para mim do que para ti, Urtra querida, pois o tempo aqui é diferente desse no qual vivem os espíritos presos aos corpos mortais. Transcorre, como poderia dizer? — falou enquanto levava a mão ao queixo. — Acho que muito mais vagaroso, já que não posso explicar de outra maneira.

Moveu-se rapidamente em direção a uma outra mulher e a trouxe à minha presença. Olhei-a com curiosidade no primeiro instante. Tendo, em sua fronte, uma imensa luz violeta a brilhar, percebi também uma cicatriz em sua coxa esquerda, que, apesar da vasta roupagem, não era oculta à minha vidência.

— Hália! Esta é grã-mestra Urtra, da Irmandade da Loba...

— Sabes, Vaillany, do meu ordenamento? — inquiri surpresa, por ela me chamar pelo título.

— Sim, mestra Urtra, como de outros fatos — respondeu Vaillany, com a diligência que lhe era familiar.

Volto-me, então, para a outra mulher.

— Desculpa-me, Hália, em não lhe dar imediata atenção. Causou-me certo frenesi a revelação de minha querida Vaillany... mas... e então?... no que devo, moça, a honra de tua presença e distinção neste momento especial? — falei com cerimônia.

— Senhora! — e fez uma grande deferência — escuta-me, não é seguro chegares ao teu destino antes da metade do segundo mês da primavera, pois clérigos seculares se hospedam no castelo da baronesa

Isabelle, e eles são por demais rígidos, estando todos os três na escola dos inquisidores. Toma, portanto, muito cuidado em teus passos de agora em diante.

A íris dos seus olhos era de um azul fugidio; em verdade, em tons esmaecidos para o verde. A pele clara como a neve rivalizava com os cabelos negros e extremamente brilhantes, sendo estes tingidos por mechas brancas, praticamente simétricas, de cada lado. Usava um vestido camponês no qual o corpete mal segurava os seios robustos. Sua tez jovial diminuía a tensão dos traços no baixo rosto, um pouco mais grosseiros, todavia fazendo dela ainda uma mulher bonita. Trazia também um certo brilho nas feições, que revelava uma mente aguda.

Pressenti que ainda iríamos nos encontrar no mundo terreno e que teríamos algumas tribulações juntas. Vaillany, por essa mesma hora, chama-me por uma passagem estreita e bem inclinada, mas sem degraus. Dessa parte, podia avistar-se uma série de passagens e caminhos que desciam não muito definidos. Toda a estrutura lembrava jardins palacianos, construídos como intrincados labirintos. As paredes foram adornadas com a mais célere vegetação floral, dotando o local de singular bom gosto e riqueza. Tão grande era a variedade dessas plantas, que formavam mosaicos naturais de vivas tonalidades. Se não me detive por uns momentos, para admirar mais, na verdade, foi porque logo depois seguia por uma longa viela de pedras altas e justapostas, destituídas inteiramente das primorosas plantas que observara antes com tamanha admiração. Nesse ponto, as pedras eram de uma lisura inimaginável. Mas mesmo essa parte do percurso terminava em poucos metros numa estrada calçada de mármore branco, para finalmente levar a uma cabana no meio de um bosque maravilhoso. Do meu lado esquerdo, via-se um campo florido que se estendia até desaparecer no horizonte. À minha direita, elevava-se uma montanha de branco cume, desafiando as alturas e cortando as nuvens ao meio. Antes do suntuoso elevado, pude avistar, entre as esparsas árvores do caminho, um grande lago, no qual cisnes, de longos pescoços, nadavam distraídos pelas serenas águas. Certamente, tocados por alguma graça divina.

Grita ela, que ia à frente:

— Tenho uma surpresa para ti, querida!

Quando entro na cabana, estão sentadas diante de uma lareira Lintra e Itangra.

— Há quanto tempo, Urtra! — saúda Itangra com intenso afeto, enquanto se levanta de uma poltrona. Seus cabelos acompanham os movimentos ágeis e o tom castanho-claro brilha como ouro novo com a luz presente.

Adianto-me para um abraço. Não consigo conter as lágrimas que logo correm pelo meu rosto. Meu coração doído não quer arredar do corpo da amiga e irmã.

— Coragem, Urtra, assim você me deixa desconcertada. Não pense que sou uma muralha intransponível que suporta qualquer coisa. Você é a mestra agora e o poder da Grande Mãe lhe vivifica o espírito — diz docemente ao segurar meu rosto com suas mãos. Sua voz rouca e terna enchia meus ouvidos com presença e calor humano.

— Só posso dizer que a saudade é, às vezes, indomesticável. Comporta-se como uma fera que só quer agarrar sua presa.

A seguir, fui em direção a Lintra cumprimentá-la, também, com um terno abraço.

— Como está sua situação, Lintra, a sua e a de Singra?

— As dificuldades são grandes; agora estamos escondidas numa pequena fazenda de camponeses, mas nossas esperanças são poucas em virtude de os perseguidores estarem bem próximos, e eles não desistirão, pois Singra, a guerreira, chegou a matar dois deles já na fuga do Vale dos Lobos.

— Imagino as aflições que tens dividido com Singra, mas prometa que não vai desistir... prometa!

— Eu não sei... não tenho esperança agora!

— Prometa, Lintra... apenas prometa, querida!

Franziu o cenho e, com certo esforço, disse:

— Está bem... Urtra... tentarei fazer o melhor.

Sentamos, então, as três de frente para a lareira. O fogo vinha diminuindo de intensidade, mas ainda elevava-se devido às lufadas de ar vindas da janela. Um perpétuo jogo em que a chama vacila e se refaz na corrente do vento forasteiro. Dessa janela, podia-se ver a paisagem primaveril na qual pus as vistas antes de entrar na cabana. Parecia obra de deusas que os antigos reverenciavam como Mães da terra. Certamente, Deméter e Core ainda andavam por ali, portando os poderes da fertilização. Um cheiro de sândalo invadiu o local e, com indelével presença, fez meu espírito se aquietar para ouvir o que tinha a ser dito pelas minhas companheiras e irmãs. Assim, após um breve silêncio, Lintra se propôs a falar. Seu rosto se desfez um pouco antes de começar. E ela, furtivamente, ainda olhou para Itangra.

— É tão-somente pelo concurso de seu desejo, Urtra, e do poder emanado da fonte da Grande Mãe que nos encontramos aqui hoje, neste corpo sutil. Sem isso, saiba, tal situação não seria possível. E mais, neste mundo aqui, intermediário, no qual desfrutamos de nossas presenças, só podemos permanecer por tempo ínfimo. Por isso, a oportunidade pede que nos apressemos em nossos assuntos.

— É estranho, para mim, apenas essa primeira conclusão, sobre o meu desejo, o que você quer exatamente dizer com isso Lintra, que provoquei tudo o que vi e este nosso encontro?

— Não, não tudo, refiro-me especificamente a mim e a Itangra. Nós fomos puxadas de nossos corpos por força irrepreensível. Deles saltamos como pesos lançados de uma catapulta na imensidão e fomos guiadas até aqui.

— Posso então, cara Lintra, culpar minha saudade imensa para o que ora se manifestou — falei com certa dor nas palavras.

Ela replicou em tom menos solene.

— Não estamos aqui para condená-la ou discutir o seu mérito, pois de saudades sofremos todas e, como sabe, tais são alguns desígnios, obras impenetráveis da Deusa e do destino, que mesmo as ações mais voluntárias não se podem nomear assim, como voluntárias. Portanto, nosso encontro não parece se distanciar dessa verdade. Porém, seu poder pessoal cresce e existem muitos riscos quando vem misturado aos desejos, por mais ditosos que sejam. É necessário vigiar os sentimentos com vossa sabedoria e manter-se consciente.

Prestei atenção àquelas palavras de Lintra, pois não costumava se enganar com tais assuntos. Não pude deixar de notar sua aura clara que brilhava mais que o sol matutino, voluteando-se, semelhante a tenazes chamas. Olhei em direção a Itangra, que me sorriu com cumplicidade, por nossas almas mais impuras do que a da outra, o que me fez sorrir também.

Os olhos de Itangra brilhavam de maneira inigualável e sua beleza e poder banhavam o lugar com a característica força dos seres elementares. Nesse instante, percebi que lhe acompanhava, de cada lado, gnomos cinzas dos campos, não chegavam a um terço de um homem baixo. Eram carrancudos, mal-humorados e seus narizes alongados e recurvos os tornavam menos simpáticos. Além, é claro, daquelas orelhas enormes e desproporcionais fazerem deles dignos de pena. Quando pensei em fazer alguma observação, ela tomou a palavra como a adivinhar meus pensamentos:

— Estes seres elementares tiveram todo o trabalho de guiar-me para cá e estão ansiosos para voltar ao seu lugar de origem. Por isso, devo agora também acompanhá-los. Quando me dirigia para cá recebi uma mensagem dos antigos, dos seus antepassados e da própria fonte da Irmandade. Parece existir a necessidade de que se constituam discípulas. Está ciente disso, minha cara?

— Sim, estou em débito, tenho caído em indolência para com tais deveres, principalmente pela nossa situação. Perguntando-me, às vezes, se existe algum valor em insistir nessas obrigações de praticidade duvidosa. Entretanto, não discutamos sobre isso, pois existe uma urgência no meu coração que supera, mesmo, tais resoluções — e segurando as mãos das duas falei o que veio do coração. — Antes de vocês partirem gostaria de confortar-me um pouco com vossas presenças, porque sei que quase nada podemos fazer pelo restante. Ao vê-las, reacende em mim a celebração simples e a afeição calorosa de nossa Irmandade e, para mim, isso é muito importante. Minha maior riqueza e alegria estão aqui, espero que compreendam o que lhes digo. Hoje, irmãs, encontro-me distante e afastada do caminho, sinto a tristeza me rondar, como uma presa indefesa no encalço de uma fera selvagem. Muitas vezes, gemendo, penso que um coração não pode suportar tão duro golpe do destino. Tento ser forte e determinada como oferece a lição do sagrado carvalho, símbolo dos meus ancestrais, mas isso não me é suficiente hoje, agora mesmo.

Olhei bem para as duas e continuei:

— Nos meus sonhos, os rostos de todas vocês estão desfigurados, enquanto minha alma tateia a escuridão dos homens que dormem na solidão do tempo. Dependo tanto, ó irmãs, de vossas sublimes presenças e de outras das nossas que me custa abandoná-las à sorte, ao léu... e nisso, Lintra — enfatizei o comentário para ela: — você pode ter razão em afirmar, como disse há pouco, que patrocinei nosso encontro, mesmo sem o querer admitir inicialmente e, de certa forma, também sem o saber inteiramente.

Lintra se levantou com altivez e força e foi até a janela a fim de refletir melhor. Pelo que percebi, muito sensibilizada pelas minhas palavras. Não demorou muito e disse:

— Urtra, traduziu muito bem nosso sentimento e nossa comunhão enquanto grupo. Não tenho palavras a oferecer às suas convicções profundas, apenas um sentido maior que talvez possa lhe ajudar no seu caminho.

Andou um pouco para adiante e para trás, até um outro acento a meia distância entre eu e Itangra.

— Um sentido?

— Mais do que isso... na verdade! — murmurou, sorrindo.

— Um caminho? — sugeri.

— Não, eu chamaria de uma bênção... — parou, olhou-me com profundidade — poderia me dizer qual, Urtra?

— Um dom...

— Sim — confirmou ela.

Esperou ainda um pouco mais, investigou-me e finalmente respondeu:

— Minha cara... o dom da fé.

— Já desconfiava, minha irmã.

— A fé é como uma grande escadaria. Em que parte tu te encontras nela? — perguntou em tom cerimonioso.

Fui surpreendida pela pergunta de Lintra e senti um certo desconforto no meu interior, agora atormentada por uma verdade que eu mesma desconhecia em mim.

Olhei ainda para Itangra a fim de apoiar-me nela. Todavia, ela parecia se encontrar um pouco distante sobre o que eu e Lintra discutíamos. Apenas sorriu-me voluntariosamente. Voltei a atenção para a outra e respondi:

— Devo confessar, surpresa e envergonhada, que nos primeiros degraus, irmã Lintra.

Com a serenidade com que era respeitada na Irmandade, respondeu:

— Mas isso não se traduz no maior dos prejuízos. Jubila-te por outro lado, pois tu tens sabedoria e é amiga da verdade, somente te falta a coragem necessária, a coragem dada pela fé e isso conquistarás com o tempo. Lembra-te de que tu és a herdeira da Irmandade da Loba. Tuas decisões serão nossas decisões, teu caminho será nosso caminho, mas só existe no hoje o que está à nossa frente. Nosso tempo, propriamente dito, já passou, cara irmã, e isso todas nós devemos aceitar. Nossa glória não é deste mundo presente, nosso mundo não é apenas este e nossa realidade é muito mais ampla.

Aquelas palavras eram assertivas e de alguma maneira dolorosas, mas oportunas para mim, como foram as de Bithias. Compreendi, com tristeza, que limitações existiam e continuariam. Fiquei em um certo silêncio.

Percebendo que o assunto com Lintra havia encerrado a contento, Itangra se dirige a mim.

— Gostaria de revelar algo que considero de grande importância.

Antes, esperou um pouco, como se para tomar mais fôlego. — É sobre minha partida, depois de nossa fuga a meio caminho do vale...

Sem conseguir me conter, comentei:

— Claro! Sua retirada incondicional que nos deixou bem abaladas.

— Posso imaginar a confusão que causei! Quero dizer, todavia, que teve um motivo para o meu comportamento — esfregou as mãos uma contra a outra e disse sem rodeios: — Na verdade, fui em busca de um filho.

— Um filho! — repeti surpreendida.

— Sim, Urtra, mas este, como me inspirou a Grande Mãe, é o filho da promessa! — comentou-nos sem disfarçar o orgulho, embora algo a angustiasse naquilo.

— Um menino, impossível! — bradei. — Como pode ser isso, Itangra, se nossa tradição não admite a regência para os homens? — repliquei mais exaltada.

— Agora poderá entender a causa de ter escondido o fato na ocasião, não só por uma vontade própria, mas também por impedimento da Deusa. O motivo da escolha eu desconheço, visto que a escolha em si me surpreende, mas não me embaraça de modo algum. Como sabe, Urtra, não sou dada a me agarrar às questões de consciência ou de tradições, ainda mais se elas fizerem parte do mistério que é dirigido a mim com força irrepreensível. Sigo minhas intuições e me curvo à Grande Mãe — disse ela com a autoridade. — E tem mais...

— O quê? — adiantei-me apreensiva.

— Posso ainda acrescentar e pensei muito, neste instante mesmo, enquanto as duas ainda aí conversavam, é que parte da tradição e da magia de nossa Irmandade vai depender dessa criatura.

— Tem certeza disso? — indaguei, encarando-a com firmeza.

— Não vou mentir, não tenho, mas tudo indica — respondeu ela.

— Não consigo acreditar em tal coisa! E quanto às gêmeas, Itangra, não lhe parece que seriam as herdeiras naturais? — falei com inquietação.

— Não sei o que de fato poderá vir a ocorrer... — voltando seu olhar límpido para mim. — Tu és nossa líder agora e, como tal, devo-te grande atenção e obediência. Por saber também — olhou-me mais profundamente — que do que não sei e do que me é dado a saber, sabes e saberás mais do que eu.

Ela tem razão, mas não completamente, pois ainda busco a compreensão de muitas coisas, pensei. Então, perguntei a Lintra para saber o que pensava a respeito.

— Não me espanta o que ora é revelado. E, Urtra, tenho bastante segurança em Itangra para entender que ela não alimentaria uma sorte vã, mesmo que a sua vida dependesse disso — declarou com sobriedade.

Reconhecendo inteiramente ou não a situação que me fora apresentada até ali, no íntimo, nunca cheguei a duvidar de Itangra. Também me lembrei de que, antes de sua partida, a Deusa me falou de uma missão sigilosa de Itangra. Assim, a opinião de Lintra só reforçou o que eu já acreditava.

— Também tenho certeza disso, Lintra. O problema maior é que não sinto, com o meu poder e o que por ora me é acrescentado, nenhum sinal da Deusa em relação a esse menino. Você sente? — indaguei.

— Não! — respondeu, sem titubear.

— Não lhe parece estranho que não sintamos qualquer coisa a respeito?

— Sim, Urtra! — respondeu Lintra com visível surpresa agora.

— Compreende minha aflição?

— Sim! — confirmou ela, voltando-se para Itangra. — O que lhe parece, minha cara?

— Teria as mesmas reservas se me apresentassem algo semelhante. Por isso, Urtra e Lintra, não as condeno por questionarem o que afirmo. Sem dúvida, é estranho que não sintam o poder dessa revelação. Mas não tenham dúvida de que é uma tarefa que a Deusa me impôs, mesmo porque gostaria de fugir a tal responsabilidade.

— Como assim, fugir? — questionou Lintra.

Itangra nos olhou com intensidade, levantou-se com agilidade e acrescentou:

— Bem! O fato de ter a inspiração da Deusa não me livra de estar incapaz de cumprir a tarefa... devo reconhecer, estou muito confusa e indecisa.

— O que a aflige, irmã? — perguntei com docilidade.

— Uma decisão se faz necessária e, de todo, imediata: devo voltar imediatamente e resgatar o menino, ou espero uma ocasião mais segura, correndo o risco de não mais encontrá-lo? Se já não for tarde demais. Recentemente soube que o pai está se mudando para o norte, mas tenho conhecidos nas proximidades de Limoges que sabem do paradeiro.

Coçou a cabeça. — Uma outra opção é, por nossas vicissitudes atuais, esquecer essa promessa e dívida para com o mistério da Deusa.

Olhei um pouco pela janela e me concentrei em busca de alguma inspiração. De repente, uma voz se fez ouvir dentro do cômodo a partir de um ponto de luz cor de abóbora: "Ó sacerdotisa, egéria do Culto do Lobo, o horizonte é vasto e as possibilidades também. Aceita as provações da vida, um dia compreenderás o que é reservado para esse menino, pois não servirá ao velho culto e sim ao que virá do novo. Saiba, é um dos sete escolhidos" — fez-se uma pausa de três tempos. — "Para Itangra, duas são as coisas, uma conhecida: voar sobre a águia e cortar suas penas, mesmo se estiver em voo; feito isso, a pequena águia deverá ser alimentada no bico do amor e do poder." Uma outra, desconhecida — uma pausa de dois tempos, e prosseguiu a cálida voz: — "Neste momento, que ela decida apenas pelo coração, apartando-se do juízo da mente, pois nada poderá ser feito sem o amor de mãe."

Levantei as vistas e procurei um sinal daquela visita nas outras mulheres. Nada transparecia delas, embora Lintra parecesse mais reflexiva.

— Ouviram há pouco a Grande Mãe? — indaguei finalmente, não escondendo minha expectativa.

— Não! — respondeu Itangra com feições de grande surpresa.

— E você, Lintra?

— Penso que sim. E uma coisa me intrigou particularmente.

— O que? — indaguei de imediato.

— Os sete herdeiros.

— Sete herdeiros? — repetiu Itangra, que estava intrigada com tudo aquilo.

— Não ouviu nada mesmo? — voltei a questioná-la, demonstrando mais ainda minha estranheza por ela não ter ouvido.

— Nada, como disse, irmã — suas feições eram de contrariedade.

— Isto é suspeito — ponderou Lintra, por seu lado.

— Como assim? — perguntamos eu e Itangra a um só tempo.

— Não sei exatamente — respondeu a outra.

— E essa história dos sete herdeiros — tornou Itangra.

— Estava nas palavras da Grande Mãe, sendo o menino um desses sete que Ela chamou de "herdeiros". Desconfio então que conhecemos três — sugeri.

— Além do menino, Isiandra e Yalana — adiantou Lintra.

— Correto.

Fizemos uns instantes de silêncio, tentando ainda absorver o sentido daquilo. Da minha parte, as incertezas cessaram com relação ao rebento de Itangra, pois a mensagem brotara da fonte da Irmandade. Itangra, no entanto, insistiu no que considerou o mais estranho.

— Como posso não ter escutado a Deusa, se sou a que tem maior afinidade? — saiu quase como um desabafo e um certo ciúme.

Lintra, que estava impassível, franziu o cenho de repente, como se tais palavras lhe remetessem a algo de suas reflexões mais preocupantes ou mais surpreendentes.

— Tenho uma desconfiança que talvez explique o fato — arrematou, mirando-nos com os olhos arregalados.

— Conte-nos, então, irmã? — declarou Itangra.

— Talvez seja grave o que eu suspeito, ou talvez não. Não consigo confirmar com minha presciência — anunciou Lintra solenemente.

— Lintra, nos conte logo de uma vez! Quer nos matar de curiosidade, de susto ou mais o quê? — falou a outra, com certa impaciência.

— Calma, Itangra. Antes gostaria de fazer uma pergunta a Urtra.

— Por favor! — acrescentei quase de imediato.

— Acha mesmo que foi a Deusa quem nos dirigiu sua sabedoria?

— Sim... — respondi, movida pela obviedade.

— Quer sugerir que não foi ela? — atalhou Itangra, percebendo a sutileza da outra.

— É isso mesmo que quero comunicar.

— E se não foi ela, quem foi? — questionei.

— Quem mais... Urtra, quem mais? "Eles" — falou, enquanto levantava a cabeça e mirava os olhos para cima e depois me fitou sugestivamente.

— Os celestes, os anjos? — completei.

— Os anjos? — repetiu Itangra, confusa. — Estou percebendo que há coisas que desconheço aqui, não é mesmo? — comentou, exagerando na contrariedade por sua ignorância do assunto.

— Não se sinta em desvantagem, pois são assuntos que não entendemos também. Aconteceram apenas no cerimonial de passagem de Urtra. Podendo fazer parte de uma cadeia temporal da magia que nem sequer imaginamos — observou Lintra, com seriedade.

— Sim! Mas o que, afinal, aconteceu lá? — quis saber a outra.

— Luzes enormes, como estrelas, riscavam o céu noturno com grande rapidez, seres estranhos as moviam por uma poderosa e desconhecida magia. Na verdade, eles nos influenciaram durante todo o preparo do cerimonial de Urtra e desapareceram antes do seu término. São insidiosos como o fogo que tudo devora, embora pudéssemos sentir como entidades moralmente superiores.

— Que diabos são, afinal? Pois eu já vi de tudo — atalhou Itangra.

— Agora é com você, Urtra — declarou Lintra, parecendo não ter o que mais acrescentar.

— Pois bem! Você se engana com relação a uma coisa, Lintra.

— Qual?

— Eles permaneceram até o fim do cerimonial naquela noite. Estiveram na minha presença com toda glória e poder de sua ciência celeste.

— Cheguei a desconfiar disso, pois tenho lembranças estranhas daquela noite, mas ainda são muito confusas.

— Eu tentei falar com todas quando acordamos pela manhã e ninguém me deu ouvidos na ocasião.

— Não me lembro, Urtra, sei apenas que estava embriagada pelo transe ritualístico, aliás, todas nós. E as lembranças a que me refiro são recentes.

— Não importa, agora, irmã.

— Sim! O que me respondem? — insiste Itangra, mais ansiosa do que nunca.

— Vou tentar satisfazer, ao máximo, sua curiosidade. Eu não sei o que são exatamente, se são anjos ou demônios. Disseram que eram nossos irmãos de um outro céu e de uma outra terra. Vieram do profundo Universo com a missão de resgatar...

— Resgatar? — atalhou Lintra desta vez.

— Sim, resgatar... a nós todas.

— A nós? — repetiram as duas ao mesmo tempo.

— Então, podem nos salvar? — pontuou Itangra com esperança.

— Não! Não podem interferir dessa maneira. O resgate será feito em várias vidas.

— Como podem ser poderosos? — questionou Itangra, mostrando agora sua incredulidade.

— Posso apenas dar meu testemunho do que vi e, acreditem, um poder ainda maior emana deles. Estão tão ligados aos primórdios do Culto do Lobo, que as duas sequer suspeitariam, ainda que vivessem mil anos. Acredito que são os mistérios mais altivos de nossa magia. Tanto que vai ser difícil explicá-los ou ordená-lo em fatos. E, neste instante, infelizmente, o tempo urge!

— Tem razão, sinto o tempo escoando também! — concordou Lintra.

— É possível afirmar com segurança, irmãs, a mensagem que escutei aqui é confiável e verídica. Mesmo que Itangra, a grande sacerdotisa das fontes de todos os elementos, não tenha escutado. O motivo pelo qual ela não ouviu ou a fonte de onde vem não me preocupa, parece-me secundário agora. Então, para mim isso bastará.

As duas concordaram comigo de imediato.

— Que diz sua intuição a respeito do menino, Itangra? — questionei, sem demora.

— O fato de procurá-lo poderia ser um risco muito grande. Por outro lado, não poderei fazer isso em outra época, pois, como disse, poderá ser muito tarde se eles tiverem partido para muito longe — respondeu.

— Pelo poder que me foi concedido, irradiado pela Grande Mãe, devo apenas lhe garantir que o maior valor é aquele que cultivar no peito como amor materno. Sem isso, o esforço será inútil, todo o risco desnecessário, sendo preferível, portanto, desafiar até mesmo seu destino, caso não haja a verdadeira disposição de dar o que há de melhor no seu coração.

Enquanto falava, desvanecia-se a grande visão. Ainda tive uma intuição que dizia para ela evitar Albi e segui para o norte. Será que tinha conseguido transmitir tudo? Meu espírito foi alavancado com grande força e, de repente, flutuava sobre árvores enormes. Do ponto, de onde observava, mais abaixo, as copas pareciam formar um grande tapete. Os primeiros raios do sol, no vasto céu, surgiram ainda timidamente, mas sem nenhuma oposição. Já os mares, mesmo com a pouca luz, incendiavam com a pequena claridade do dia nascente. As ondas do infinito oceano quebravam umas sobre as outras em cores azuis e brancas. Depois passei por outro grande mar, no qual nenhuma onda se formava, apenas marolas que uma mão gentil abarcaria facilmente. O tom verde enchia de alegria minha própria sorte. Se pudesse, ficaria a vagar ali para sempre, como um navio insuflado pelos bons ventos. Flutuaria no éter, no vapor espiritual que movimenta todas as mônadas nos infinitos céus. Era um universo incrível, um mundo ordenado pelas potências dos elementos naturais e etéreos, um mundo em que as experiências são sempre sublimes. Agora, as colinas aproximavam-se como troféus do mundo terreno. A terra dos homens era visível, mas meu verdadeiro lar tinha desaparecido com a traição na Irmandade, o que me restava era sua doce lembrança.

A luz atravessou a janela e fui, felizmente, acordada sem sobressaltos. A lembrança nítida de Itangra e de Lintra permanecia em minha mente. Meu coração silenciara um pouco e minha boca parecia que nunca mais pronunciaria uma única palavra, como o pássaro que silencia apenas na sua morte. A angústia havia diminuído, mas minhas esperanças eram ainda duvidosas e pouco atendiam aos meus apelos. Contudo, uma certeza possuía naquele momento: era necessário muito mais coragem e disciplina para o que ainda viria.

Os dias seguiram, cada vez mais iluminados pelo fim do inverno e começo da primavera. Toda a capa de gelo, formada durante a estação invernal, havia quase desaparecido sem deixar vestígios. Por esse tempo, o auri-sedento do taberneiro passou a exigir mais uma moeda de ouro da minha parte. Então, entreguei-lhe a segunda e garanti que ele veria pelo menos mais uma antes que eu partisse, no final do mês de março. Isso o acalmou, é verdade, mas para o meu desespero, apenas por mais uns dois ou três dias.

Medricie se afeiçoou bastante à menina Yalana e tornaram-se companheiras inseparáveis nesse longo período do inverno. Até, devo confessar, algum ciúme senti. Não podia culpá-las inteiramente, tornei-me soturna por minha própria vontade. Desde a nossa conversa no primeiro dia, a jovem nunca mais voltara a tocar no assunto. Mas estava mais alegre e dividia comigo, ainda que silente, uma cumplicidade permanente.

Passei, dessa forma, a gostar mais dela, mesmo tendo, vezes por outra, que escutar os louvores fervorosos que dirigia a seu Deus.

Ainda por essa semana, num dia claro, veio Avieur convidar-me para um passeio até a praça, pois um grupo de artistas se apresentaria. A taberna estava cheia, para a alegria de Roaiz. Dois rapazotes lhe auxiliavam, servindo as bebidas. Nesse dia, fazíamos a arrumação dos quartos.

— Não posso! — respondi, sorrindo ao encantador convite.

— Como não? — retrucou ele.

— Não estou pronta para sair desse jeito — falei, enquanto deslizava as mãos pelo vestido amarrotado.

— Você está maravilhosa assim!

— Estou?

— Claro!

— É apenas gentileza sua — acrescentei desdenhosa.

— Não é não. Acredite — tornou com mais veemência.

— Acredito sim! — disse alegremente. — Mas preciso me preparar para tal evento — falei de forma provocante e sedutora.

Abriu um sorriso galanteador e com costumeiro charme e atenção anunciou:

— Está bem, passarei daqui a três horas, uma hora antes, marcado para o início do festival.

Subi correndo as escadas e convoquei Medricie e Yalana a deixarem seus afazeres momentaneamente. E, assim, prestarem-me auxílio. Estas ficaram animadíssimas quando contei do meu encontro com Avieur e de tudo fizeram para me deixar bela. Medricie até me emprestou um lindo vestido vermelho que sua irmã lhe dera por ocasião de seu casamento com Roaiz.

— Estes ajustes, Medricie, que foi obrigada a realizar no vestido, poderá inutilizá-lo.

— Não se incomode com tal sorte para mim, maior prazer constitui em atendê-la no momento.

O tempo escoara rapidamente, tendo o pobre do Avieur ainda que me esperar muito na taberna. Além dos acertos no vestido, o banho, o cabelo e depois as unhas custaram muito tempo e trabalho às meninas. Quando já estava pronta, fizeram-me andar pelo quarto de todo jeito. Num canto do cômodo, as jovens paradas, próximas à cama, entreolharam-se. Por duas ou três vezes, aprovaram ou reprovaram alguma coisa, mas nada disseram, obrigando, por fim, ainda a lhes arrancar algum comentário.

— E então, meninas? Por favor, digam-me qualquer coisa.

— Está maravilhosa, senhora — comentou Medricie, embevecida.

— Deslumbrante! — completou Yalana, soltando um gritinho infantil.

Quando ia descendo as escadas, Avieur não desviou, um único instante, seu olhar de mim. E, praticamente, todos os cavalheiros que se encontravam na taberna reagiram de forma semelhante, embora muitos ainda tentassem disfarçar. Já o taberneiro, que na hora limpava uma taça sobre o balcão, lançou-me um olhar indiferente e um sorriso indefinível, próprio de seu caráter. Existia algo de admirável naquele carrancudo Roaiz, tinha de reconhecer isso. Não era alguém que se perturbava com qualquer coisa, fosse uma ameaça, elogios ou a beleza. Por outro lado, era extremamente sensível à cor e ao cheiro do ouro.

— Como você está linda, Marie! Nem a rainha verteria, com todas as joias e riquezas, mais esplendor aos olhos de um homem.

— Você é sempre tão gentil, meu caro!

— Acredite, nunca será suficiente ao seu merecimento e ao seu espírito altivo — ajuntou com segurança.

— Avieur, você me lisonjeia tanto, mas não sou como pretende, tão virtuosa, saiba disso.

— Como não? Que prova mais necessita do que essa mesma? É sempre tão serena e modesta diante dos mais galantes elogios. Não se rende como um tolo ou se exalta como alguém de índole inferior.

— Sim, é verdade, em parte. Mas escuta um segredinho meu: eu tenho gostado muito quando fala tais coisas, principalmente por ser você. Por isso, pode assim me acostumar mal, tornando-me presunçosa.

— Não acredito! — sorriu.
— Como pode estar tão seguro? — falei com provocação.
— É simples: eu sei com o coração.
— Você é lindo, Avieur. Foram incontáveis as vezes em que vi no seu rosto resplandecer como o sol o que poucos têm: a dignidade — e olhei para ele com afeto.

— Honra-me muito ao pensar assim — completou com visível satisfação, enquanto se empertigava como um soldado diante de um mérito recebido.

— Deixe-me ainda ser mais justa com você, Avieur, porque poderei não ter outra oportunidade. Você possui uma alma raríssima, dessas que são bondosas, pacientes e corajosas.

— Apenas, acredito eu, tento ser simpático e isso é muito fácil para qualquer homem que saiba apreciar a formosura do sexo feminino. Não há mérito nisso! — e um sorriso iluminou sua face. Ofereceu-me o braço e saímos da taberna.

Seguimos para a praça, na qual ficava o mercado maior, pois lá estaria montado um palco improvisado para os artistas de teatro. Ao passarmos por algumas senhoras e moças, elas nos acompanhavam com o olhar e, de modo furtivo, iam vigiando nossos passos a distância. A maioria delas parecia se sentir preterida; outras, visivelmente, ardiam de inveja. Uma forasteira, talvez uma mundana, estar acompanhada do cavalheiro mais disputado de La Cloche era uma afronta à comunidade feminina. E, é claro, possuía o pior dos pecados que uma rival poderia ter, como escutei de passagem de certa ressentida: "É tão bela, que fascinaria o próprio diabo". Devo reconhecer que me diverti muito com tudo aquilo, e era um bálsamo para minhas tristezas. Não pude resistir em provocar mais ainda a teia de falatórios de que iam se ocupando as mulheres, mais e mais, por aquele dia.

Avieur era sempre cortês com todos. Quando alguém cruzava nosso caminho, fazia questão de cumprimentar com educada postura e distinção. Então, observei com excessiva provocação feminina.

— Não é à toa que é tão querido por aqui. Ainda mais por essas moças casadoiras.

Olhou-me com surpresa e algo intrigado e, por fim, sorriu desdenhoso, como a pensar: "coisas de mulheres, coisa de mulheres", ou talvez, "uma mulher sempre uma mulher".

A praça estava cheia, e na frente do tablado as pessoas se acotovelavam por um espaço melhor. Havia grande tumulto na feira do vilarejo, onde muitos também circulavam animadamente. Às vezes, os dois acontecimentos pareciam uma coisa só. Avieur disse que muitas daquelas pessoas eram de fora e vieram para a novena que começaria naquele dia. Não era por acaso que a taberna estava tão frequentada naqueles dias. Ficamos, a uma boa distância do palco, evitando o amontoado de pessoas que mais e mais se achegavam para poderem enxergar e ouvir melhor. Assim, mal ouvíamos o flautista quando começou a encenação. O espetáculo ironizava a vida na corte e do clero; além de toda a sorte de eventos grotescos, que eram apresentados, arrancando grandes gargalhadas do público. De repente, de um lado do mercado, veio uma mulher abrindo caminho aos berros, passando por nós em certa altura.

— Deixem-me passar... deixem-me passar, seus miseráveis! O padre, chamem o padre, por favor!

Do lugar de onde viera a mulher desesperada, um alpendre recuado de madeira e pedras, sai um homem que logo reconheci. Com um lenço branco enxugava várias vezes a testa e o rosto suado, tremia as mãos de tal forma, que mal conseguia segurar aquele pedaço de pano. Estava com o olhar soturno e as feições graves envelheciam por demais a aparência.

— Conhece aquele homem, Avieur?

Ele olhou rápido na direção que apontei e respondeu-me prontamente:

— Sim, chama-se Renard, o comerciante de vinho.

— Ah! É isso mesmo.

— O conhece? — questiona com indisfarçável curiosidade.

— Sim... quer dizer... não, exatamente. Quando cheguei nesta vila apresentou-se a mim como alguém que já tinha me visto em Cordes. Na verdade, trocamos umas poucas palavras, fazendo-me saber que tinha alguma expectativa de notícias de parentes seus da região de onde vim.

Percebendo ainda uma certa inquietação da minha parte, acrescenta cordialmente:

— Parece que algo a incomoda, Marie?

— Aquela mulher que passou aos berros por aqui veio de lá.

— Quer saber o que ocorre, é isso? — indagou ele.

— Na verdade, desconfio do que seja e talvez possa ajudar — falei, encarando-o com seriedade.

— Como queira, podemos ir certamente — e com desprendimento natural acrescentou: — Se puder ajudar também.

O tal Renard estava tão transtornado, que nem se surpreendeu com minha visita inesperada. Depois de explicar minha ida ali, tive minha desconfiança confirmada.

— Sim, moça, é minha mulher. Morrerá ela e a criança que está dentro de seu ventre. Não quer nascer. Não sei o que mais poderá ser feito, pois as parteiras estão desacreditadas e, agora, só esperam pelo pior.

— Conheço a arte das melhores parteiras, posso tentar ajudar.

— O que posso dizer, moça? É bem-vinda — falou com a devoção do desespero.

Deixei os homens conversarem e entrei pela loja adentro. No fundo, num quarto, três mulheres se agitavam com o infortúnio da outra, estando a parturiente muito enfraquecida, seus olhos febris e amarelados indicavam o grande esforço até o momento. Ao chegar, me olharam muito desconfiadas e a principal parteira nenhum crédito me deu. Por intermédio de Medricie, soube que algumas dessas mulheres cultuavam a Deusa, não importava o quanto fôssemos diferentes, certas coisas sempre eram as mesmas nessas tradições. Então, num gesto silencioso, toquei com dois dedos da mão esquerda o chão, o sexo, o coração, a fronte e a nuca. A mais velha, a parteira mestra, e outra mais nova ficaram impressionadas. Já a terceira, pareceu não compreender nada. Esta não devia ser uma iniciada, deduzi.

— Preciso de água fervendo e espaço aqui — falei com a autoridade da Deusa.

As duas mais novas saíram do quarto. Lavei bem as mãos, e as passei acima da barriga da mulher até o ventre. Pela minha clarividência vi duas crianças, mas elas estavam, de tal forma, atravessadas, que seria impossível sair sem uma ajuda maior.

— São duas crianças, terei de puxá-las com todo o cuidado — falei para a parteira que me fitou intrigada.

Introduzi minha mão até o útero e, por um dos braços da criança mais acessível, fui colocando na posição de nascimento. Embora a parturiente estivesse exausta, conseguiu, com a ajuda da outra parteira, ainda mantê-la de cócoras e logo o primeiro despontou, saindo sem maiores dificuldades. Já o segundo, deu mais trabalho, pois o cordão lhe envolvia o pescoço. Quando finalmente estava a salvo, reparei que a marca do cordão ornara-lhe o pequeno pescoço como um colar de pérolas avermelhadas. Era um sinal de uma vida anterior, talvez uma morte por enforcamento. Quando saí, já havia passado duas horas. E lá estavam os dois homens em uma conversação ociosa. Quando o tal Renard me viu, um misto de apreensão e alívio sobreveio às suas feições. Por isso, logo o cumprimentei, dando as notícias.

— Meus parabéns pelos seus filhos. Uma menina e um menino, por sinal, muito robustos.

— Dois! — espantou-se a criatura — muito obrigado, moça, não tenho como lhe agradecer — falou a seguir num tom mais emocionado.

— Tem sim! Crie-os com sabedoria.

— Certamente — ele riu.

Fui obrigada a retornar para a taberna, pois estava com a roupa completamente suja.

— Estraguei nosso passeio, não foi mesmo, Avieur?

— Uma causa tão nobre dispensa qualquer comentário.

— De fato, nada mais verdadeiro.

— Além do mais, a encenação me pareceu de muito mau gosto, portanto perdeu pouco.

— Uma vez mais, tem razão.

A uma certa altura do nosso percurso, quase a meio caminho da taberna, parou, virou-se para mim.

— Com que determinação está decidida para a vida religiosa, Marie? — introduziu o assunto.

— Nenhuma que seja pela dignidade da fé ou por um chamamento do cristianismo, se é isso que quer saber. Sigo muito mais por uma necessidade — respondi com o coração desarmado, como se não pudesse ser de outra forma com aquele homem.

— Sabe que gostaria que ficasse comigo! Um parente que serve na corte portuguesa tem insistido que vá com ele, e estou tentado a aceitar o convite. Você se casando comigo, partiríamos para uma nova vida antes do final do mês — falou de modo inesperado.

— Você mal me conhece! — retruquei.

— É o suficiente para mim — assentiu tranquilamente.

— Nem mesmo se preocupa com o meu passado.

— Não é casada, como pude perceber — refletiu, embora uma sombra de dúvida atravessou-lhe o espírito — mas tem uma linda filha. Ela é sua filha? Ah! Não me importa, seria um ótimo pai para ela — completou com suficiência.

Entretanto, seu rosto expressou um estranhamento interior pelo que parecia ser uma inquietação repentina e misteriosa. Na verdade, nunca o vi como ali antes.

— O que foi?

— Não sei direito. Quando falei que poderia ser o pai dela. Uma sensação esquisita. Não deve ser nada — olhou-me e deu de ombros. E, eu mesma, não dei mais nenhuma importância àquele fato.

— Não vou mentir para você — disse resoluta —, não é minha filha, mas é como se fosse — e o instiguei a seguir: — e se eu for uma cortesã, como muitos aqui acreditam? Você sabe o que dizem e viu como essas senhoras me tratam.

— Isso não é uma verdade — afirmou com tranquilidade.

— Você, Avieur, tem sempre certeza das coisas, mais do que os videntes, isso é incrível.

— Vem de uma prática calculada, é só — assentiu ele do mesmo modo modesto que o caracterizava.

— Oh! Gostaria de ser assim também.

— Ficando ao meu lado...

— Não posso. Não tenho como fazer essa escolha.

Estava tentando ali demovê-lo daquelas intenções para comigo: no entanto, sentia-me sucumbir cada vez mais. Nunca esperei tamanho desprendimento de um homem. Faltou pouco para que o enlaçasse num beijo, porém se o fizesse meu projeto fracassaria. Nossos rostos se aproximaram o suficiente para a intimidade, senti o cheiro de seu corpo e suas mãos firmes me puxavam ao seu encontro. Toquei os seus lábios com suavidade, ao mesmo tempo, afastava-me um pouco, forçando-me uma expressão de gravidade no meu semblante.

— Existem outras coisas muito importantes... e outros dependem de mim.

— É, eu sei... sinto! — assentiu com credulidade temerosa.

— Coisas que não posso abandonar simplesmente — fui enfática e em tom grave.

Seu olhar turvou um pouco. Também outras preocupações se misturaram no seu rosto, então ele disse:

— Peço apenas que reflita um pouco sobre minha honrosa oferta e que a leve em consideração para sua vida. É do fundo da minha alma. Infelizmente, terei de me ausentar por uns dias em função de uma viagem e não poderei me dedicar a convencê-la neste tempo, uma desvantagem certamente, mas conserve no seu coração este meu pedido.

— Não prometerei nada, Avieur, concordando apenas em dedicar uma certa atenção à sua pessoa, que me é muito cara.

— É justo!

IV

O BARULHO

Não fiz esforço em pensar, pois o semblante de Avieur não me saía da cabeça. Sua proposta era uma tentação considerável, embora, no fundo, tudo já estivesse decidido. Do inverno na taberna, viria depois a me lembrar como uma época feliz, mas tudo mudaria de repente.

Uma noite, dormia junto à menina Yalana, quando um barulho estridente, vindo do andar de baixo, ressoou no quarto, acordando-nos sobressaltadas. A princípio, parecia que alguma das mercadorias acomodadas havia caído no chão, ao acaso. Talvez o peso excessivo a houvesse liberado de seu apoio costumeiro. Novamente, então, outro estrondo e dois tempos depois mais outro. Algo muito grave acontecia lá embaixo, não tinha mais dúvidas. Estava claro agora: era um sinal de luta. Não demorou muito para a jovem Medricie correr ao nosso quarto, batendo na porta com grande desespero. Enquanto ela entrava, nada mais se ouvia vindo do andar inferior.

— Viu qualquer coisa? — perguntei a ela, à medida que ia entrando.

— Apenas um grito horrível... e tenho certeza, senhora, era do senhor Roaiz... acho que está ferido ou morto nesta hora. São ladrões... — falava aterrorizada

— Tenha calma, precisamos confirmar isso.

— Eu imploro, minha senhora — e passou a segurar minhas mãos com grande aflição — não desça lá, não terá nenhuma chance contra esses salteadores. Podem ser muitos.

— Não creio; além do mais, não estaremos seguras aqui. Principalmente, Medricie, se for quem estou pensando, virá atrás de mim assim que aliviar seu patrão de suas joias e economias.

— Como sabe tal coisa? — falou com voz trêmula.

— Confie em mim. E se mantenha calma a fim de não deixar nossa menina aqui também nesse estado — apontei para Yalana que, nessa hora, ensaiava um grande bocejo.

Fui até a porta e tentei escutar alguma coisa, mas nada.

— Vá para o outro quarto com ela, no fim do corredor, escondam-se debaixo da cama e fiquem quietas até eu poder chamá-las de volta. E não me desobedeçam, entenderam bem?

Quando as duas entraram no outro quarto, pude sair para investigar a situação. Apanhei minhas duas adagas e saí cautelosa, pois nenhum movimento se ouvia, mas pressentia que o perigo me rondava. Fui descendo com as costas rentes à parede, tendo grande cuidado para não tropeçar ou me revelar precipitadamente. Quando cheguei mais embaixo, duas velas acesas cobriam com sua luminescência amarelada somente um curto espaço do vão da estalagem. Ainda assim, consegui divisar o corpo ensanguentado do velho em cima do balcão e seu baú jogado ao chão, com tudo o que não era de valor espalhado. Não foi surpresa quando vi o homem que saíra da sombra.

— Sua bruxa miserável! Já ia à sua procura. Pensa que estou desatento aos feitiços que tem lançado contra meu irmão? — bradou com sarcasmo e ira incomum.

— É você, Deró dos Lavillavertes! Onde está seu comparsa e... como devo supor, amante? — acentuei ironicamente a última palavra. Teve assim uma surpresa e mais sangue correu-lhe as faces.

— Sua cachorra nojenta! Você é muito ardilosa, mas não se livrará do meu punhal — vociferou como o demônio.

— Não tenho medo de você e não se atreva a dar um passo, pois poderei acrescentar uns furos a mais no seu corpo — bradei, mostrando as adagas. Mesmo assim, avançou em minha direção como um cão ensandecido, porém o tal Balzac saiu rápido de seu esconderijo, conseguindo segurá-lo a tempo.

— Essa mulher é muito perigosa, não vacile, Deró; ela poderia ter lhe matado facilmente — falou ao outro com atenção severa.

E, ao me encarar, disse:

— Não tem chances contra nós dois, diga-nos em que lugar está seu ouro e deixaremos sua filha viver, bruxa. Pois, não acredite que escapará da morte.

Nesse instante, sacou uma espada e foram se acercando de mim, até me encurralarem no começo da escadaria, obrigando-me a subir novamente. Não tive alternativa a não ser recuar até mais em cima. Em seguida, em atitude repentina, saltei pelo lado da escada até o chão, próximo ao balcão, o que os surpreendeu bastante.

Balzac recomenda ao outro que já alcançara o andar superior:

— Deró, suba e vasculhe tudo, veja se encontra as moedas. Talvez a pirralha saiba, eu cuido dela aqui.

— Está bem — murmurou.

Balzac se aproxima, fazendo ares de um caçador que estuda sua presa, passando a espada para a mão esquerda. Sem pestanejar, saca de um punhal com a outra mão. Faz um primeiro gesto de arremessar, não concluindo, como que testando minha atenção e perícia. O homem tinha um forte receio de mim, pois agia com o maior cuidado, não se deixando enganar por minha condição de mulher. No segundo e inesperado impulso, arremessa, e só não me atinge por um vacilo dele, ou a mão da Deusa. Então, retribuo com um golpe semelhante com minhas adagas. E tendo uma sorte melhor, atinjo-o no peito, provocando um som surdo. Ouve-se um grito rouco e disforme. Seu corpo cai como um saco de batatas, atirado ao chão. Tomo-lhe a espada em meio à sua agonia de morte. Não demorou até o outro perceber a situação e vir pelas escadas enfurecido.

— O que você fez, sua bruxa? Bruxa nojenta! — e um urro medonho se faz ouvir por todo o recinto.

Este avançou para cima de mim com a habilidade que só é vista em felinos. Os movimentos que fazia com a espada, cortando o ar, eram uma mistura de agilidade e destreza; naquela hora, senti-me estremecer. Pois, apesar de ter lançado nele a segunda adaga de boa distância, errei imperdoavelmente. Logo depois, sua lâmina corta minhas carnes por duas ou três vezes, e o meu sangue tingiu de vermelho o branco camisolão, enquanto o outro corte molhava meu rosto em um dos lados. Mas pude me esquivar oportunamente quando parou junto ao corpo de seu amigo Balzac, para observá-lo de perto. Tive aí tempo para retornar à escada. Não teria nenhuma chance de enfrentá-lo com o florete com o qual estava, só havia uma chance, o pesado arcabuz na parede. Tentou ainda animar o amigo, mas quando constatou que definitivamente estava morto, veio esbravejando em minha direção:

— Vou lhe arrancar os olhos com seu próprio estilete, cortarei seu ventre até sua garganta, porca imunda e maldita bruxa! — com o punhal ensanguentado que havia tirado do corpo do outro segue em minha direção.

— Não tenha tanta certeza assim! — revidei, como se enfurecida, atraindo para a armadilha.

Em pouco tempo, já tinha o arcabuz à altura da mão, armei-o e tomei a espada que o acompanhava na parede de prontidão em uma das mãos, arremessei a espada contra ele, mas este conseguiu desviar-se com habilidade. Ocultei-me, então, na escuridão que se perpetrava por ali, isto até que ele se aproximasse bem, pois só teria uma chance com aquela arma. Escolhi o momento sem ter a certeza de que dispararia. Mas, ao apertar o gatilho, o estrondo ressoou no meu ouvido por instantes incontáveis, assim como o coice da arma quase me fratura o braço. Em parte, tive muita sorte, porque, na pressa, não o apoiei inteiramente contra o ombro como se recomenda. O fato é que resvalou por cima e golpeou a parede com extrema força, criando uma pequena concavidade no local atingido. É uma arma muito trabalhosa, embora eficiente e útil no combate da infantaria; não raras vezes, é necessário mais de um soldado para se poder disparar.

Do velho arcabuz, o projétil saiu salpicando em fagulhas, após percorrer sua grande culatra. O cheiro de pólvora dominou imediatamente o interior do estabelecimento. O tiro atingiu em cheio o facínora. Seu tombo soou como uma árvore que despenca sob o labor do machado.

Ainda aconteceu uma coisa estranha naqueles momentos: ao vê-lo subir os primeiros degraus, antes de atirar nele, vi que possuía asas negras e chifres, mas estes bem menores do que já havia vislumbrado em mim mesma. Também ouvi algo entrecortado com uma voz que dizia: "irmão... irmão". Só vim compreender tudo um tempo depois.

Meu ombro direito doía muito e um dos cortes vinha justamente do seio do mesmo lado, o que piorava minha sensação de desconforto. Passei a mão na ferida e descobri que não era profunda e o sangue por ora estancara. O outro ferimento no couro cabeludo, um pouco acima da testa, também não era grave, embora o sangue ainda fluísse continuamente. Esperei um pouco e agarrei o florete caído por ali com a mão esquerda. Fui com o maior cuidado até o local em que o homem tombara. Continuava vivo; no entanto, o chumbo lhe abriu um buraco no ombro direito. Perdera os sentidos ao bater a cabeça contra um dos pilares, produzindo na sua nuca um corte considerável. Respirava com um ritmo irregular e desproporcional, mas não parecia que seu pulmão fora atingido. Existia a possibilidade de sobreviver.

A dor de meu ombro abrandara, mas o ferimento do couro cabeludo ainda vertia sangue em demasia, obrigando-me a amarrar um pano no local. Passei a enxugar meus olhos do excesso que já impedia parte de minha visão.

Subi ao andar de cima e chamei Medricie e Yalana para me ajudarem. Quando me viram, ficaram estarrecidas com o meu estado.

— Não se preocupem, estou bem, ou pelo menos melhor do que os salteadores — tentei acalmá-las.

— O que aconteceu, senhora Marie? Estávamos apavoradas aqui, e quase nos descobrem quando alguém passou a revirar tudo aqui em cima. Os gritos, o disparo... Oh! Meu Deus! Pensamos que o pior lhe tinha acontecido — falou ela com voz embargada.

— Acalme-se, pois ainda há trabalho por fazer, esta noite só começou. — Voltei-me para a menina Yalana e passei a segurar seus ombros infantis. — Yalana, você ferverá água em quantidade e não descerá até arrumarmos tudo, compreendeu... consegue fazer isso, filhinha?

— Sim mãe, é claro — respondeu prontamente, embora estivesse um pouco assustada.

— Muito bem, vá logo sem se entreter em nada.

O rosto de Medricie parecia uma tintura branca, e as pernas tremiam como nunca vi em alguém antes. Seu olhar, transido de horror, só mirava minhas feridas.

— Não se preocupe comigo, estou realmente bem. São apenas uns arranhões e sangue batido, lavando, ficarei mais bonita ainda — falei, tentando ser descontraída à medida que tocava seu rosto. — Filha, precisará ser forte agora, a vida é um botão de rosas, mas para agarrá-la é necessário pegar nos espinhos. Será que você me entende?

Assentiu com a cabeça afirmativamente.

— Necessito de você mais do que nunca, preste atenção no que vou lhe dizer: terá de ir à casa dos Lavillavertes o mais rápido possível e trazer aqui somente o senhor Avieur, que chegou ontem de uma viagem. Pode fazer isso sem despertar suspeitas e com rapidez?

— Tentarei, senhora Marie — disse ela, choramingando.

Ao descer as escadas e ver os corpos, seu rosto se transformou em mais tristeza e terror. Levou a mão imediatamente à boca em sinal de que iria vomitar. Botou para fora parte de seu jantar. Acreditei até que cairia, pelos tropeços dados em dois momentos. Quando pensei em ajudá-la, levantou-se ainda enjoada e continuou em direção à porta com certa determinação. Puxou dois dos quatro pesados ferrolhos que ainda mantinham a porta trancada e saiu metida numa capa escura que trouxera do quarto.

Coloquei o pesado corpo de Deró em cima da mesa, em que os homens costumavam beber e, a seguir, o liberei de suas camisas. Para contê-lo, amarrei-lhe as pernas, a cintura e o braço do ombro sadio. Tinha perdido muito sangue, contudo minha presciência dizia que a hora dele não havia chegado. Juntei os dois outros corpos por trás do balcão e os cobri com uns panos do próprio estoque, ali próximo. Duas horas já havia se passado desde que Medricie saiu, não podia mais esperar. A menina trouxe a água fervendo e pude limpar a ferida. Necessitaria ainda retirar o chumbo de sua carne. Levei ao fogo o punhal até incandescê-lo.

Nessa hora, entra Avieur com disposição e iniciativa próprias, pois até ali parecia não saber exatamente a gravidade da situação, veio seguido de perto por Medricie que, com os braços cruzados e as mãos nos cotovelos, fazia uma prece qualquer.

Quando Avieur vê o irmão deitado na mesa, em que tantas vezes bebera, toma um grande susto. Aturdido e desorientado, pergunta:

— Marie, por Deus, o que ocorreu aqui? — esfregou nervosamente as mãos no rosto sem acreditar no que via. — Que tragédia é esta, meu Deus?

Convido a se sentar e passo a explicar todos os acontecimentos até então, procurando não omitir nenhum detalhe importante. E vejo desenhar no rosto amplo daquele homem, de belos traços, tez nobre, o desespero e a vergonha. Levanta-se e vai até onde se encontra o corpo do irmão desfalecido e dispara para o moribundo:

— Como pôde, Deró? — olha para o alto. — E Deus, quantas desgraças ainda suportará minha família? Não lutaram meus ascendentes por vossa igreja, por vosso sagrado nome, derramando em sacrifício nosso sangue, durante três gerações. Oh! Meu Deus, por quê?

— Avieur... — chamo-o com carinho — é necessário tirar a bala dele antes que acorde. E precisamos segurá-lo, pois, quando o ferro em brasa tocar-lhe a frágil carne, ele despertará, eu garanto.

— Tem razão, embora não saiba se ele merece tal compaixão! — assentiu ainda desconsolado.

— Discutiremos isso depois.

O cheiro da carne queimada impregnou nossas narinas. E os solavancos e gritos do rapaz não nos impediram de realizar o trabalho. Com dificuldade, conseguimos retirar o pedaço de metal. Já a ferida da cabeça, adquirida na queda, costurei rapidamente. Ainda verifiquei, por uns instantes, se continuava sangrando ou acumulando sangue por debaixo do couro cabeludo. Felizmente, estancou, sem problemas. Nesse instante, me lembrei do encontro que tivera com os anjos vindos do céu profundo. Conservara ainda os poderes de regeneração dos quais eles me haviam dotado? Algo me dizia que, em parte, sim, aquilo seria permanente.

Vendo que o irmão moribundo recobrou alguma consciência, Avieur, ainda inconformado e movido pela cólera, não se contém e cobra-lhe os atos sem medir as palavras.

— O que tu fizeste, cão? Miserável! Perdeste o juízo, seu maldito sodomita? Espera que Deus te perdoe agora com tamanha infâmia? — sua voz, flagrantemente alterada, reverberava como trovão.

O outro virou a cabeça para a parede sem nada responder e de seus olhos lágrimas passaram a correr copiosamente.

Avieur, vendo a cena, se apiedou mais da sorte do desgraçado. E se calou, embora seus olhos o mirassem com visível indignação.

Nesse momento, o rapaz se agita e tenta se desvencilhar das amarras, gritando:

— Eu quero morrer! Matem-me! Dê-me um punhal! — Não conseguiu por muito tempo, pois com o esforço desmaiou novamente.

E o outro comenta, quase sussurrando:

— Não! Meu irmão. Quis a fortuna que não morresses hoje. Deverás, então, levar teus desatinos pelo resto de teus dias.

Avieur foi para um canto mais afastado e sentou-se, sustentando a cabeça com as duas mãos. Ao mesmo tempo, ia massageando o rosto como a pensar no que se poderia fazer em tal situação. Sua agonia era tanta, que balançava também as pernas em frenético ritmo. Resolvi me aproximar e discutirmos o terrível acontecimento.

— O que faremos agora? — indaguei, olhando ao redor.

— Eu não estou bem certo, apenas que a verdade não pode ser o nosso caminho — olhou-me com gravidade e perguntou: — Eles chegaram hoje?

— Sim, mas não os vi quando chegaram, devem ter chegado quando já dormíamos. Sendo hoje o terceiro dia desde que partiram para fazer os tais negócios nas vilas próximas.

— Tem algum hóspede ou outra pessoa que presenciou?

— Não. Quando ele viaja, expulsa todos daqui, seja hóspede ou amigo. E só nos deixou porque somos mulheres. E provavelmente nenhum vizinho escutou ou viu nada, pois se tivessem ouvido o disparo já estariam por aqui; além disso, trovejou por duas ou três vezes esta noite. É sorte a taverna ser distante de tudo. Chego a acreditar que, se fôssemos atacadas por uma legião de salteadores, ninguém saberia.

— Pelo rei de França, Marie, é isso! — levantou-se um pouco e andou até o balcão, a fim de certificar-se dos corpos ali. — Tenho uma ideia. Todos sabem que os salteadores se arriscam mais nesta época do ano, fazendo seus latrocínios e atos bárbaros. Não seria inverossímil que eles tivessem, em pequeno bando, atacado uma carroça com mantimentos e provisões, e de seus ocupantes só um, ainda que ferido também, conseguisse sobreviver trazendo os companheiros de volta, mesmo estes morrendo ou já mortos.

— Sim, faz muito sentido — assenti.

— Por outro lado, para você, pode ser perigoso continuar aqui, pois não poderei garantir que Deró seguirá em nosso plano. Enquanto se recupera sim; provavelmente, ficará impossibilitado, mas não é algo que apostaria fielmente. Seria, como deve imaginar, muito arriscado para sua pessoa permanecer em La Cloche e ficar à mercê das interpretações mais perniciosas dos magistrados e clérigos desta região da França. Seja como for, não podemos levantar suspeitas indesejáveis, ainda que resolva ficar aqui nesta taberna. E tem mais uma coisa...

— O quê?

— Na minha viagem, para além das terras do rio Lot, tive notícias preocupantes, mais ao sul a inquisição está em plena campanha, em uma grande caça a hereges e mulheres suspeitas. Soube que mais de trezentas mulheres e cinquenta homens já tinham sido detidos em todas as pequenas cidades, daquele extremo até Albi. Se chegarem aqui tais desordens, será facilmente acusada.

— Por que seria? — fingi uma certa incredulidade.

— Como sabe, além de ser uma forasteira, carrega um certo véu de mistério, diga-se, bastante perigoso e, ao mesmo tempo, atrativo — fitou-me, acentuando a última palavra, como a se divertir na intimidade. — Comenta-se por aí que nunca sai e jamais fora vista nas missas. Seu recato, beleza e distinção lhe asseguram um pouco de tranquilidade. E, é claro, o inverno também diminui a animosidade entre as pessoas. Entretanto, de agora em diante, isso pode mudar.

— Mais uma vez, o que concluí é correto. É melhor partir — toquei nas suas mãos com suavidade e afaguei-lhe o rosto e os cabelos.

Ele olhou-me com desejo e nossos lábios se tocaram afetuosamente. Segurou os meus braços com carinho e reafirmou suas afeições por mim. Nos abraçamos e nos beijamos novamente, então ele disse:

— Talvez você possa vir comigo para minha propriedade e seguir em breve para Portugal?

— Você sabe que não, Avieur! — respondi, resolutamente.

— Sim, estranhamente sei disso, mas não aceito — falou com honestidade própria de seu caráter.

Acrescentei, então:

— Não posso lhe explicar muita coisa, meu caro, e lhe digo, é melhor que assim o seja.

Sua fronte franziu e sério, comentou:

— Sei que tem um segredo e é você mesma um mistério, porém isso não me importa muito, ainda mais agora. Aprendi a não ter mais receio do destino e você sabe disso. Aqui viu as provas de mais uma desonra. Enfrentaria com você qualquer coisa, se viesse comigo.

— O meu destino não é só meu. Além disso, tenho amor por outra pessoa.

Aquilo lhe magoou os brios, fazendo-o repentinamente se levantar, mas o contive, beijei-lhe novamente a mão com suavidade e carinho.

— Não seja orgulhoso, Avieur. Nunca lhe prometi nada, ao contrário, sabe bem disso. Nunca quis causar-lhe mal com minha vida, pois você, dentre os homens, é o melhor de todos. Jamais conheci e jamais conhecerei outro igual. Por isso, devoto-lhe sinceros sentimentos e, mesmo agora, por tudo que faz, uma imorredoura gratidão. Nisso não deve se enganar — puxei-lhe para bem perto de mim e falei com afeto e segurança. — Seu destino ainda lhe trará a felicidade e o amor que tem almejado, não se... — a minha presciência ainda ia lhe dizer mais, quando me interrompeu, questionando:

— Está prevendo meu futuro?

Ali, minha visão superior se abriu, naquela hora, de forma involuntária, percebendo algo do seu futuro. Assim como vi que também possuía asas e chifres bem desenvolvidos no seu espírito. A partir daí entendi o outro incidente com Deró. Éramos, de alguma forma, que não podia entender inteiramente, "parentes". Coisas que os anjos já haviam dito ser a característica de uma determinada raça antiga. Seria impossível explicar-lhe isso ou qualquer coisa. Talvez fosse melhor mesmo não lhe revelar nada mais que o óbvio.

— Não posso mais que você. Na verdade, desejo-lhe sinceramente isso — moderei na minha resolução anterior.

Permaneceu intrigado com minhas palavras e atitude; contudo, eu nada mais disse. Ainda pensativo, foi até a mesa na qual o irmão se encontrava e o cobriu com um cobertor. Depois se aproximou novamente de mim e disse:

— Você tem uma coisa... eu sei... algo que para mim é estranho, diferente... como poderia dizer? — e parecia procurar as palavras — notável! Como se a conhecesse desde muito, mas muito mesmo. Compreende meu sentimento?

De modo sério, tentei demovê-lo da questão que o instigava.

— Não é importante esse assunto agora, não há o que explicar. Você tem uma outra vida e é preciso ir atrás dela. Eu sei e você sabe disso. — Toquei no ombro dele e acariciei seus cabelos gentilmente. — Isso é o que importa, compreende?

Abraçou-me afetuosamente, olhou em volta pensativo e disse:

— Não! Não entendo! — exclamou com certa teimosia.

— Vejo que até seu irmão tem um espírito mais flexível — declarei espirituosamente.

Ele riu com divertimento e nada mais disse. Fui no andar de cima e quando retornei o vi ainda preocupado, embora refeito em grande parte daquela tragédia. Ao me aproximar, assentiu:

— Estive refletindo, Marie. E, beneficiado pela calma, cheguei à conclusão de que é mais seguro você partir hoje, ainda de madrugada — pensou mais um pouco e questionou: — Que destino seguiria?

— Toulouse!

— Muito bem, vamos dar um jeito.

— Não desconfiarão com meu desaparecimento repentino?

— Oh, sim! Mas será menos perigoso para você. Também direi que a tirei daqui receando os salteadores, ainda por perto, ou espreitando a cidade, vir assaltar a taberna de madrugada. Ninguém duvidará disso.

— E Medricie, Avieur?

— Terá de vir comigo para o campo — levantou-se como se movido por inequívoca preocupação.

— Ah! E esteja pronta logo mais, Marie.

— Não é problema, não tenho muita coisa mesmo.

Riu, mas demonstrava tristeza. Foi em direção à porta e anunciou, já na saída, que providenciaria uma pequena caleche para mim e a menina. Também traria dois de seus serviçais de confiança para arrumar as coisas e um terceiro que nos acompanharia até Toulouse.

Ao ver que eu me aprontava para partir, Medricie insistiu que iria comigo para onde quer que eu fosse. Avieur não gostou muito da ideia, embora não se opusesse totalmente. Então, Medricie lhe apresentou uma carta que tinha de um convento de Toulouse, chamando-a já fazia tempo. Não tive como dissuadi-la também a ficar, mesmo tendo Avieur lhe oferecido guarida necessária junto às suas irmãs. No íntimo, fiquei contente com sua decisão, ainda que um pouco preocupada, pois se me seguisse, dali por diante, sua vida mudaria completamente. *Suportaria?* Algo me dizia que sim e que até me surpreenderia. O que não me desobrigou a questioná-la duramente:

— Estás, Medricie, certa de tua decisão?

— Estou sim.

— Mesmo à custa de tua vida? — argumentei com firmeza.

— Para quem já perdeu a alma — argumentou com uma convicção saturnina.

— Sabes convencer alguém quando quer, jovem de nome Medricie. Assim, dei-me por vencida.

— Está bem. Leva para nossa jornada apenas o necessário.

— Já está tudo arrumado, senhora Marie! — olhei para ela surpreendida, ri e disse: — Corre, então, e acorda Yalana para partirmos.

— Sim, minha senhora.

Os cavalos relinchavam em seus arreios e pateavam contra o chão, como se estivessem ansiosos para partir. Bastou uma chibatada do cocheiro e nós estávamos em movimento. Antes, Avieur veio se despedir, alisou a crina de um dos cavalos, fez alguns apertos aqui e ali, verificou as rodas da caleche, os assentos e as provisões. Certificado de que tudo estava a contento, comentou:

— Boa viagem, Marie — disse ao beijar-me na mão. — Meu cavalariço que lhes acompanhará, é de total confiança, um homem temente a Deus. Ah! E muito bom de armas também! — acrescentou, por último, com o desembaraço que lhe era próprio e a cumplicidade que fora se estabelecendo com o tempo. — É o que posso fazer, cuidem-se!

— Não se preocupe com isso! — foram minhas palavras, enquanto a caleche iniciava seu movimento. Depois acenei para ele, declarando: — Adeus, meu caro, não sei se um dia ainda nos veremos novamente, por isso toda a fortuna do mundo para ti.

— Não acredite nisso, moça! Ainda nos encontraremos — gritou, enquanto acenava de volta. Sua fala pareceu, por uma fração de tempo, reverberar como uma daquelas profecias a serem exigidas pelo tempo e pelo mistério maior da vida.

Ele estava pensativo e os seus olhos espelhavam uma certa contrariedade e tristeza, eclipsando sua luz natural. Não nos encontraríamos mais, assim acreditava quando parti. Quanto a mim, sentia-me estranha, mas resoluta.

V

O CAMINHO

Os campos estavam florindo e a vida ressurgia pululando por todos os lados. Os bosques já exibiam uma rica folhagem verde, aliando-se suavemente com o céu azul. Nas árvores maiores, folhas e ramos dançavam uma sonolenta peleja de uns poucos ventos. Ocasionalmente, no entanto, aumentava sua força e intensidade quando um morno ar, vibrando estentores silvos, atravessava a campina desnuda.

A uma certa distância, alguns cavalos pastavam tranquilamente, ou em pequenos grupos permaneciam à sombra de grandes árvores. Não eram raros os potros, em brincadeiras repentinas, promoverem corridas de curto fôlego, causando algum alvoroço no grupo. Do outro lado da planície, outros equinos, ao contrário, corriam velozes pelas várzeas, como se cumprissem com o ato do movimento o sentido maior de suas existências. Nos dorsos de alguns deles, porejava um suor farto e brilhante, vindo a refletir algo da claridade matutina. Destacavam-se, ainda, olhando na mesma direção, e sem a mesma pressa, alazões de belo porte. Eles apenas trotavam com a elegância própria e natural de sua estirpe. As crinas volumosas de alguns faziam um sem-número de revoluções nos altivos pescoços. As crinas pareciam tão voláteis quanto o fogo ou, antes, assemelhavam às ondas marinhas que quedam teimosas sobre a praia. Até o resfolegar indicava uma distinção superior da raça.

Eram belos, majestosos e atraentes a qualquer um que os visse no seu mundo natural. E cheguei a me lembrar das palavras de minha mestra ao falar da Deusa: "De perfeição sofre a natureza, uma perfeição que não se domina ou se possui por qualquer poder ou vontade, partilha-se numa graça mística e grandiosa com a criação, quando, ao mesmo tempo, mitiga no altar sensível do deleite humano a vã consciência apenas da forma, e anuncia o esplendor de um outro mundo."

Por seu turno, os pássaros cantavam com uma grata alegria a festa da primavera, desde a aurora até o crepúsculo. Redescobria o coração do homem os mais preciosos folguedos, instando a alma a divagar em sonhos doces e em esperanças desconhecidas. Diversas cores primaveris iam se misturando numa aquarela iridescente e fantástica, estabelecendo uma nova proporção de forças e colorindo sem desarmonias severos vales e cercanias. Em todas as vilas pelas quais passávamos, as pessoas, movidas por novas esperanças, festejavam a irrupção milagrosa do verde, das flores e da vida. Em muitos desses lugares, as casas maiores já tinham sebes floridas com primorosa folhagem. Também víamos abundar em cabanas e choupanas, mesmo as mais humildes, uma quantidade sortida de canteiros com flores.

Em muitas dessas localidades pressentira o quanto ainda existia do culto à Deusa — *Magna Mater* — e como era bem tolerado por toda comunidade camponesa, embora nunca às vistas dos clérigos. A época da primavera lembrava-me sempre os festejos na Irmandade da Loba, quando realizávamos a grande fogueira. Acontecia sempre na primeira lua nova dessa estação ou na lua cheia. Por essa época também fazíamos o rito de passagem das novatas. Talvez o mais esperado na Irmandade, pois reunia todas as feiticeiras-lobas e resultava em grande partilha e celebrações. E, para minha surpresa, os movimentos da vida me levariam bem próximo disso, dali a alguns dias.

Depois da nossa partida de La Cloche, nada nos importunou e seguimos numa viagem sempre moderada. O serviçal se mostrara o mais eficiente dos homens e cuidara de tudo durante a jornada. Avieur tinha-lhe instruído de que éramos noivas do Cristo. O pobre homem assumira a viagem como uma missão sagrada, não medindo esforços para o nosso bem-estar e nossa chegada segura até Toulouse. Por isso, foi muito difícil dissuadi-lo a voltar a certa altura do caminho, por ainda estar distante de

Toulouse. Um pouco antes de seu retorno, tive o cuidado de estabelecer uma última conversa com Medricie.

— É a sua última chance; pode, conforme sua vontade, ir para aquele convento em Toulouse, Medricie. Ou mesmo voltar, caso tenha se arrependido — minha atenção na conversa, nessa hora, se desviou um pouco para Yalana que corria mais ao longe. E não era por menos, o seu louro cabelo cintilava como ouro ao sol — você é uma boa moça, Medricie, e a vida pode ser muito embaraçosa comigo. Isso para não lhe dar outros nomes, como: vergonhosa, desonesta e desagradável aos olhos do mundo dos homens. Sigo um caminho que a surpreenderá o tempo todo. Corre um risco só pelo fato de estar em minha companhia. Você não conhece certas particularidades que me dizem respeito e professa, como já deve ter percebido, uma fé que não admiro ou respeito como verdade para minha existência.

— Está correta, senhora Marie, no que me diz, e devo admitir que carrego incertezas no meu coração — falou pondo a mão sobre o peito.

— Por isso mesmo, novamente, resolvi conversar com você — assenti.

Seu rosto brilhava com a claridade da manhã e seu olhar percorria o horizonte distraidamente. Mostrava-se pensativa com o que acabara de dizer, tendo sua compleição se tornado mais séria e seu olhar mais intenso.

— Um lado meu receia a tudo isso, é certo! — levantou-se um pouco, amarrou o negro e generoso cabelo, buscou com as vistas Yalana que nesse momento se deitara na relva, fazendo por aqueles lados a maior algazarra. E se voltando finalmente para mim, disse: — Um dia desses, ainda na taverna, ouvi Yalana chamá-la de uma maneira estranha: "Urtra"; e de "tia". Eu entendi... desconfiei que existiam coisas que não sabia inteiramente, ainda assim escolhi vir e segui-la em tudo. Portanto, não estou me queixando exatamente — sentou-se mais próxima, respirou fundo ainda por duas vezes e concluiu, enquanto esfregava as mãos no rosto. — O que sei de fato é que uma parte de mim quer mais liberdade, e isso é justamente o que sinto quando estou perto da senhora e de Yalana. Nunca experimentei tal sensação antes, e, agora, não quero perder, mesmo podendo significar certa desonestidade de pensamento.

— Não só de pensamento, eu diria, Medricie — arrematei de modo mais sério. — Talvez esteja na hora de confiar-lhe alguns segredos para que possa avaliar com maior cuidado nossa situação. Só lhe peço total discrição — disse-lhe olhando com gravidade.

— Sim, é claro! — respondeu com prontidão.

— Sou uma feiticeira e sacerdotisa da Deusa ou da Grande Mãe do Mundo — confessei, apontando para a terra. — Como alguns cultos antigos que também existem em La Cloche e por alguns lugares que passamos. O povo nos chama de "mulheres de saber", já ouviu por aí, certamente.

Sem nenhum gesto brusco ou significativo, declarou:

— Já desconfiava de algo assim, senhora Marie, talvez desde o nosso primeiro contato na taberna. Devo admitir também que Yalana, às vezes, sem o querer, revelava-me intrigantes passagens de suas vidas.

— Eu sei dessas partilhas ocasionais, por isso também lhe confirmo agora tudo o quanto foi dito por ela. Além disso, é preciso dizer que existem coisas a seu respeito que você mesma não sabe.

Levantou um pouco a cabeça que baixara para me escutar atentamente. Seus olhos faiscaram como o lume solar ao se encontrarem com os meus. Seus cabelos ondularam gentilmente de um lado para o outro, ao comando de sua cabeça. E por sua boca passou um inexprimível sorriso.

— Não mudam em nada meus sentimentos. A senhora se mostrou a mais digna de todas as pessoas que conheci, a mais verdadeira e a que mais admirei até hoje — falou em tom emocionado.

— Agradeço, querida, suas palavras, que sei sinceras. E a tenho também, nesse pouco tempo, em grande apreço e afeto. Todavia, Medricie, há algo que precisa decidir aqui e nesta beira de estrada, definitivamente. E não pode resultar somente de uma afeição ou admiração...

— A minha decisão foi tomada desde que partimos, senhora! — interrompeu ela. — Sabia, já ali, o risco que correria, não importando tanto com minha vida ou o que dela resultaria — respirou fundo. — A aflição se deve à minha fé e devoção a Deus. Como poderei traí-lo, senhora Marie?

— Medricie, essa é uma questão que deve resolver sozinha. Infelizmente, há limites que devo respeitar com relação às suas escolhas No entanto, aviso-lhe que é necessário um coração aberto e uma mente desperta para seguir comigo. Senão, nada poderá ser feito. A Deusa não rejeita deuses ou homens. Embora, o contrário, possa não ser recíproco.

— E se eu entrar no serviço das "mulheres de saber"?

— Aí sim, você terá de abandonar muito de suas crenças. E quero que saiba que necessariamente não estou lhe oferecendo isso.

Pensativa, levantou as sobrancelhas em gesto interrogativo.

— Por quê?

— Por você, por sua atitude diligente, como por sua crença. Existem coisas também que são irreconciliáveis por serem caminhos diferentes, embora apenas caminhos. Terá certamente dificuldade de uma compreensão desapaixonada das causas religiosas, pois muito não sabe das histórias passadas da velha humanidade. Eu não quero convencê-la com o conhecimento que tenho, prefiro que reflita com sua própria alma e razão — conclui.

No seu rosto, desenhou-se alguma incerteza, turvando a claridade inicial de sua delicada cútis. Mas indicava, em parte, que tinha concordado com minhas palavras. Depois, pareceu seguir com outras reflexões até questionar novamente:

— Disse-me, senhora Marie, há pouco, que sabia de mim coisas que nem eu conhecia. O quê?

— Bem lembrado! Por exemplo: a Deusa lhe chama — disparei.

Reagiu em uma mistura de susto e frenesi.

— Como pode ser isso, se nada sinto?

Aproximei-me mais dela e frisei propositadamente:

— Quanto a isso, terá de descobrir sozinha. E tenho meus motivos.

— Não a entendo agora, senhora! — declarou, angustiada.

— Medricie, preste atenção, eu nunca a aceitaria comigo se não houvesse qualquer indicação da Deusa. Em verdade, sempre houve um acordo silencioso entre nós duas, uma cumplicidade velada. Eu sei, e você, que tem grande atração pelo mistério, não pode se enganar com relação a isso. Quer uma prova? Examine onde seus sentimentos são legítimos.

Sombras avançaram em seu rosto primaveril, como se tudo interiormente entrasse em convulsão.

— E a Virgem Santíssima não seria como a Deusa? Não será ela quem me chama?

— Sim e não! — parei, fitei-a com firmeza — Quer mesmo saber sobre a Deusa e a Virgem?

— Sim...

— A Deusa é, ao mesmo tempo, virgem, santa e prostituta. Eu explico! — declarei por último, quando vi aumentar a confusão naquele rosto.

Ela riu.

— A inviolabilidade da natureza primeva na sua inconversível misericórdia de tudo criar, evoluir e gerar, sem se macular ou sucumbir, faz dela a mais terna das virgens; o sagrado de seu mundo e de seus atos, velado apenas pelo passar dos séculos infindáveis, dando atenção a todos em nossa carência de materialidade, de chão e de existência, faz dela uma santa; e a multiplicidade que se verifica quando é fecundada por todas as sementes que chegam a seu útero, dando alimento e proteção indistintamente a qualquer espécie dócil ou selvagem, ou a qualquer bem ou mal que um dia fora gerado, bem como, o ordenamento da vida de uns e da morte de outros, tendo sempre os mais preciosos cuidados em devolver todos ao pó, é o que faz dela uma prostituta, ou seria melhor dizer: uma sacra prostituta. Isso é a Deusa no que é possível alcançar com palavras — respondi.

— Ainda... murmurou ela.

Antes que ela continuasse, interrompi.

— A Deusa é, a um só tempo, a mais terna das virgens e a mais voluptuosa das mulheres. Em verdade, é inadmissível para uma grande mãe a virgindade, se quer algo bem declarado! A inocência e a pureza tocam em algo como uma vã maturidade, inoportuno para as feiticeiras. É necessário maturar e completar os ciclos da vida, embora nunca deixando de lado a experiência essencial da inocência, que é sublime enquanto manifestação e vivência para o aprendizado do espírito. Não existe dignidade de alma sem uma limpidez essencial. Por outro lado, nossas convenções, nossas crenças e nossa moral humana são falhas e, portanto, nem sempre alcançando a essência e a verdade, todavia é melhor tê-las do que nada — conclui.

— Parece algo como um disparate, como uma ousadia intolerável, senhora Marie!

— Trata-se apenas de mistérios, quer aceitemos ou não.

E quanto ao Salvador do mundo que morreu na cruz?

— Apenas somos contrários, como já falei, à intolerância dos seus seguidores e dos que professam como única verdade, uma vez que muitos mistérios existem — falei, não querendo entrar em detalhes.

— Deus não é o maior entre todos?

— De uma tradição, talvez. Outros mistérios existem, que estão acima de nossa compreensão e de nossos arrojos intelectuais. Uma coisa posso dizer com tranquilidade em relação à Deusa de todas as mulheres de ontem e de hoje: podem os padres nos acusar de tudo, menos que não se vive o que se prega no culto à Grande Mãe. Diferentemente do culto cristão que santificaram demasiadamente a imagem e profanaram tristemente, com a mais deslavada hipocrisia, a ação. Você sabe a vergonha que ronda as sacristias, modelada grandemente nos destemperos dos clérigos que barganham todo o tipo de favores em troca do ouro, consumindo a santidade do nome divino na pocilga dos interesses mais mesquinhos e vis. São e serão sempre sanguessugas do poder. Sabe também como a gloriosa justiça há muito deixou a casa desse Deus, legislando muito mais sobre poderes, valores e riquezas temporais.

— O que pregam no serviço à Deusa, senhora Marie?

— A naturalidade da vida. Não almejamos a santidade ou a perfeição, apenas a justa medida de sermos o que somos, devotando-nos à harmonia do universo manifesto. E tudo existe, tudo mesmo, acredite! Coisas que jamais sonhou. A própria Deusa fala que tem outros mistérios que a atravessam.

— Como posso ser chamada pela Deusa se não a venero?

— Finalmente, agora você faz uma boa pergunta.

— Como?

— Sim... Como, Medricie? — passei a encarar sagaz e profundamente.

Ela ficou algo constrangida com meu insistente olhar, desviou por uma ou duas vezes, até não conseguir mais sustentar. A fisionomia se transformou com o que se deparou interiormente. A face juvenil refletia um brilho especial. A seguir, seu rosto só parecia espelhar o indizível assombro, para assim anunciar:

— Não é Ela quem me chama, sou eu quem a chamo. Não é isso, senhora?

— Enfim, compreendeu a coisa! — exclamei.
— No fundo me incomoda essa condição imposta à mulher, embora tenha medo dos preceitos de Deus.
— Você não ama esse Deus como acredita — acrescentei.
E, motivada, continua ela:
— É como se estivesse presa por uma teia de culpa e obrigação. Mas teme sair para uma outra teia estranha e desconhecida.
— E digo mais: o difícil é trilharmos nosso próprio caminho. Há muitas armadilhas que não percebemos. E pior, às vezes, na vida só fazemos pular de uma para outra, quando não ficamos eternamente presos em uma delas.

Ela pareceu não ouvir plenamente o que ia dizendo, embora me olhasse com certa aprovação e torpor. Fizemos uns instantes de silêncio e, sorridente, ela concluiu:
— Não se preocupe comigo, não tenho mais tantas dúvidas agora.
— Percebe-se que algo mudou, mas dúvidas ainda existirão, saiba disso — alertei.
Ficou pensativa, porém nada disse a respeito. Fez um gesto que me deixaria sozinha agora, indo para outro lugar daqueles arredores. Antes de sair, virou-se de repente, parecendo se lembrar de algo importante.
— E então, como posso ser uma de vocês? — anunciou animadamente.
— Uma "mulher de saber"? — reformulei sua fala.
— Sim, como a senhora e Yalana o são — assentiu.
Levantei um pouco a cabeça em sua direção, fitei-a por instantes com seriedade.
— Tem certeza, Medricie?
Como demorasse refletindo, fui até ela, segurei nos seus ombros e acrescentei uma pequena história.
— Faça como um antigo filósofo. Questionado por seus pares por que tinha se distanciado tanto dos ensinamentos do seu amado mestre, ele respondeu: amava o mestre, porém muito mais a verdade. Portanto, maior compromisso se deve à verdade.
Sorriu polidamente e respondeu:
— Não sei... ainda, de fato — tinha um ânimo desfeito.

— Também talvez não possa como reza o costume — acrescentei.
— Por quê?
— É uma longa história... basta saber que não existe mais a Irmandade como antes — expliquei-lhe mediada por certa tristeza.
— A senhora não disse que existe em toda parte? — retrucou ela, enquanto sentava novamente.
— Sim, diversos cultos à Deusa. Nesses, certamente, seria bem recebida e aceita também. Mas a Irmandade da Loba, à qual sirvo, fora quase destruída pelos inquisidores, sobrando umas poucas feiticeiras. Sabe, Medricie! A Irmandade tinha suas particularidades que a fazia bem diferente de qualquer outra confraria — olhei o horizonte distante e verbalizei quase sem pensar —, particularidades que até hoje me espantam.
— Percebo que tem, senhora Marie, uma cultura refinada, o que a diferencia bastante das camponesas mais rudes e iletradas que conheci desses cultos. Isso faz uma grande diferença, eu acredito.
— Nos diferenciamos por isso também, é verdade. Entretanto, como afirmei, há outras particularidades na Irmandade da Loba, até onde eu sei, únicas.
— O poder?
— Não necessariamente, Medricie. Veja nossa situação hoje — e olhei-a com surpresa em função da pergunta.
— Irmandade da Loba, era esse o nome? — tornou ela.
— Sim! Contudo, não posso entrar em detalhes. É necessário ser iniciada nos caminhos da Deusa para conhecer os seus segredos.
Ficamos em silêncio por mais alguns instantes. Depois ela perguntou:
— Yalana me contou da visão superior. Que ela pode ver além das aparências. A princípio, achei que era uma brincadeira dela. Depois aconteceram muitas coisas estranhas que fizeram atiçar minha curiosidade — voltou as vistas, nesse momento, para o local em que Yalana brincava e continuou: — ela, além de adorável, é muito especial, senhora Marie.
— Não tenha dúvida disso. Ela e a irmã gêmea Isiandra, o espírito das fadas, como a chamávamos — comentei, meio absorta em lembranças passadas.
— Uma irmã? Isso é incrível!

— Sim... — murmurei.
— Gostaria de conhecê-la também — comentou com franca jovialidade.
— Hoje não sei onde está ou se ainda se encontra viva — a minha voz saiu com o tom de preocupação.
— O que lhe aconteceu?
— Nos separamos... — fui lacônica, dando a entender a delicadeza do assunto, embora não me furtaria a responder o que fosse possível.
— Entendo... E sobre a visão? — indagou a seguir.
— A visão é um dom, Medricie. Muitas, na Irmandade da Loba, acham que é dada diretamente pela Deusa. Não penso assim, embora, no fundo, tudo parta dela mesmo... — anunciei.
— A senhora pode me explicar melhor? — insistiu ela.
— Pode parecer contraditório... enfim! Sei de padres, de homens ricos e de camponeses que a possuem. Portanto, não é exclusividade da Irmandade. Quando tinha sua idade, "sofria" de muitas visões. Apenas quando adotei a Irmandade consegui compreendê-las e aceitá-las adequadamente. Minha mestra Bithias ensinara-me, naquela oportunidade, que existia dois tipos de visão: uma que toca a alma do mundo, a mais sagrada e difícil de exercer; e a outra, que é comum aos acontecimentos ordinários, mas que pode ser totalmente desfigurada de sentido se não houver treinamento e iniciação adequada. Aí sim, entra a Deusa como disciplinadora maior e mais eficiente.
— Uma mestra iniciadora, senhora? — ficou surpresa.
— A melhor de todas, pode estar certa disso — enquanto falava o rosto de Bithias veio à minha mente.
Naquele momento, o vassalo de Avieur nos chama para almoçar umas perdizes, o assado estava pronto. Nos levantamos e passamos a olhar despreocupadamente as travessuras de Yalana. Ela se divertia com um pequeno animal, talvez um esquilo. Sorriu para nós com entusiasmo e acenou com o bicho em uma das mãos. Medricie, por esse instante, em num gesto filial, abraçou-me afetuosamente e seguimos o cheiro na direção das escuras panelas.

VI

A INICIAÇÃO

Quatro ou cinco dias já haviam se passado desde a minha conversa com Medricie. Sua mudança era sentida nas mínimas coisas. Até o crucifixo, que sempre levava em volta do pescoço, retirou para um canto. Numa certa hora, depois que o homem de Avieur regressara para La Cloche, veio ela a ter comigo e solenemente comunicar:

— Quero que seja minha mestra, senhora Marie, da ordem a que pertences, seja o que ela for!

— Muito bem! Pensei que não me pediria mais — comentei em meio a uma gesticulação exagerada e num tom gozador.

Ficou a me olhar sem entender muita coisa da minha reação. Chamei-a para andar um pouco e ir até um bosque próximo. Antes deixei importantes instruções com Yalana. Saímos, levando o precioso baú. Andamos por uma hora em completo silêncio. De vez em quando, entreolhava-me com alguma expectativa, mas manteve-se apenas atenta às minhas sutis orientações, pois percebera que procurava um local mais ou menos específico, e que não convinha o uso das palavras. Numa pequena clareira, nos sentamos uma de frente para a outra, ao redor de uma pedra em forma de uma pequena meseta, na qual depositei o baú. Abri e de lá, enquanto remexia tudo, apanhei, por acaso, um dos estranhos brasões que tinha sido de minha mestra Bithias, talvez de famílias há muito desaparecidas. Luzes piscaram fortemente dentro da minha cabeça, e o rosto de Isiandra apareceu a seguir, sorrindo. Fiquei intrigada e nada consegui descobrir de seu significado. Só muito tempo depois saberia o real sentido do que tinha ocorrido. Voltei a atenção ao que se desenrolava no momento.

Permanecemos ainda em silêncio por um tempo impreciso, e finalmente verbalizei ante sua espera e expectativa:

— Eu necessito perguntar novamente: estás segura do que desejas?

— Sim, completamente — respondeu sem pestanejar.

— Sabes o que significa e o que pedes?

— Serei feita uma feiticeira, uma bruxa. No mundo dos homens e de Deus, uma proscrita.

Satisfeita com sua resposta, prossegui:

— Olha em volta. O que vês?

O franzir de sua fronte indicava estranhar um pouco a obviedade da pergunta, mas obedece sem questionar.

— Senhora Marie, as árvores ao redor, esta pedra aqui na qual pôs o baú — apontando para a peça e depois continua: — não sei o que poderia mais ser, talvez as folhas no chão — ficou em dúvida.

— Muito bem! Outra coisa, tu me chamarás de Urtra de agora em diante.

— Sim... claro — murmurou ela.

— Este é o templo da Deusa. O círculo ou semicírculo formado pelas árvores é a abertura de todas as fêmeas e da própria *Magma Mater*. A pedra é o montículo do frêmito feminino. Em certas ocasiões, representa o umbigo da Deusa — o *omphalós*. É necessário que compreendas como primeira regra que, no meio de tuas pernas — e apontando —, é o centro do cosmos e da vida. Aqui onde nos encontramos, estás conhecendo o primeiro e principal templo. Existem outros ritos obrigatórios que só devem ser feitos em cavernas ou grutas. As cavernas também são templos importantes da Deusa, podemos chamá-las de útero da terra. Até mesmo seria o lugar ideal para se tornar mulher.

Suas faces coraram de modo indisfarçável, mas o sorriso gentil e quase imperceptível revelava também o pulso indomável de sua natureza, como um potro selvagem em arreios de seda.

— Este é um lugar de comunhão, de poder e é potencialmente perigoso. Por isso, qualquer cerimonial maior que se realize aqui tem de ser preparado. Numa caverna também existem perigos e não se deve tentar nada sem as devidas iniciações. Antes de prosseguirmos, poderás indagar sobre tuas dúvidas.

— Sobre qualquer coisa? — indagou, inclinando-se mais para mim.

— É, qualquer coisa.

— A senhora divertiu-se com meu anúncio hoje, não foi?

— Com seu pedido?

— Sim.

— Por dois motivos: o primeiro, porque a decisão era sua e a obteve sozinha. Noutro dia, você ainda tinha dúvidas que poderiam levá-la a um caminho diferente. A Irmandade da Loba tem uma tradição que é a autoconvocação. Não se convida; a pessoa se autoconvida. É claro que alguma assistência e apresentação são necessárias. Além disso, prezamos pelo que nasce do fundo do coração, ficando todo o resto em segundo plano. As regras são apenas uma forma de preparar a candidata a dirimir suas próprias dúvidas. Quantas não foram as oportunidades que a questionei sobre suas decisões e dúvidas?

— De fato! Foi uma escolha difícil, pois pouco me falavas ou me incentivavas para a Irmandade — alisou o baú como a se perguntar o que havia ali dentro, mas nada verbalizou.

— Faz parte da trama da iniciação a dificuldade, pois a primeira prova é a prova do querer. Tu passaste por ela... Tenho de dizer que as dificuldades são verdadeiras, não as inventei — parei um pouco para observá-la com atenção. — No fundo, Medricie, acho até que a auxiliei demais. Quando conversamos anteriormente, tinha intenção de que decidisses apenas com relação à jornada até Toulouse. Como teu interesse cresceu, tentei manter-me neutra, não deixando o "segundo motivo", que vou explicar agora, atrapalhar o desenrolar dos acontecimentos. Uma visão que tive com uma das feiticeiras da irmandade, dizendo-me que receberia das mãos do destino, novatas. Somado a isso, obrigações de minha ancestralidade dentro da magia.

Senti que ficou ansiosa por corrigir seu comentário anterior, interrompendo-me:

— Devo dizer, senhora Urtra, que fui injusta.

— Não te empenhes tanto nas desculpas. Pois muito mais exigi da minha mestra Bithias — completei com descontração.

Ela sorriu em resposta. Logo depois, exibia nas feições algo que surgia de suas lembranças. Fez entender que queria comentar um acontecimento importante. Assenti afirmativamente à sua expectativa. Ficou ainda pensando no que ia dizer, mas começou depois de uns instantes. Sua voz vacilou no início como se tomada de certo receio em pronunciar as primeiras palavras. E nada mais saiu.

Fazia uma expressão de medo, inconfundível em Medricie.

— O que foi? Tranquiliza-te, filha! — comentei.

— Houve um julgamento por bruxaria em La Cloche sete primaveras atrás. Ao todo foram cinco as acusadas, duas condenadas. A primeira morreu horrivelmente afogada por seus verdugos. Foi tão triste, senhora! Os miseráveis ainda se divertiam com a desgraçada, não poupando em nada seu sofrimento. Na época, apesar de ter ficado condoída, não via outra saída para seu crime que considerava o mais abominável. A segunda, antes de ser queimada, confessou sob longa e penosa tortura. Foi um suplício de seis meses, culminando numa revelação terrível.

— Que ela mantinha certo conúbio com o diabo? — inferi.

— Exato... só que muito mais danoso e demente. Declarou que voava nas noites de lua cheia, montada numa grande vassoura. Esta era untada no seu líquido de mulher que ia misturado à gordura de crianças recém-nascidas e não batizadas. Crianças conseguidas no seu trabalho de parteira, cujos serviços muitos dos moradores conheciam e requisitavam até antes dos inquéritos. Voava muitas e muitas léguas até se encontrar numa floresta distante e vulgar, como aqui não se conhece ou se ouve comentar. As árvores pareceriam rijos membros esculpidos, e os ramos, pelos encrespados do ventre de velhas senhoras.

Deteve-se um pouco, a fim talvez de relembrar toda a história de suas memórias.

— Lá, outras tantas esperavam para o festejo maldito. Uma perversa cerimônia com o nefasto inimigo do homem e de Deus. Então, se entregavam a todo o tipo de indecorosidades com o maligno e, entre elas, a libertinagem, a luxúria e o escárnio imperavam. Numa grande mesa de alabastro, revestida de sangue menstrual, estrume animal e carcaças mortas eram servidos para o repasto das mesmas às imundícies umas das outras, além de sapos, escorpiões, lagartos, aranhas, insetos vivos e muitos peixes podres. Um cortejo de demônios odientos cantava um hino desgraçado e bufão, dedicado ao inferno e a seus ocupantes eternos, enquanto muitas mulheres copulavam com bestas selvagens numa série de 12 altares, enfileirados como ruínas de cemitérios. No centro de tudo existia um altar bem maior, mais ornado e pomposo de horrendas figuras, porém rebaixado num terreno lamacento, rodeado de porcos ferozes e algo disformes. Um trono feito de ossos trançados, com dois cornos recurvados, surgia em meio àquele cenário decrépito. Flores negras e corvos medonhos infestavam as redondezas como símbolos inconfundíveis da missa bestial. E próximo, um caldeirão ferruginoso de duas asas caídas cozinhava uma beberagem castanha e fedorenta que ia produzindo uma fumaça espessa e negra. Tão forte era o produto daquelas misturas, que escurecia a luz lunar e o brilho tênue das estrelas. Cabeças, olhos, línguas e membros masculinos boiavam no efervescente caldo. Numa certa altura, cada uma cuspia dentro do nojento preparo, além de depositarem seus fluidos corporais e excrementos. Algumas delas espremiam das feridas do corpo o pus que ia temperar mais ainda o preparo atroz. A seguir, uma dança burlesca orquestrada por músicos audaciosos marcava o início da entrada do odiento. Em quatro pontos, sentinelas, com as nádegas expostas da forma mais vulgar que se possa imaginar, produziam semelhantes a cornetas os sons mais indecentes e barulhentos, lançando logo depois excrementos a grande distância, como se atirados de canhão. Então, os comensais tiravam para beber, de um só gole, uma quantidade considerável do líquido enegrecido num penico. Parecia ser feito do crânio de mortos, e que cada uma levava amarrado ao próprio pescoço. Mas, o ponto alto do festim era quando o diabo, na forma de um grande bode negro e manco, atravessava o tapete feito de espinhos, de arados cegos e de carne despedaçada de padres e bispos. Seu membro enorme e rijo, à medida que ele avançava, era beijado pelas bruxas e um sêmen marrom-esverdeado escorria como um chafariz cobrindo todo o tapete. No altar, as bruxas eram possuídas em seus orifícios e de todas as maneiras impensadas e insanas. Saíam elas betumadas de todas as coisas nojentas existentes. Absolutamente nada poderia ser mais impuro, cruel e pecaminoso — parou um pouco, algo ofegante, respirou profundamente como se houvesse contado tudo num único suspiro, perguntando finalmente: — O que pensas de tudo isso, senhora Urtra?

— Nesse caso é preferível que me digas primeiro, tu mesma! — fui incisiva.

— Na época, fiquei muito perturbada.

— Eu sei disso — afirmei com a convicção da visão, mirando os olhos para cima.

— Sabes? — ficou confusa.

— Esta última mulher condenada fora sua parteira, Medricie — disparei.

Então, seus olhos arregalaram-se e sua voz quase sumira de vez.

— Como podes conhecer tais coisas?

— A visão superior me permitiu saber. Sei também que a condenada fora muito amiga de tua mãe, que tu a tinhas em alta estima e afeto, chamando-a de madrinha em tenra idade. Infelizmente, o desprezo sobreveio com a desgraça dela. Contudo, sabias no foro íntimo de teu ser que ela não merecia nada daquilo. Ela teve o destino desastroso, o que não é raro entre mulheres velhas e solitárias, vítima do infortúnio, da inveja e da maldade das pessoas. Já vi muitas serem tratadas dessa forma. Tinha essa mulher uma ligação forte com a Deusa. E ela fazia parte de uma confraria de mulheres pelo que pude sentir. Morreu bravamente sem delatar nenhuma companheira.

Estava incrivelmente espantada. A cor lhe sumira do rosto, para depois enrubescer, emocionada com a revelação. Lágrimas percorriam o singelo rosto.

— Confessara, senhora Urtra, tudo isso. Como podia não julgá-la? — falou com tristeza e a voz embargou.

— Como podes se culpar? Nada podias fazer. E talvez tenha sido melhor assim, pois tens um coração despojado e fácil de ser aviltado por inescrupulosos.

— E por que uma confissão tão terrível? — perguntou, inconformada.

— Ora! Uma mulher que sofrera tanto e por tanto tempo, provavelmente negando no início, sucumbira à própria imaginação e a desejos vingativos. E, é claro, distorcendo os seus próprios ritos por época dos sabás com a Deusa. Na verdade também, muito do que confessou não é coisa dela, mas a imaginação do povo, dos verdugos que a fizeram confirmar tais pensamentos ao esmagarem seus ossos e queimarem seus dedos. Não te prendas a tais coisas. Quanto deve ter sofrido e quanto fora feito para que ela confessasse coisas inomináveis, e pior, de uma autoria alheia, perversa e perniciosa. Os lacaios sabem fazer isso quando querem, ninguém está livre, absolutamente ninguém. Era uma mulher forte e resistiu como pôde. Os homens do braço secular não perdoam tal disposição numa mulher e lhe infligiram todo o tipo de tortura e maldades. Tinha ela mais dignidade do que todos ali e mesmo do que cem gerações daqueles.

— Sim, ela negou. Sempre negou... no início... só no final... Todos viraram as costas. No fim, não lhe restava mais nada. Nem parentes, nem amigos, nem Deus, só a besta humana — bradou com imenso pesar.

Olhava agora o céu azul e prestou atenção ao canto de um pássaro, anunciando a volta para o ninho. Tinha o ar solene, contudo sua respiração ficou alterada no ritmo. Um pouco refeita, perguntou:

— Existem essas reuniões?

— Sim, mas não com o diabo. Com a Deusa.

— E o diabo?

— Esse eu nunca vi, embora já o tenha procurado.

Olhou-me estupefata com minha afirmação. — E saibas que já vi foi coisa. Na verdade, Medricie, não existe diabo para a Deusa. Caso exista, é da cristandade. Deves entender também que tudo que não é cristão é demoníaco, portanto fica difícil saber. Tenha em mente também que seres muito mais feios e assustadores povoam os espaços desse mundo criado. Abrindo a visão, poderá encontrá-los por aí e sem muito custo. Mas são apenas elementares, espíritos da natureza ou, como acontece muitas vezes, dos mortos, assombrando nossos caminhos. Um conselho antigo e fácil: deves temer sempre mais os vivos e apenas respeitar os mortos, embora estes, de fato, em muitos casos nos atrapalhem ou nos ajudem. De qualquer sorte, o mal existe no próprio coração do homem. E o maior deles é a ignorância, enquanto desconhecimento de si mesmo, eis aí todo o mal e o verdadeiro demônio.

— E sobre todas as histórias que os aldeões contam das bruxas e seus feitiços?

— Não deves acreditar em tudo. Como te disse, não almejamos a santidade cristã, apenas procuramos servir à natureza da Deusa e às leis imemoriais do tempo. A Irmandade da Loba envolve uma magia mais poderosa e, por isso, menos difundida. Temos certa independência de pensamento e manipulamos, ou procuramos hoje, pelo menos, porque nem sempre foi assim, de maneira mais sábia, manipular o poder. No culto à Deusa, é preciso dizer que existem pessoas as mais diversas nos seus propósitos, intenções e sabedoria. E muitos manipulam o poder de forma impura, lançando-se a todo tipo de sortilégios, encantamentos e magnetismo para prejudicar pessoas ou conseguir facilidades, somente. Acontece por todos os cantos, o que não quer dizer que tais pessoas são apenas más. A Irmandade da Loba é diferente em muitos aspectos, tenho afirmado. Pois existem outras fontes de poder que promanam na confraria, trazendo ensinamentos e tradições remotas. Quero ainda acrescentar aqui, sem nenhuma devoção, que nossa vida de feiticeiras-lobas era também uma combinação de imoderação, disputas, ciúmes e outras vontades que aos teus ouvidos e crenças pareceriam, neste momento, ilícitos. Incluindo aí façanhas e procuras amorosas que certamente consideraria pecaminosa ou, por demais, desonestas aos olhos desse Deus cristão.

Ficou a me ouvir atenta, e as últimas palavras se traduziram corretamente em uma suspeita escandalosa. Não queria ou não parecia querer acreditar no que elas poderiam significar. Talvez proibitivo ao seu caráter cristão, não quis elucidar suas dúvidas ali, mas algo novo surgiu no semblante e os cantos da boca rebaixados por aqueles curtos instantes adquiriram um maior tônus.

— Estou me perguntando, senhora Urtra, se terei suficiente coragem.

— Terás de arranjar — sentenciei com seriedade. — E de armas será necessário também.

— De armas! — exclamou.

— Sim, pois somos, na Irmandade da Loba, um grupo de mulheres guerreiras, como eram as míticas amazonas dos contos clássicos. Não somos pacíficas ou nos deixamos intimidar por nossas desvantagens ou tribulações com os homens.

— Como poderei pretender guerrear ou matar alguém, algum dia? — falou assustada.

— Não quero dizer que farás. Deverás somente estar preparada para te defenderes. E não fazemos porque gostamos, mas como disciplina e sobrevivência. Não foi outro o caso acontecido na taberna. Não tive escolha, ali.

— Fiquei tão horrorizada com tudo aquilo! — comentou, repetindo quase com a mesma expressão de horror daquela noite.

— É compreensível, não te julgo. O importante é nunca praticar tal arte com prazer ou raiva. É como um soldado que vai à guerra, deve cumprir seu dever e só. Podes entender isso?

— Embora isso não me alivie, acho que sim! Pois vi sua generosidade com o irmão de Avieur, mesmo ele tentando matá-la antes, ainda cuidou de seus ferimentos com desapego, devoção e amor. Senhora Urtra, és uma pessoa admirável e corajosa.

Soltou o cabelo e os balançou com inquietação, embora seu rosto refletisse uma luminosidade especial.

— O que foi Medricie, pareces ainda incomodada? — adiantei-me.

— É que não possuo a visão.

— Possuis sim! Está adormecida e pouco burilada. Trataremos disso. Devo avisar, no entanto, que serão necessários alguns artifícios para apressar, pois não teremos mais que três dias antes de seguirmos viagem. Hoje, acamparemos aqui. Então completarás o primeiro círculo.

— Ainda existem outros ritos.

— Sim. E serei sincera contigo, às vezes questiono os desígnios da Deusa. Pois a Irmandade de fato não mais existe. Por que ela coloca uma novata nas minhas mãos para ser iniciada quando não passará do primeiro rito? — minhas palavras soaram com muita contrariedade.

— Então...

Percebendo meu exagerado tom, arrependida, completei:

— Não incomodes com minhas reclamações, eu te peço, apenas queria ser sincera contigo sempre, Medricie. Diante das peculiaridades de teu caso, estás muito bem, pois possuis a virtude da inteligência, a clareza do espírito e a vontade febril.

As minhas palavras fizeram efeito, pois ela logo seguiu na conversa com animação:

— Senhora, como, tendo a visão, não consegues saber sobre a irmã de Yalana?

— É simples, não é uma onipresença. Você tem a visão, não "a vista total".

— Como assim?

— A visão... como poderei falar?... — refleti por um momento. — É como subir uma montanha. Olhará e verá tudo de cima, contudo nem sempre enxergará lá embaixo; caso haja muitas nuvens ou um mau tempo que impossibilite qualquer discernimento correto. Assim é a lei da visão.

— Então, não se pode dominar com perfeição.

— A subida inteiramente, pois sempre, a qualquer tempo, se pode subir. Mas a capacidade de enxergar é do vidente e dessas circunstâncias do "clima". Uma coisa ela te dá depois de desperta: eu sempre sei quando estou em algum perigo. Raramente falha.

— Pode-se ver o passado e o futuro indistintamente?

— Sim, claro! Se você está nessa montanha e vê a trilha em que uma pessoa caminha, sabe de onde ela veio, ou seja, do passado. E olhando bem mais adiante para o outro lado, sabe para aonde ela vai. Assim, saberá o futuro.

— Então, poderias me dizer o meu futuro?

— Oh! Sim. Seria possível. Mas todo futuro revelado é um futuro que pode ser mudado e, às vezes, desvirtuado. Eu, lá de cima, poderia gritar para a pessoa sobre salteadores na próxima floresta. Com esse conhecimento, ela poderia evitar passar por lá e, de fato, ser beneficiada, tomando outro rumo. Entretanto, se na mesma floresta, um pouco mais adiante, existisse ouro no único riacho em que se costuma beber água, aí, talvez, diríamos: espere os salteadores irem embora ou os enfrentem agora mesmo, pois dependendo poderá perder uma boa chance na vida. Por isso, alguma cautela é bem-vinda quando se vaticina algo.

— Podes dizer algo do meu, agora?

— Não gostaria de fazer isso.

— Por quê?

— Deverás crescer em sabedoria, antes disso. Ainda é necessário que conquistes certas coisas. Talvez a principal delas seja a própria visão. Então, não precisarei fazer nada a respeito.

— Sabes o seu futuro por sua visão? — havia um tom de curiosidade explícita.

— Apenas coisas que não gostaria de ter sabido.

— É tão ruim assim, senhora?

— Digamos, um saber precoce e de pouca utilidade agora... O futuro está relacionado com o presente, com o que queremos, com o que desejamos e com o que nem temos conhecimento. Principalmente com as escolhas feitas a cada momento, com acontecimentos fortuitos passados e presentes e, também, com o que realmente acontecerá no futuro. Que muitos videntes ignoram. E, neste particular, o "lá" já influencia o "cá". Todavia, não sendo uma condição preponderante, apenas incitadora no presente de uma vocação a se realizar, o que talvez denominaríamos de linhas já traçadas pelo destino. O "lá" sempre existe ou existirá, pois algo sempre acontece, mediado ou não por uma ação voluntária. Algo como o presente influencia o futuro, tanto quanto o futuro pressiona o presente, ou ainda o passado. Quando nos é dado saber uma trama futura qualquer, geralmente vem atrelado a um significado existencial ou de aprendizado, e de que alguns dos acontecimentos presentes podem ser alterados de fato. O livre-arbítrio existe em qualquer condição, por isso a importância de tudo quanto se escolhe na vida. Modificar os acontecimentos é modificar esse algo que chamamos futuro, para melhor ou pior, dependendo aí de nossa sabedoria na hora que escolhemos. Mas observe: toda ação se faz apenas no presente. Portanto, o presente é o senhor todo-poderoso de nossas vidas!

— Senhora, estou impressionada. Como sabes de tantas coisas?

— Oh, Medricie, minha querida, tendo a divagar demais — e dei uma boa risada. — Por favor, continues, com tuas questões.

— Saiba que eu gosto como me explicas as coisas, senhora Marie. Dessa forma, sem economias, tratando-me sempre como capaz de conhecer tudo e da forma mais profunda. Mas continuando: dissestes que não há "utilidade agora" na sua visão, não entendi isso.

— Perdoa-me, tens razão. Na verdade, quando empreguei essa palavra "utilidade", carreguei-a com um sentido maior. Explico! O lidar com tais poderes pode parecer simples, mas não é. Tem de se saber onde e quando agir, procurando atuar sempre de forma consciente. E, mesmo isso, não elimina o que há de pior na utilização da visão.

— O quê?

— A interpretação do que foi visto. É o caso da montanha, da pessoa, do ouro e dos salteadores. Uma má interpretação é quase sempre desastrosa. Embora exista um remédio.

— Qual é?

— O de sempre, Medricie: a sabedoria. Única chancela que garantiria o sucesso permanente, mas nem sempre temos à mão. E afirmo: é muito maior a quantidade de vezes que é preferível não saber do que saber a trama futura. Metade de um conhecimento é, às vezes, mais danoso do que nenhum saber. Eu sigo uma fórmula prática: primeiro, se a visão vem de uma forma simples e casual, não recuso ou questiono; segundo, quando ela aparece motivada por uma necessidade extrema e orientada no sentido de um auxílio verdadeiro, penso e acredito ser a melhor conduta.

— Parece bastante razoável. Mas ainda não me encontro totalmente convencida. Por que é preferível não saber?

— Porque, quando se espera algo, espera-se tão-somente aquilo. Limitamos nossa teia de experiências e ficamos poucos receptivos a novas possibilidades. Portanto, não é um poder tão facilmente domesticável como outros de manipulação na magia.

De repente, enquanto ainda falava, posou nervosamente uma das mãos no mento e, com igual intensidade, levou até as têmporas, pressionando-as com o polegar.

— Toda nossa conversa me fez lembrar de algo que havia me esquecido completamente — declarou.

— O quê? — disse.

— Bem! Fiquei intrigada na época, mas procurei esquecer. Essa minha madrinha, certa vez, vaticinou algo para mim: "Nunca seguirás para o convento nesses tempos nem nos que virão, porém, no tempo da flor que desabrocha na mulher, ajudarás a construir um deles sob as vestes da Mãe...". Não época, não entendi o significado.

— Ela falou exatamente isso? — indaguei, intrigada.

— Sim! Senhora Urtra... eu não pretendo de nenhuma ir para um...

A interrompi, sinalizando para que ela somente me escutasse.

— Existe algo maior em ação aqui, Medricie. Estou convencida de uma grande trama do destino, até mesmo com relação à iniciação de alguém para a tradição. Vejo agora com clareza certas coisas que não enxergava antes, que poderá definir meus passos futuros.

— Não compreendo o que esse vaticínio de minha madrinha pode significar para a senhora.

— Descobrirás mais cedo ou mais tarde. Confie em mim!

— Confio sim.

— Tem qualquer outra questão importante, pois preciso começar as orientações para o rito de hoje. Muito ainda conhecerás, parte da tarefa deixarei aos cuidados de Yalana.

— Sim, teria uma outra... — acrescentou ela, mas hesitou.

— Prossigas.

— Yalana me contou que já tivemos outras vidas, e numa dessas ela tinha sido uma sacerdotisa, uma *pítia* chamada Calíope Urânia, no culto de Apolo, na terra dos Helenos. Isso é verdade?

— Re-encarnação... Minha mestra pregava que se fazia necessário um resgate de todas as vidas anteriores para se alcançar o maior saber, o saber de si próprio. Ela, desde cedo, já se lembrava em detalhes de vidas passadas. O caso de Yalana é o mesmo, como o de sua irmã Isiandra, que possui essa mesma facilidade. Parece que a alma liberada do envoltório da carne, após o desencarne e por um período variável, por simpatia e reflexo, escolhe na matéria vacante e vivente uma porção igual pela qual se enamora e mergulha inexoravelmente, como numa paixão arrebatadora. Por isso, quando o homem viveu como fera entre homens, sua alma pôde sentir-se atraída por algum animal e ele passou a viver como uma errante besta.

— Então, tudo isso é verdade! Como as pessoas não se lembram de nada?

— É preciso, para proteger a integridade e a sanidade dos indivíduos. Imagina se alguém soubesse que numa vida anterior fora rei e nesta um vassalo miserável! Os padres costumam lembrar o que dizia um poeta antigo: *"puluis et umbra sumus"* (*nós somos pó e sombra*). Porém, também uma alma eterna que vivifica um corpo de tempos em tempos. Necessitamos de várias vidas para crescermos em consciência. Só uma atenção apropriada com ações e atitudes corretas poderá nos livrar desses ciclos. Costumo dizer que pior do que morrer é nascer novamente, pois assumimos novamente uma jornada de riscos, ascensões e quedas.

— Se é tão verdadeiro, como a Santa Igreja ou as escrituras não falam disso, senhora Urtra?

— Ela não sabe de muitas coisas, ou sabendo, não revela. A Igreja é um antro de poder e de interesses que quer o controle de tudo; todavia, ainda assim, não poderei dizer que é o grande mal do mundo, ou que tudo que vem daquela árvore é ruim, pois é feita de homens. E desses podemos esperar tanto o bem quanto o mal, como em tudo mais na vida. Nessas condições, Medricie, só o grande tempo revelará os conhecimentos e a sabedoria dos pagãos. Na Irmandade da Loba chamávamos os clérigos de "os dorminhocos". Dormem como pulgas num cachorro louco. Não possuem a visão que supera as aparências, são míopes por essência e pela brutalidade de suas perspectivas limitadas. Acreditam que ressuscitarão com a mesma individualidade que a morte abraçará, numa única vida. Nada mais inverídico e degenerado. Purgarão muito tempo antes que qualquer coisa aconteça, e muitos os seguirão cegamente, pois também existe algo de poderoso e bom nessa fé, porém, como dizia minha mestra, os bons sentimentos desses homens, no máximo, alcançam o fígado. Pensando bem, já é alguma coisa! E não me olhes assim, Medricie! — disparei, sorrindo.

— Como?

— Dessa forma lastimosa — concluí.

— Desculpa-me, senhora Urtra.

— Sem desculpas também.

— Está certo!

— Outra coisa, não acredites em tudo o que eu disser.

— Não!

— Não. E isso é muito importante. Na Irmandade da Loba também aprendemos a duvidar do que é falado, pois é preciso vivenciar e sentir por si próprio o mundo, porém não te comportes como uma criança tola diante de uma verdade pressentida. Compreendes?

— Penso que sim. Embora seja demasiado estranho para mim a ideia de vidas passadas.

— Deixará de ser quando abrir completamente a visão, e em breve! — alertei.

— Será que poderei mesmo...

Antes que concluísse a frase, ordenei:

— Fecha teus olhos e relaxe teu corpo e mente o tanto quanto puderes, jovem de nome Medricie. Imagina uma vereda com um lago próximo e fixa nessa imagem.

Ao olhar com a visão superior, tive uma surpresa. Ela também possuía asas consideráveis como um anjo negro. E, apesar de possuir chifres também, estes eram bem menores. As negras asas subiam ligeira e lateralmente ao ombro e percebi que, curiosamente, elas estavam ainda fechadas, mas seriam enormes quando abertas. Já os "chifres" eram dois pequenos montículos que se elevavam das têmporas por três ou quatro dedos. Fiquei pensando nesse momento: "Então, não era só a Deusa que estava por trás dessa manobra do destino, os anjos também". Seu terceiro olho estava fechado, embora fosse desenvolvido, e uma luz azul o contornava com singular intensidade. Suas forças telúricas e sutis estavam num momento de mudança e a abertura, não seria difícil como já tinha intuído. Contudo, o medo que sentia ainda era um problema. Depois que terminei a pesquisa e ela abriu os olhos, fiquei ainda a refletir sobre o que tinha visualizado.

Como demorei a fazer qualquer comentário, perguntou-me ansiosa:
— O que descobriste, senhora?
— Necessitas controlar o medo. O resto é realizável — falei ainda em tom pensativo, refletindo sobre a visão que tivera dela. Questionou-me novamente ao perceber meu tom de voz.
— Existe algo preocupante com relação a mim?
— Não, propriamente. É um outro assunto que vi em teu ser que ultrapassou minhas expectativas. Revelações profundas que só recentemente descobri na Irmandade. A verdade é que não tenho como explicar, pois eu mesma não sei exatamente. O que posso dizer se traduz na única e possível realidade dos mistérios maiores, desses que tocam a própria criação — fiz uma pausa. — Com relação à sua iniciação, necessitarás passar por determinadas provas. Estamos no momento do Saber. Existem quatro pontos essenciais: o Querer — que tu cumpriste com a determinação do teu coração; o Saber — que ora passas; o Ousar — a entrega aos riscos com coragem; o Calar — o silêncio sagrado. São votos permanentes da magia e da Irmandade.
— Magia...
— Sim. E de um único modo trará a esperança e o poder para aqueles que seguem sua senda e obedecem às suas augustas, intemporais e sagradas normas.
— Um poder?
— De certa forma sim. É um poder inigualável.
— Qual?
— A aquisição da sabedoria. Não há outra maneira, aliás, tenho sempre dito. Nunca te enganes e sempre desconfies daqueles que não tenham na sabedoria e na humildade o maior valor. Desvia-te de todo aquele cujo coração é duro como pedra e a fala, graciosa ou sedutora, adianta-se insistentemente às ações. O verdadeiro poder é aquele ungido pela sabedoria. Infelizmente, há uma máxima antiga a qual me parece muito verdadeira

que diz: "aqueles que sabem não podem, aqueles que podem não sabem". Todavia, na Magia se sabe e se pode.

— E o mal?— acrescentou ela.

— Como já te disse, é toda e qualquer ignorância. É quando na balança da justeza um dos pratos pende exageradamente para um dos lados, pois alguma dinâmica também é necessária, quer no movimento das esferas, dos fenômenos naturais, dos sentimentos ou da vida humana.

— O que nós somos afinal, enquanto criaturas, já que parecemos estar sempre confinados às mazelas da carne?

— Acredito, Medricie, que nós somos luz e trevas coincidentes em sutis emanações espirituais, mergulhadas nesse corpo. Assim cravados na matéria, ao mesmo tempo densa e atraente, cujo princípio é regido pela Grande Mãe. Seguimos indefesos à dualidade que nos atravessa incondicionalmente, em razão de uma antiga promessa divina de se mesclar à matéria. Muito conhecida pelos primeiros sábios, inclusive, como uma experiência divina que se realiza em nós, agora e sempre, enquanto formos essa humanidade entorpecida com o sono das aparências. Por outro lado, o divino ou a divindade *magnésica*, como o Criador é chamado pelos alquimistas, faz rasgar o véu em meio à persistente vertigem da existência, sem que isso o torne impuro ou com desejo de qualquer enlace temporal, pois apenas segue o curso de suas próprias águas, imóveis e centrais, correndo entre os abismos gerados dentro e fora dele. Seguindo um caminho nunca antes trilhado, mas completo em si mesmo, em que partida e chegada não existem, e sim a curva inatingível do tempo que cria uma rede infindável de experiências humanas ou, mais acertadamente, divinas. E mesmo isso é apenas um ponto dentro do incomensurável oceano divino que se expande e se contrai em direções inimagináveis. Em parte, é por isso que a negação do mal ou a veneração do bem é inútil. Só é possível, em termos do conhecimento profundo e definitivo, virmos a ser inteiros se, por um lado, nos atirarmos com tudo o que tivermos contra os portões da ignorância e, por outro, incendiarmos nossos corações com um amor verdadeiro, até que estes se transformem em belíssimos sóis. Ó Medricie, divaguei muito agora, não foi? — sorri para ela, observando as linhas do seu rosto.

— Isso me atrai como visgo, senhora — disse, maravilhada por minhas palavras. — Como conhecer tudo isso?

— É mais do que conhecer, simplesmente. É imbricar-se na vida, na divisão humana e, é claro, nesse espelho original do qual fomos criados, procurando assim mergulhar no profundo e ir desenredando, como os antigos queriam, os mil novelos das mil faces ocas de cada atitude em cada acontecimento, aparentemente fortuito. E ali onde a escuridão não penetra, onde a luz nunca será encontrada, onde o vazio do abismo se iguala às águas profundas dos oceanos, podermos, então, chegar ao centro, ao umbigo imóvel.

— Embora ache fascinante todo o ensinamento, não consigo compreendê-lo como talvez fosse necessário.

— Nem te exijo tanto, pois são inspirados em secretos tratados alquímicos, em tradições desaparecidas e em meus próprios mergulhos na alma do mundo. Uma vez ouvi da Grande Mãe: "Não sejas a árvore antes da semente, pois todo potencial se encontra nesta. Quando tomares a terra do meu útero, alcançarás a luz de que necessitas, o ar puro do espírito para a liberdade, a chama fiel da vontade e a água da vida para as transformações; porém não será somente a luz que te fará enxergar; nem o céu há de se aproximar de tuas mãos sem esforço, ou fogo dará coragem a um coração sem alma, ou ainda, as águas do tempo fabricarão o teu sangue, sem o verdadeiro poder da fé. Existe nisso tudo um simples milagre que se faz necessário responder enquanto criatura — ser fluxo — que é gozo e doação a um só tempo. Doar é, acima de tudo, entregar-se para a realização das potências primevas da mente e do coração" — finalizando com essas palavras, apanhei o baú à minha frente, enquanto ela refletia um pouco, fiquei de cócoras e um longo silêncio se seguiu.

— Vamos falar sobre o rito de passagem e iniciação. Antes, darei a ti um presente.

Seus olhos passaram a brilhar como duas opalas.

— Feche os olhos e pense naquela vereda novamente. Terás que te concentrar bastante. Não poderás me questionar nada agora, depois, sim. Pronta?

— Sim...

— Bata setenta e sete vezes as palmas das mãos com força, prestando atenção em cada batida. Ao terminar, diga-me o que sentes, sem abrir os olhos.

Cumprida a ordem, responde:

— Uma certa dormência.

Então, esfreguei uma porção com ervas preparadas em suas mãos e lhe entreguei o presente.

— Oh! É uma adaga — constatou surpresa.

— Não abras os olhos, ainda. Descreva-me apenas tocando-a. Deves tocá-la com cuidado, com respeito e, se possível, com amor.

— Tem dois gumes bem afiados que vão se afilando gradativamente. Possui uma empunhadura alongada e sulcada diversas vezes, em forma de ranhuras entrelaçadas que torna fácil a adaptabilidade à mão. No seu término se estreita, como se um anel lhe abraçasse o cabo; depois toma repentinamente um volume maior, liso e circular. Já a guarda da empunhadura recurva-se ligeiramente em ambos os lados, findando numa escamosa serpente. São cabeças de serpentes perfeitamente trabalhadas... é estranho... as cabeças têm uma única presa, um único olho.

— O que mais? — incentivei a continuar.

— Agora, segurando a guarda da empunhadura, com uma mão posta em cada lado e o dedo polegar em cada cabeça, percebo que na do lado esquerdo, o único olho está voltado para a frente e a única presa voltada para mim. Na direita, é justamente o oposto disso.

— Perfeito! Irás fechar com relativa força as mãos no fio cortante, mesmo que fira, abrindo em seguida, juntamente com os olhos.

Suas mãos sangraram um pouco. Não ficou apreensiva com o sangue em suas mãos, muito mais olhou para a adaga, impressionada com seus desenhos. Pedi que juntasse as mãos, contasse mentalmente setenta e sete e depois me dissesse o que sentira de tudo.

— Eu não sei dizer, foi diferente...

— Explica-me!

— Meu sentimento maior é que a adaga me tocava também. Um toque suave, de coisas suaves como no encontro de duas distâncias. Ela é minha. Sei disso, senhora Urtra!

— Muito bem! Presta atenção no que vou dizer — entreguei-lhe a bainha e um pano de linho à medida que falava. — Ela será como uma inseparável amiga, um amuleto, sua defesa quando necessário. E em todos os ritos deverás estar com ela. E nunca, nunca mesmo afasta-te muito dela. Podes acreditar, é eficaz contra os vivos e os mortos.

— Contra os mortos? — surpreendeu-se.

— Bastará apontar a lâmina e os fantasmas, ou mesmos os seres elementares, não resistirão ao seu magnetismo, pois concentra forças mágicas e os poderes da Deusa.

Dadas as devidas explicações, quis continuar as instruções para os ritos que se seguiriam.

— A primeira noite ficarás aqui sozinha; no entanto, acompanhada, é claro, de tua adaga, agora. É a finalização da prova de armas.

— Sozinha, senhora Urtra?

Percebendo a angústia dela, comentei com firmeza.

— Não pode ser diferente.

— Compreendo — assentiu.

— Eu trouxe pão. Deverás se alimentar o suficiente. Quando o sol se puser no horizonte, fará a seguinte oração, primeiro para o oeste: "Ó guerreiras que conduzem o lume sagrado, dirigi vós minha compreensão por entre os estreitos e os perigosos vales da morte. Armipotente Pentesiléia trazei-me a bravura dos campos de batalhas que vós dignificastes com vossos prodígios. Ontem bebi de vossos melífluos lábios a virtude do silêncio, esperei e retive as minhas próprias águas para que elas se movessem apenas com voz de meus sentimentos; e se me fosse destinada a loucura, a do amor me arrebataria. Então, na visão que supera o coração do tempo, vi que minha vida se tornara a oração das rainhas amazonas para todo o sempre. Ó sombra majestosa, descei sobre minha cabeça e a tornai imponente aos olhos do mundo, despindo-me do orgulho e da beleza impura. Sou a que outrora brincava como uma menina, mas agora, mulher, atrevo-me ao sangue que corre em minhas veias e às palavras que se molham na minha boca com o imperativo da verdade. Vós, que sofrestes por vosso povo e lutastes pela igualdade, pela dignidade e pelas tradições femininas, escrevei no céu deste tempo o meu nome de guerreira, meu nome de mulher e meu nome de feiticeira. Que essas chamas que velam pelo presente me batizem na luz de cada cálido pôr-do-sol, pois minhas faces modestas honram as antigas mulheres que se tornaram guerreiras." Repeti com ela e, quando tinha aprendido, fui para a próxima oração.

— Deves virar para o leste e dizer: "Ó lugar da sublime esfera de luz, filho da Deusa e de seu consorte, lançai-me seu raio cintilante com a ternura das mães da primavera. Cobri-me com calor o meu corpo e incendiai meu coração leonino. Sou a guerreira do portal da luz, do dia que zela por toda criatura e da noite nas sagradas fogueiras em vossa memória. Vertei na minha boca a sabedoria venerada pelas feiticeiras, dotai-me do espírito das velhas guerreiras que acalentam a paz nos vossos altivos corações. Dotai-me ainda da coragem necessária para enfrentar os maus espíritos do dia e as temíveis ameaças da ignorância que se alastram entre os homens. Sou a que veio como criança, mas agora, mulher, atrevo-me ao conhecimento, à razão e ao ardil das almas humanas. Sabei agora, ó guerreiras, um reflexo aparecerá na terra, nada mais sendo que meus olhos, agradecendo a vossa presença em mim".

Repetido e assimilado por Medricie, continuo:
— Proferidas estas preces, volta-te imediatamente para o sul e diga: "Ó guerreiras do passado, como é longa a jornada até alcançar as novas terras. Minha pressa e silêncio não são como a vossa mesma presença, poderosa. Guerreiras! Mas o destino veio ditar na minha vida o mistério e o amor. Subi as montanhas desse mundo e vi meus inimigos se aproximarem com a tenacidade de feras. E mais alto subi e mais aguerrida me tornei. Então, num lago plácido e espelhado, quando das margens me aproximei, vi o meu pior inimigo: eu mesma. Musas! Cantai a canção das bravas mulheres, de suas conquistas e vede o que fizeram numa única existência entre homens. Por isso, não me deixai presa aos grilhões da sorte que não sejam o reflexo da vontade. Ó guerreiras do além, não sabeis hoje da minha fome, não sabeis da minha intensidade, mas sabeis que o meu sangue tornou muitos destinos gloriosos. Sou a que veio como criança, mas agora, mulher, atrevo-me à conquista de um nome. O meu

nome é minha vida e a minha vida é a fagulha que acende as velas no altar de meus antepassados".

— Para o norte deverá dizer: "Ó força irrepreensível, ó inefável amor, ó claridade que alimenta sem cessar as almas de todos os tempos. Ó altar sagrado, consagra a minha vida à temperança e à esperança constante. Pois, guerreiras, agora me tornarei sob a égide da grande tribo das mulheres amazonas, mestra em armas. Não as dominarei tanto com a força do braço ou do punho, porém nas entranhas da ação, pela sutileza da mente, pelo fascínio da beleza e pelo encanto da paixão. Serei apaixonada na vida e seguirei por ela com a firmeza e a esperança da ação. Agirei com a justa medida em qualquer ato da minha existência. Lutarei pelo amor sagrado, em que o coração será uma eterna seara de sentimentos. Não um amor ingênuo, desmedido e corruptível pelo desejo vão. Trago na minha arma o sinal da medida justa, da bravura, assim como, da entrega à soberana prudência. Ó guerreiras, já ouvistes meu nome, então prestai atenção no que digo: sou a que veio como criança, mas agora, mulher, atrevo-me à conquista da força e do poder. Ó guerreiras imortais! Quando olhardes as estrelas do norte, fazei que eu brilhe entre elas, e acreditai: de quanto vistes dos cristais do chão da terra, foram as minhas lágrimas derramadas por vossas almas, minhas irmãs".

Depois de seguidas repetições e mitigadas as dúvidas, perguntei:

— Conservaste tudo na memória, Medricie?

— Sim, mestra e senhora Urtra.

— Muito bem! Terminadas as invocações, buscarás o centro das quatro direções, podendo ser nesta meseta, e dirás: Ó centro pelo qual tudo se liga majestosamente, por onde todas as direções correm inalteráveis, por onde todos os seres se tornam uno no verbo impronunciável da Deusa, por onde o manifesto e o *imanifestado* se convergem em sua essência inesgotável. Serei a única letra, a única palavra e um único som. Alcançarei, por fim, a voz do silêncio que atravessa os séculos. Aqui, guerreiras, descansarei na morte e celebrarei na vida as minhas conquistas. O que está fora se ligará com o que está dentro, pois doravante, onde estiver, o farei sempre centro da minha própria vida. Guardarei os quatros portais do mundo tanto no distante infinito como no imo peito. Nasci hoje como guerreira e morri como criança. E, por hoje, serei esse fio interminável, essa coleção de certezas eternas e efêmeras, esse mistério insondável, justamente quando um sagrado princípio se defronta com outro sagrado princípio. Quando o conhecimento e o esquecimento são uma e mesma coisa. Então minhas faces serão serenas e minha vontade, férrea. Eis aqui a renascida como uma feiticeira-guerreira.

Ficamos em silêncio por um tempo considerável depois de ter ensinado a última oração. Ela pareceu compreender bem tal necessidade. Quando sentiu que já podia falar, quebrou o silêncio.

— São tão lindas essas orações, que já emanam uma certa força ao pronunciá-las.

— Sim, Medricie, é preciso o que afirmas, são carregadas de poder. Por isso, só deverás usá-las no presente ritual, em mais nenhum. À meia-noite, ao amanhecer e ao meio-dia, repetirás todas elas. Sendo que à meia-noite começará pelo sul; ao amanhecer, pelo leste; e ao meio dia, pelo norte. Agora devo deixá-la à sorte da Deusa.

Afastei-me do local e não voltei mais meu olhar para ela. Senti que seus olhos cravaram em minhas costas por algum tempo. Desapareci na mata e uma hora depois já me encontrava com Yalana.

— Gostaria de fazer também esse cerimonial, tia Urtra! — comentou ela, com desenvoltura.

— Não poderia ainda.

— Já completei nove primaveras — argumentou confiante.

— É verdade! Incrível, querida, como pouco me apercebi disso. E tu tens crescido como uma maravilhosa flor. Contudo, tal coisa não te cabe de fato.

— Puxa! Tia Urtra, eu gostaria tanto de participar.

— Só não me digas que estás invejando a jovem Medricie, sabes que não necessitas de nenhum cerimonial do qual ela participará — falei com docilidade.

— É, eu sei... — os alvos dentes afloraram na boca com sorriso maroto.

— Yalana, querida, seu tempo vai chegar como chegou para todas da Irmandade da Loba, embora não como imaginas. Será diferente, pois és especial...
— Por que, tia?
— É difícil explicar! — argumentei.
— Acredito que tem alguma ligação com eles, não é mesmo? — e apontou um delicado dedo para cima.
— Estás vendo! Sabes com distinção tais mistérios.
— Ah, eles sempre disseram para mim... como ainda dizem — acrescentou como se fosse a coisa mais corriqueira.
— Dizem! Como? — atalhei surpreendida.
— Nos sonhos.
— Quando exatamente tens esses sonhos?
— Não sei... às vezes.
— Penses um pouco, filha. Em que época?
— Muito mais... quando não há lua — respondeu ela.
— Hum... já desconfiava. Bem! Estes são os mistérios dos celestes e devemos respeitá-los como respeitamos os da Deusa — falei.
— Mas eu gosto deles, tia Urtra.
— Não duvido. O que eles falam?
— Bom... eles dizem que são nossos irmãos de outros mundos e que estarão sempre comigo.
— Interessante! No entanto, deixemos isso de lado, pois precisamos preparar a pedra da Deusa para apressar a abertura da visão de Medricie.

Saímos à procura de uma pedra que ao menos lembrasse uma forma circular. Depois de catarmos várias pedrinhas do tamanho que coubesse numa mão fechada, escolhemos a mais perfeita e polida, pois não queria dar nenhum tratamento de lapidação à pedra. Yalana encarregou-se de encantá-la com as orações da Deusa. Quanto a mim, dediquei-me ao trabalho de preparar uma pasta à base de agrimônia e de uma planta de Saturno, o Agnocasto. Seria usada na fronte da novata.

— Vamos descansar bastante e dormir bem, teremos um dia longo amanhã e durante toda a noite também. Ah! Ia me esquecendo, tenho uma surpresa: serás a madrinha de Medricie.

— Que maravilha!

— Boa noite, Yalana.

— Boa noite, tia Urtra.

Avançamos na manhã dormindo para que à noite estivéssemos descansadas. O sol já passava do meio do céu quando iniciamos a jornada até o local da clareira. Medricie estava sentada à sombra de uma árvore. Mexia em uns gravetos e olhava, vezes por outra, os arredores numa mistura de preocupação e expectativa. Quando nos viu, seu rosto ganhou mais vida, pondo-se imediatamente de pé.

— Como foste, filha? — questionei com seriedade.

— Senti medo no início, porém, à medida que o tempo escoava pela noite e feitas as orações recomendadas, um estado de serenidade enlaçou-me e quase não pude pensar em perigos. Estranhamente é como se não estivesse só. Mesmo o cansaço numa certa hora da madrugada não me fez perder a confiança.

— Saíste bem, pois conseguiste fazer o elo com as guerreiras do passado. É, sem dúvida, um excelente sinal. Possuis a fé em que tudo penetra e desvela. Tens o coração caloroso no qual o vento do espírito nasce com a aspiração da boa humanidade. Por isso, minha querida, passaste pelo segundo portal.

— Sinto-me honrada com tuas palavras, senhora e mestra — inclinou-se para mim. — O que devo fazer agora?

— Permanecerás em jejum e dormirás até a meia-noite. Antes deverás receber a consagração de sua madrinha — e apontei para Yalana, que ficou radiante com o anúncio cerimonial.

— Uma madrinha! Que mais poderia desejar?

— Inclina-te com cerimônia para Yalana, a fim de que ela te aceite.

Fez uma grande deferência para a menina, que retribuiu tocando primeiramente o chão, com dois dedos, próximo a Medricie. Em seguida, na altura do ventre da iniciada, na fronte e na nuca. E com orgulho pronunciou:

— Confiro tua sagração à ordem da Irmandade da Loba. Nosso poder é atar e desatar as coisas, ver entre as brumas da ilusão e ascender ao portal da luz, das trevas, das sombras e dos sonhos com a inspiração da

Deusa. — Olhou para mim logo depois, buscando a confirmação de que dissera tudo corretamente.

— Muito bem! É melhor que tu descanses agora, Medricie — assenti.

— Gostaria de abraçar minha querida madrinha — disse olhando para Yalana.

— Não te contenhas, querida — disse.

— Quando tive mais medo, me lembrei, sabes de quem?

— De mim? — indagou ela, com grata surpresa.

— E existe outra menina Yalana por aqui?

As duas se abraçaram, pareciam duas irmãs que havia tempo não se viam. E, aparentemente, sem motivo, começaram a chorar uma nos braços da outra. Preferi não interromper e até as deixei sozinhas para conversarem um pouco. Quando Medricie já dormia, Yalana me perguntou preocupada:

— Eu falhei, tia Urtra?

— Se falas do teu choro com Medricie, claro que não. Sei que tens muitas saudades de tua irmã Isiandra. E para Medricie — olhei para o lugar em que ela dormia — é uma mudança muito difícil. Não é desproporcional que fiquemos, às vezes, tão impotentes diante da vida e dos caminhos que escolhemos. Aliás, foste muito segura em tuas palavras e isto basta para uma feiticeira.

— É mesmo, tia Urtra? — disse movimentando os olhos com satisfação.

— É sim. E sinto que já posso lhe confirmar algo doloroso.

— O quê?

— Não verás mais tua irmã, Isiandra — anunciei sem meias-palavras.

A tristeza se alojou em seu rosto infantil, e a capa terrível da velhice, com mordaz interesse, transformou seus traços mais tenros em sofrimento. Já não parecia uma menina de 9 anos. Puxei-a para o meu colo, abraçando-a como se filha fosse e acrescentei baixinho ao seu ouvido:

— Embora o que ora te digo, minha linda menina, não seja absoluto, pois minha visão só vislumbra acontecimentos até certa altura de tua vida, o resto eu não sei. Portanto, tudo pode acontecer. Entendes o que estou dizendo?

— Entendo sim, tia Urtra.

— Tempo virá que compreenderás mais essas coisas, pois tua sabedoria tocará as alturas das montanhas. Serás bela, sábia e poderosa em outro país. Como também tua irmã, o espírito das fadas. Deves esconder tua origem e distinção na magia, assim como teus poderes. Mas alcançarás em vida a felicidade com os muitos filhos e netos que terás.

— Onze filhos! — revelou ela.

— Já tiveste presciência disso, Yalana?

— Uma vez, Isiandra me contou que viu 11 fachos agarrados em mim. Ao perguntarmos à tia Itangra o que era aquilo, ela disse que poderia ser a quantidade de filhos, embora ela ficasse em dúvida, pois eram tantos. E depois vi em Isiandra a mesma coisa.

— Como vês, o destino tem seus mistérios, e quando os revelam é algo que devemos levar em boa conta, mesmo que exija sacrifícios que pareçam, à primeira vista, superiores às nossas possibilidades. Nunca te esqueças disso.

— Nunca esquecerei, tia — foi enfática.

— Outra coisa. Tu és uma bruxa nata, Yalana. No mais, dependerás apenas de tua força, sabedoria e coragem, pois não terás o braço da Irmandade da Loba, nem seguirás os preceitos dela, na medida que teu caminho é outro e completamente original. Porém, lembra-te sempre, nunca sigas a liturgia dos padres, pois és uma feiticeira dos lobos e dos anjos... — acrescentei esta última parte quase sem querer inteiramente.

— Como poderia, mestra! — ficou em silêncio por uns instantes e depois disse: — não terei cerimonial, então? — meneou o rosto para o meu com expectativa.

— Não, nenhum, pois representas o novo. E tu já és o que deves ser, portanto, nada te poderá ser acrescentado, dado ou extraído.

— Poderei eu ter tua bênção, minha senhora, mestra, mãe e irmã — sua voz firme como uma rocha parecia uma erupção vinda de seu espírito antigo.

— Tens a minha bênção, a da Deusa e a dos Celestes, criança das estrelas.

Naquele instante, um sentimento de plenitude invadiu meu peito. Senti ainda um imenso poder percorrer meu corpo, sem que pudesse controlar. Uma eletricidade estranha se produziu entre nós duas. Na mesma hora, uma quantidade considerável de pequenas pedras passou a cair sobre nossas cabeças, como se fosse uma chuva. Ficamos inicialmente preocupadas pela quantidade enorme que caíra. A sorte é que eram bem diminutas e não nos causou nenhum dano. Medricie acordou espantada com tão extraordinário acontecimento. Eu e Yalana ainda tentávamos nos proteger daqueles pedregulhos. Felizmente, em dez tempos, tudo se aquietou com o mais singular dos silêncios. No chão, ao nosso redor, ficou o acúmulo das pedras como prova do que ocorrera.

— O que é isso? — espantou-se Medricie.

— Uma chuva de pedras — respondeu tranquilamente Yalana.

— Meu Deus! — exclamou a outra ao perceber, já mais acordada, o que tinha ocorrido. As caras e bocas que ela fazia eram as mais hilárias que já tinha visto na vida.

— Não foi nada de mais, volta a dormir — disse.

E sem poder me controlar, ri um pouco da situação. Não me espantou ver Yalana mergulhar a cabeça no próprio colo para abafar a risada.

Como Medricie estava muito cansada, não foi difícil convencê-la a voltar para a cama. A partir daquela hora, fomos cuidar dos preparativos. À meia-noite, o vasilhame cheio de água, que seria o espelho para a visão, já descansava sobre a meseta de pedra, e o fogo crepitava na madeira com o vigor esperado. A pedra circular do cerimonial previamente escolhida fora posta no fogo até quase incandescê-la e lá havia também uma porção, era uma beberagem de cogumelos para libertá-la mais do corpo. Quando Medricie levantou, só foi o tempo de aplicar-lhe a pasta de ervas na fronte. Depois depositamos a pedra incandescida segura por um lenço. O chiado característico do objeto sendo resfriado, na pele da fronte, não fora suavizado com a pasta e nem a dor fora abrandada no seu rosto.

— É assim mesmo, Medricie. Não te preocupes, com o tempo vai diminuindo a ardência, e não ficará nenhuma marca no futuro que a enfeie. Agora, concentra-te na água. O que vês?

— Nada, absolutamente nada. Eu tento esquecer a dor e não consigo — respondeu ela.

— Nem tentes. Ao contrário, concentra-te na ardência mesmo. Fecha os olhos e depois os abra mirando a superfície da água.

— E agora, o que vês?

— Sim... minha infância, tínhamos um arminho branco... Incrível! Ela, num impulso involuntário, mexeu na água com a mão.

— Oh! Sumiu.

— Não deves tocar a água. Não te apresses.

— Agora eu vejo um muro muito alto.

— Sobe nele — recomendei.

— É muito alto mesmo, parece tocar as nuvens.

— Sobe — insisti.

— Subi. Caminho sobre ele e seu traçado é variado como as curvas de uma serpente. Posso cair, mas consigo ficar firme sobre a muralha. Então, depois de percorrer um grande trecho, ele se transforma num caminho calçado de pedras irregulares. Entre elas existem flores nascendo em diversos tons, do vermelho ao azul. Conduzo uma carruagem negra pelo escuro caminho, estando eu no teto dela e o lugar do cocheiro vazio. Encontro pessoas com roupas esquisitas, e outras vindo em minha direção também. Vejo uma mulher de bigode e cabelos compridos, acompanhada de um homem. Ando por mais um trecho e me deparo com um precipício de funda cava. Olho para baixo e observo um caudaloso mar batendo contra os rochedos de ferruginosa encosta. O mar é escuro, pois a noite lhe é companheira fiel. Algo me diz para avançar sobre o despenhadeiro, mas tenho medo das águas e da altura. E quando menos espero, já pulei no vazio do abismo sem que isso fosse iniciativa minha. Voo sobre um mar cinzento, um mar tormentoso e profundo. Parece-me crescente a agitação daquela água oceânica, águas mais escuras do que um barro negro. Divirto-me no voo como uma criança, embora tenha medo de cair no trevoso mar. Desejo ver um céu mais azul e águas mais límpidas. Ao olhar para a frente, percebo que tudo é azul e luminoso, e o mar adquiriu uma tonalidade esverdeada. A visão desapareceu agora.

— Agora é tua vez, Yalana, como madrinha da novata.

Ela levantou-se e ficou de frente para Medricie, que passou a observar com atenção seus movimentos.

— Repete comigo: Ó Deusa! Abri-me a visão para conhecer vossas verdades. Sou vossa filha e serva. A noite é meu abrigo e minha profundidade. Que eu seja capaz de enxergar o invisível mundo e penetrar na bruma que corrompe os meus olhos, os meus ouvidos, a minha pele e a minha boca — aproximou-se mais.

Cumprida a tarefa, Yalana se dirigiu a mim com cerimônia.

— Ó egéria da Irmandade da Loba, grã-mestra Urtra, mãe, filha e irmã, aceitai no imo peito a candidata ao vosso serviço, pois digna se mostrou nas provas de armas — Yalana parou e fez um sinal para mim com o fito de que desse alguma orientação a partir dali.

— Que assim se frutifique pelo poder da Deusa — acrescentei, demonstrando que ia bem.

A seguir, ordenei a ela que me trouxesse minhas adagas, dadas por minha mestra Bithias, e trouxesse também a beberagem especialmente preparada para a ocasião.

— Toma-a apenas em dois goles, Medricie — orientei. — Afrouxará a tua mente e levará o teu espírito para realidades superiores, o país das fadas, onde todas as coisas são unas e perfeitas, mas também poderá lhe conduzir para mundos de trevas, tão inferiores, que só encontrarás sombras.

O gosto da bebida era terrível como já sabia. As feições dela, por entre a penumbra noturna e o bruxulear da fogueira, revelaram o desagrado inequívoco. Sentou-se de frente para o vasilhame com prontidão novamente. Yalana reconduziria mais uma vez o ritual. Disse para a criança seguir sua própria intuição.

— Repete comigo, Medricie: Ó Deusa! Abri-me a visão, pois sou uma feiticeira do fogo e da terra.

Ficamos em silêncio por alguns instantes, esperando a beberagem fazer efeito. Medricie abria e fechava os olhos, e o corpo, por vezes, pendia para um lado e depois para o outro. A pequena boca, semiaberta, mostrava os alvos dentes. Seus braços caíram ao longo do corpo.

— Olha, Medricie, olha no espelho d'água, enquadrando o céu — orientou Yalana.

— Sim... eu vejo, um coro de anjos, harpas de cedro adornadas com ramalhetes dourados, sendo dedilhadas com perfeição magistral. Vejo um grande palácio de nove torres com riquezas que ultrapassam a de todos os reinos da Terra juntos. Ao seu fundo, maravilhosos campos cobrindo extensões vastíssimas. São campos cultivados por legiões angelicais que semeam o trigo celestial. O guardião do lugar fala-me de nossa vocação, nossa voz, nosso verbo, nossa paz... — Yalana bate palmas com toda a força que consegue, interrompendo a visão.

— Olha, o espelho d'água para o fundo da terra.

— Estou diante de uma ponte levadiça de um grande castelo, completamente tomado por um musgo verde-escuro, pode parecer estranho, mas é como se fosse a própria vida. Existe uma beleza singular no local, embora o ambiente seja escuro e praticamente tudo em volta seja um vasto desfiladeiro. Mesmo assim, suas sombras traduzem o mistério do mundo e sua pouca luz fala dos primórdios do tempo. Subo uma inclinação adjacente e criaturas as mais diversas se me apresentam em fantásticas roupas, aspectos e trejeitos. Alguns parecem faunos ou sátiros como nas pinturas dos artistas. Deuses esquecidos, tombados por um Deus vivente... tudo agora é frio e distante. Sigo por um caminho antigo e venerado, margeando a lateral do castelo. Ali, confirmo a grandeza da construção e a altura majestosa. Nesse momento, um homem velho de vestimenta sacerdotal com grande capuz, mas diferente de um ser humano, para-me e aconselha: "Não sigas o caminho dos estreitos vales das convenções, teu caminho é o caminho do sexo". Sua voz é forte e segura como um trovão, mas seu corpo é recurvado e magro, então compreendo: ele é o guardião dali. Eu escuto com atenção, porém quando menos espero já estou em outro lugar. Fico sabendo que é a entrada do inferno. Tem a tonalidade vermelha do sangue. Pedras gigantescas existem por todos os lugares. Mas há algo, uma regularidade nas formas apresentadas, difícil de expli-

car. Uma continuidade que despreza as formas encontradas na natureza. Estou apreensiva com algo que verei, mas não desejo ver, sei o que é...
— Continua, é necessário — insistiu a menina com maestria.
— Oh, o demônio. Atrás de uma pedra que lembra o número oito. Ele aparece com a sutileza da serpente, como um vulto assustador e sem coração. Possui a forma humana, mas é desfigurado, não tem um rosto comum, como se óleo fervente o houvesse atingido em cheio. Anda sinistramente em minha direção, meu coração dispara. Estou apavorada! Porém, não fujo e o olho nos seus olhos de fogo, o maldito. Nada acontece. Agora estou numa baixada, olhando para cima e enxergo um paredão à minha frente, íngreme e escarpado. Aí se veem muitas árvores crescendo inclinadas para o chão, invertidas. Têm as copas muito redondas, esféricas e prevalece uma cor avermelhada por todos os cantos desse imenso sítio que não saberia calcular o tamanho. Todo o lugar transmite uma inquietante sensação de expansão ainda que as rochas, as árvores e as formações estejam tão fixas. Existem degraus abaixo dos meus pés que dão para uma imensa planície ainda mais abaixo. Parecem quase infinitos, são como grandes pedras lisas e bem dispostas. Percebo que estou num plano intermediário, no meio, entre o mais fundo e o mais alto do lugar. Todo o local tem uma estranha regularidade como falei antes, embora não se possa falar de uma verdadeira harmonia.

Parou e se mexeu um pouco, apertando os olhos.

— Onde estou agora, torna-se mais acentuada a perfeição dos acabamentos, dando a impressão de que foram talhados por artesãos divinos. E o mais incrível: vejo os anjos caídos com asas imensas, indo sobrevoar, como grandes pássaros, imensidões, detendo-se aqui e ali, mas sem poderem escapar da força do desfiladeiro. Sinto-me bem, e um desejo chega-me ao coração: pôr fogo nesse inferno. Procuro alguma fogueira e uma boa quantidade de lenha para realizar o intento. A seguir, vejo, a uma certa distância, todo lugar arder em chamas, enquanto eu caminho por uma magnífica floresta numa noite sem lua. Termina aqui.

— Olha novamente sem utilizar o espelho d'água.

— Luminosidades, fogos coloridos no céu, linhas finíssimas e brilhantes que vêm e partem de todos os lugares, ligando tudo a todos. Como se nada que existe estivesse isolado, toda separação é uma mera aparência. Nada se encontra, nada se perde. Só existiu o primeiro encontro de todas as coisas, no princípio, ou nem isso, por isso todo resto é re-encontro.

Agora, tinha uma aparência cansada e resolvi intervir.

— Yalana, podes completar o círculo de fechamento. Contudo, antes pensarás em um novo nome para sua afilhada a ser usado na Irmandade.

— Oh sim. Mas não consigo pensar em nada, mestra Urtra.

— Nisso eu não posso lhe ajudar.

— Hum!

— Concentra-te na ancestralidade dela — sugeri ao vê-la ainda com dúvidas.

A criança fechou os olhos e levantou as mãos vagarosamente até uni-las acima da cabeça de Medricie.

— Os espíritos dos povos antigos que viveram no coração da França propuseram-me o nome de Bricta.

— Muito bem, temos um nome — sorri satisfeita.

Após as orações de fechamentos, Medricie só tinha ânimo para dormir. E, por isso, não fizemos nenhum comentário com ela ainda naquela noite. Embora tenha conversado com a criança.

— O que me dizes da renascida?

— Não sei... ainda, tia Urtra.

— O que percebeste com tua vidência?

— Acho que a visão dela ainda não se abriu totalmente.

— É verdade, mas essa moça tem um talento natural, Yalana.

— Sim! Tem mesmo. Uma escolhida da Deusa, tia.

— Mais do que isso — olhei significativamente para ela.

— "Eles", vi isso também, tia Urtra.

VII

O CASTELO

Uma semana havia transcorrido desde o ritual de Medricie. Era perceptível que muita coisa ainda não compreendia de nossas vivências, ou do modo como entendíamos o mundo. Principalmente, de como vivenciávamos a arte da magia, porém mantinha uma atitude diligente para com todo o aprendizado. Mas, de fato, nesses dias, algo mudara nela, a casca mais frágil e infantil de sua personalidade fora rompida, tomando lugar uma faceta mais determinada, antes aprisionada por suas crenças.

A essa altura, já nos encontrávamos próximas do castelo da baronesa Isabelle, mais uma noite e estaríamos lá. No caminho, um grupo de casas camponesas se descortinou à nossa frente. Havia ao todo quatro casas e umas poucas pessoas. Na medida em que avançávamos entre as casas, pude ver um rosto que me pareceu conhecido.

Não tinha me enganado, era a moça que conhecera na visão. Hália era o seu nome. Olhei mais fixamente naquela direção. Tal atitude deixou-a inquieta e algo apreensiva, certamente não me reconhecera. Uma velha que estendia roupas ao lado dela sorriu-nos com cordialidade. Outras pessoas que estavam nos arredores, entregues a alguma atividade rural, por vezes, paravam seus afazeres e nos espiavam curiosas. Indagavam-se provavelmente da nossa inesperada presença ali. Nos aproximamos mais da casa em que estavam as duas mulheres.

— Muito boa tarde?

— Boa tarde! — responderam numa única voz.

As mãos da velha camponesa tremiam em demasia, provavelmente fruto de um mal crônico. O olhar era sereno e revelava a delicadeza da flor mais singela. O nariz aquilino destacava-se no seu rosto redondo, e os dentes ainda conservados eram um sinal de pessoa zelosa. Minha vidência revelou a ligação que estabelecera com a Grande Mãe desde tenra idade. Buscava, naquela altura da vida, apenas a paz de seu coração e a boa morte. Por outro lado, ressentia um acontecimento no seu passado que ainda a fazia sofrer.

— Estamos indo ao castelo da baronesa Isabelle. Qual é o caminho mais curto até lá? — indagamos à mais velha das mulheres.

A jovem camponesa nos fitava num misto de desconfiança e interesse. Entrou em uma das casas e só depois de certo tempo retornou com mais roupa para estender. Já a velha parecia estar bem à vontade e em tudo tentou nos auxiliar, explicando-nos todo o trajeto.

— Não há como errar o castelo de Ethevel — disse ela, com animação.

— Sim, é bem fácil. Obrigada pelas informações.

— Ninguém as acompanha, moças? — perguntou a velha, com o que parecia uma preocupação sincera.

— Não mais, nosso cavalariço retornou à sua casa senhoril.

— Que falta grave desse vassalo! Deixá-las a meio caminho do destino.

— Oh, de nenhuma forma fora culpa dele. Houve uma urgência — disse.

— O que poderia justificar tal ação? Deixar moças tão distintas nessas estradas traiçoeiras até Ethevel.

— Por isso não! Nossas avós e mães, desde sempre, nos ensinaram os velhos segredos que só chegam a poucos corações — comentei com um sorriso sugestivo.

Ela sorriu em duplicidade e nada mais comentou. Então, as meninas se adiantaram com um pedido para a velha.

— Gostaríamos de beber água, minha senhora — pediu Yalana.

— Claro, claro! Venham aqui — respondeu ela com disposição.

Seguimos para dentro de uma das casas. Como a maioria das moradas dos camponeses, praticamente não havia móveis ou divisões entre os cômodos, mas eram limpos e bem arejados. Enquanto isso, aproximei-me da camponesa mais jovem, que estava à porta ajeitando um cesto de roupas. Seus olhos eram de um azul fugidio, quase verdes. Pude então comprovar que a visão que tivera anteriormente fora fiel em vários aspectos. Os cabelos negros e extremamente brilhantes estavam agora presos e um lenço vermelho os cobria. O semblante revelava uma mente aguda e vivaz, além de um caráter saturnino.

— Teu nome é Hália?

— Como sabes, senhora, minha avó te contou? — surpreendeu-se ela, mas manteve a serenidade.

— Não, fora-me revelado num sonho — disparei.

Embora o que lhe dissera por último a afetasse muito, teve o sangue frio suficiente para responder tranquilamente.

— Oh, há muitos sonhos, senhora, uns bons outros maus!

— Sagrados também podem ser tais sonhos — retruquei.

— De certo... quando dignamente recebidos do Altíssimo — concluiu.

Toquei na terra, no sexo, no coração, na fronte e na nuca. Acompanhou o que eu fazia com espanto. Então verbalizei:

— Principalmente quando a bênção vem da Grande Mãe.

— Certamente! — exclamou. — Desculpa-me por minhas dúvidas, senhora. Estávamos muito cautelosas com os recentes inquisidores que se hospedaram no castelo de Ethevel. Deixando-nos todos muito apreensivos e temerosos.

— E eles já se foram?

— Há menos de dois dias.

— Eram três, não é mesmo?

— Ouviste falar?

— Na verdade, tu me disseste nesse mesmo sonho que comentei.

Passou a me encarar de modo mais sério, pensou um pouco, enquanto pesquisava minha pessoa, e falou:

— Quero crer no que falas! Porém, nunca a vi antes, senhora.

— De fato, não mentes. Necessitamos conversar, jovem — falei ao tempo que tocava no seu ombro.

Satisfeitas em suas necessidades, Yalana e Medricie se aproximaram de nós duas.

— Já estão prontas para partirmos? — perguntei.

— Sim! — responderam as duas, sem se mostrarem apressadas.

— Não gostariam de passar a noite aqui? Pois vai escurecer. Pela manhã, bem cedo, podem seguir com a luz do dia — interveio Hália.

— É uma boa oferta. Não declinarei. Também é uma oportunidade de conversarmos mais, Hália. Assuntos da maior relevância para nossas vidas.

Depois das devidas apresentações, fomos ajudar a apanhar lenha e a preparar o jantar. A velha era a sua avó e se chamava Eri.

A noite caíra e o céu pontilhou de estrelas cintilantes. O ar fresco das noites da primavera era uma bênção para o corpo e uma inspiração para a alma. Sentamos em volta da pequena lareira, enquanto nos servíamos da comida colocada sobre uma mesa rústica. No entanto, o jantar foi servido numa requintada baixela de prata de um cinzelado suave. A velha fez questão de contar a história de como ganhou da Baronesa tal preciosidade, enquanto ainda degustávamos a deliciosa refeição.

— Está ótima a comida! — falou Medricie, se deliciando como o que ingeria.

— Sabes cozinhar com distinção, Eri — acrescentei.

— Obrigada, minha filha. Cozinhar é uma arte que tem seus segredos. Sabe recrutar seus adeptos entre os mais caprichosos e inspirados. Ainda assim, considero-me apenas uma escolhida de valor mediano.

— Não, de forma alguma. Percebe-se que tens maestria e valor para educar muitas gerações com sua arte, se assim o quiseres — ressaltei.

— É muita gentileza, moça — agradeceu ela, sorridente e felicíssima com o elogio.

— Serviu à própria baronesa durante muitos anos. E, por isso, hoje em dia, sempre temos muito mais o que comer — declarou Hália, com certo orgulho da avó.

— E por falar nela, o que poderiam nos contar?

— Muito justa! — comentou a jovem camponesa entre uma mordida de um pão e o chá que bebia.

— Muito mais do que isso, minha neta. Pessoa de coração generoso. Não fosse por ela, muitas mulheres já teriam ido para a fogueira. Tem nos protegido desde que chegou há mais de vinte anos, pois perseguem os velhos cultos com a morte e a humilhação — afirmou Eri, não escondendo a tristeza.

— É verdade... e, por isso, somos muito gratas — completou a neta que, nesse momento, passou a acariciar as mãos da avó.

— Foram ameaçadas, por esses dias, com a visita dos inquisidores? — perguntei com visível curiosidade.

— Sim, e como! Estávamos com medo do que nos poderia acontecer. E não era para menos, dois deles vieram até aqui acompanhados de vários soldados e tudo olharam. Antes já haviam percorrido todas as vilas, povoados e casas no campo até Toulouse. São como vespas amaldiçoadas. Anunciavam com grande alarde que todas as mulheres são bruxas em princípio e poucas são as que têm um comportamento santo, embora todo o pecado praticado poderia ser redimido com a confissão. A morte não era absolutamente nada, se comparada com a danação eterna.

— Alguém foi acusada? — indagou Medricie.

— Sim, uma moça que mora num povoado ao norte — respondeu Hália.

— Qual foi a acusação, exatamente? — questionei.

— Não soubemos... apenas que praticava sortilégios — disse Hália um pouco em dúvida.

— Já esqueceste, minha neta? — replicou a avó.

— Ah! Aquela história que nossa vizinha nos contou?

— Exatamente — confirmou a mais velha.

— Minha avó! Não podemos confiar em tudo o que é dito por essa gente das campinas — Hália impacientou-se um pouco.

— De qualquer maneira, gostaria de saber — incentivei.

— Bem! Em primeiro lugar, disseram que uma parenta nossa foi a responsável pela prisão dessa moça, mas não temos certeza de nada. O motivo fora o fato de a filha da acusada criar umas rãs numa pequena caixa negra que lembrava um ataúde em miniatura. Essa nossa parente teria visto, achou esquisito e comentou com um dos inquisidores quando de seu próprio interrogatório.

— E o que aconteceu com a moça? — tornou Medricie.

— Graças à interferência da senhora Baronesa, um castigo de quinze chibatadas em praça pública por permitir que sua filha lidasse com coisas malignas.

— Foi horrível, minhas filhas! — atalhou Eri, com certa dor nas palavras e dando mostras de reviver a cena.

— De fato! Todos foram obrigados a ir ver a sentença naquele dia. Desnudaram a moça até a cintura, expondo os seus seios. Além disso, éramos obrigados a contar cada chibatada como num grande coro — revelou Hália.

— E depois disso, algo mais ocorreu?

— Não que soubéssemos, mas ficamos apavoradas, pois fizemos sabás durante todo o ano. Temíamos que fôssemos denunciadas.

— Quantas são vocês?

— Somos cinco — pensou um pouco e continuou a contar, deixando escapar certa apreensão na voz — às vezes, seis... até mesmo sete.

— Cinco, seis! A sétima é a Baronesa Isabelle, não é? — afirmei com convicção.

As duas, avó e neta, entreolharam-se espantadas e temerosas com o que acabara de anunciar.

— Por favor, senhora Marie, nunca sequer revelamos tal coisa, nem quando sonhamos dizemos isso — apelou Eri apavorada.

— Não se preocupem! Sou uma representante dos assuntos da Deusa, e poucas são as coisas a mim veladas quando a causa é justa. Sei do juramento feito a Isabelle de nunca mencionar o nome dela ou qualquer participação sua nos sabás. Não encontraria, neste mundo, pessoas mais fiéis e corajosas.

Medricie e Yalana ainda sorriram discretamente com o embaraço das duas.

— Tenho um motivo para revelar tudo isso — falei com autoridade e procurando adiantar a conversa.

— Estamos certas disso! — falou a mais velha, carregada de certa resignação.

— O tempo urge para o que tenho a realizar! Não posso esperar convencê-las de tudo quanto é necessário fazer. Falo, porque afetará a vida das duas.

Minhas palavras iniciais, como imaginei, não as deixaram mais calmas, pelo contrário. Mesmo Medricie e Yalana logo compreenderam que não era uma simples conversa, ficando muito mais compenetradas por aquela hora.

— Senhora Marie, deixa-nos assim apreensivas com tuas palavras — adiantou-se Eri, colocando, num gesto natural, a mão sobre o coração.

— Não duvido. E explicarei tudo. Antes, porém, devo dizer que meu verdadeiro nome é Urtra, sacerdotisa da Deusa, no que chamamos de Irmandade da Loba. Por inspiração dela, chegamos até aqui. Por seus caminhos misteriosos muito me tem sido revelado. E uma dessas revelações diz respeito à sua neta. — Voltei-me para Hália — tens alguma ideia do que seja?

— Oh! Não, nenhuma!

— Mas a Deusa, por inspiração, já te revelou — afirmei encarando-a.

— Senhora, Urtra, perdoa-me... — ia falando; então, de repente, olhou-me com grande surpresa e depois para o restante, com o que confirmou de suas lembranças — não pode ser! — gritou.

— É sim. Porém, não como imaginas! — assenti.

— Pela Deusa! Do que falam? — disparou a avó aflita e intrigada.

— De ir para um convento — disse a jovem ainda angustiada.

— Um convento! — espantou-se a mais velha.

— Nunca te disse nada, minha velha, porque não acreditei em tais presságios. Como tantos outros que tivemos e nunca se cumpriram — explicou a neta.

— Pois agora acredite, Hália, nós iremos — anunciei, ainda apontando para Medricie.

— Nós! — surpreendeu-se, então, Medricie que ouvira tudo com atenção.

— Sim, Medricie, todas nós. Será nosso disfarce, apenas isso. Não professaremos tal fé. Lembras do que conversamos sobre um vaticínio na tua infância?

— Sim, faz sentido — assentiu Medricie, impressionada.

— Devo dizer que entendo agora certas coisas — completou Hália.

— Por isso, Hália, é necessário se preparar para partir de imediato. É tudo o que falarei por hora.

A velha se levantou e andou pela pequena sala. A tristeza dominava agora suas feições. Uma lágrima escapou ainda enquanto se levantava.

Não menos triste e sozinha parecia estar Yalana, que olhava o crepitar do fogo melancolicamente. Sabia que em breve nos separaríamos definitivamente. Hália foi ter com a avó e se abraçaram por um bom tempo. Aproximei-me das duas.

— Gostaria de conversar sozinha com a tua avó, Hália.

— Pois não, senhora Urtra!

Ela se afastou e foi conversar com Medricie que nesse instante saía da casa, talvez para apanhar mais lenha ou tomar um ar fresco. Yalana as seguiu em seguida, procurando a companhia das jovens.

— Tens um coração terno e bondoso, Eri. Viveste uma vida de devoção e coragem. O que aconteceu com a mãe de Hália e a tua outra filha não foi por tua culpa.

A pobre mulher, muito emocionada, caiu de joelhos e, em prantos, segurava minhas pernas.

— Ó nunca contei isso a ninguém. Eu as enviei para a morte!

— Acredita em mim, não foste tu a culpada. Foi a rival que dividia o mesmo homem da mãe de Hália. Ela é quem fez a acusação. Quando os inquisidores lhe perguntaram se tinha filhas, não podia mentir, seria bem pior. Elas já estavam a caminho de volta quando foram presas novamente, por essa denúncia peçonhenta.

— Ó Mãe, como és poderosa! — beijou minha mão.

Um pouco refeita e já sentada próxima à lareira, comenta:

— Sentirei muitas saudades da minha neta, senhora e mestra.

— Tenho certeza. Mas será o melhor caminho, embora não o mais seguro. Devo-te a sinceridade, pois muitos perigos nós enfrentaremos quando formos ao encontro do nosso destino.

— O que restará a essa pobre velha? — lamentou-se.

— Preste atenção, não demorará muito para a Baronesa partir desta terra e muitas ficarão sem o seu braço protetor. Além disso, Eri, a chama de tua vida se extinguirá em breve. Com a bênção da Deusa, tenho certeza que de uma forma tranquila.

— Meu tempo está mesmo terminado, então? — questionou como algo já imaginado, mas só confirmado ali.

— Sim!

Permaneceu em silêncio, olhando a lareira. Parecia refletir sobre sua vida e os últimos acontecimentos. Mexeu um pouco no fogo que pedia mais lenha.

— Ela partirá? — questionou com preocupação, pois sabia exatamente o que significava.

— Sim, embora ela mesma não saiba.

As horas escoaram, enquanto ainda conversávamos. Nesse meio tempo, dei-me conta de que nenhuma das jovens ainda havia retornado.

— Como demoram! — exclamei, olhando pela janela.

— Vou procurá-las — prontificou-se a mais velha.

— Nem penses nisso, Eri, eu sairei à procura delas — adiantei.

— Não conheces o terreno — insistiu ela, já se levantando.

— Não será problema! Além disso, quero sair pela noite.

— Como queiras! Procure-as nas margens do rio.

— Farei isso.

— É um dos lugares que Hália gosta de ir, pode ter levado as outras lá — explicou ela.

A noite ia alta, uma lua crescente que quase alcançava o meio do céu. O vento era frio, como a lembrança das noites invernais. Pus a capa e saí inicialmente sem um rumo certo. Dei uma boa olhada nas redondezas e nada vi. Ao passar por uma das casas ainda ouvi vozes de uma família de camponeses que comentavam qualquer coisa sobre as batatas que comeram por aquela hora. Nas duas outras, não havia mais nenhuma luz ou movimentação que indicasse que alguém ainda estivesse acordado. Fui seguindo pela estrada e resolvi ir na direção do rio, como tinha sugerido Eri. Logo vi uma fogueira ardendo, descobri as três sentadas conversando. Yalana gesticulava com grande entusiasmo, enquanto as outras duas a ouviam totalmente absortas. Aproximei com o mais leve dos passos. Yalana relatava as incríveis histórias do Culto do Lobo. Sua voz infantil ecoava até em espaços etéreos. As fadas a contemplavam com o magnetismo de sua magia e os silfos purificavam o ar de suas palavras. Seus cabelos soltos brilhavam intensamente e uma luz dourada a envolvia. Minha visão superior ainda revelou, o que achei incrível, uma luz que descia do céu e desenhava uma brilhante coroa na sua cabeça. Sem querer interrompê-la, parei a uma certa distância e me mantive silenciosa.

— Não! Quem tinha esse poder é minha tia Itangra. Tia Cailantra também dominava os seres elementares, mas não com tanta habilidade.

— O que aconteceu com elas, Yalana? — perguntou Hália, com curiosidade.

— Oh! Fomos perseguidas por vários dias, e elas seguiram por outro caminho. E só graças ao poder de nossa mestra, mãe e irmã é que estamos aqui hoje — e balançou a cabeça de um jeito engraçado.

— Nunca conheci alguém como ela, a mestra Urtra — acrescentou Medricie.

— Oh! Não duvido, sinto como se me olhasse por dentro e falasse com autoridade da própria Deusa. É muito estranho — manifestou Hália.

— O segredo é justamente esse, ela e a Deusa são uma só. Como fora antes com a mãe Bithias ou como teria sido com Deirdhre Gridelim.

— Quem foi essa? — quis saber Hália, despertada pela curiosidade do nome.

— Nunca também me falaste dessa, Yalana! — atalhou Medricie.

A menina ficou pensativa, e sua voz saiu um pouco embargada:

— Ela era tão corajosa, portadora do grande poder da Grande Mãe, Medricie, chegava a transformar pedras e metais. Uma vez ensinou como fazer isso a mim e a Isiandra, embora nunca conseguimos. Nessa época, disse que sempre nos protegeria de qualquer coisa, bastava pensar nela quando algum perigo nos rondasse. Eu gostava tanto de tia Deirdhre, sabe... mas foi ela quem traiu a todas do Culto do Lobo. Eu não entendo por que ela fez isso com a gente, por que nos deixou... por que mentiu tanto. E sua lembrança é uma desventura para nós. — Algumas lágrimas rolaram por seu rosto, enxugando-as a seguir. E, por acaso, levantou a cabeça e olhou na direção em que me encontrava.

— Tia Urtra!

As outras viraram repentinamente, em meio ao susto.

— Senhora! — exclamaram.

— Não queria assustá-las ou surpreendê-las, mas foi inevitável.

Sentei ao lado de Yalana e dei um forte abraço nela. Minhas lágrimas rolaram e nós choramos pelo que parecia uma eternidade. Medricie e Hália, comovidas pela cena, permaneceram em respeitoso silêncio.

— Todos cometemos erros, e sua tia Deirdhre cometeu um grande erro. Não a deixe de amar por isso.

— Mas a senhora disse que...

— É, eu sei... apenas esqueças o que te disse antes, não importa mais. Cumpriremos nosso destino agora — olhei para a fogueira, sorri para as jovens ainda silentes. — Foi oportuno encontrá-las, necessito falar certas coisas, principalmente para ti, Hália. Aliás, é mais que um falar simplesmente.

Afastei-me um pouco de Yalana e com uns pedaços de madeira reforcei a fogueira que morria na sofreguidão do frio noturno e pelo escasso combustível.

— Nós demoramos a voltar, não foi tia! — falou Yalana.

— Nem percebemos o tempo correr — completou Medricie.

— A culpa foi minha — atalhou Hália.

— De maneira nenhuma a culpa foi sua! Foram as fadas — tentei falar com a maior seriedade que pude encontrar.

— As fadas! — exclamaram.

— Sim, principalmente desta aqui, chamada Yalana.

Medricie não se aguentou e, rindo, correu para a menina, dando vários beijos nela. Fingindo resistir ao avanço da outra, Yalana corria entre nós, como uma ave desgarrada. Apenas quando cumpriram a brincadeira com grande festa é que sentamos.

Olhei profundamente para cada uma. Dirigi minhas mãos para o céu e invoquei:

— Dessas qualidades que tocam os elementos, desses tons semitrevosos que inundam a noite de uma beleza espontânea, pelo céu que nos oferece a dádiva da pequena e da grande luz, pelo elo das cinco pontas que desperta o olho da visão superior, pelo selo sagrado da Magia que tudo amplifica nos vários reinos. Somos a encarnação das antigas forças do tempo, somos, ó irmãs, as feiticeiras que herdarão a semente do mistério. Pelo feminino e pela lua que se move nas esferas universais que favorecem os sonhos e a imaginação, invocamos, neste momento, os guardiões dos eternos portais que acompanharão a cada uma de nós. Yalana, siga para o norte; eu ficarei ao sul; Bricta no leste e Hália no oeste.

Fizemos o cumprimento da Grande Mãe. Olhei novamente para cada uma e senti nossa ligação fortalecida, forças intocáveis nos amparavam agora, forças que sempre alimentaram nossas essências no *élan* espiritual.

Uma brisa fresca soprava entre nossos cabelos. O fogo crepitava em seu curso natural, porém parecia avançar cada vez mais sobre a escuridão.

— Ao fogo sagrado da Grande Mãe!

— Ao fogo sagrado da Grande Mãe! — repetiram.

— Hália, já compreendeste o significado dos últimos fatos e de minha presença?

— Com a segurança de quem se dedica à Deusa, minha senhora.

— Muito bem! Sou filha de uma das fontes da Grande Mãe. O que intuis sobre isso?

— Sei do poder que emanas e da vontade que me inspiras. E de como gostaria de servir a essa fonte.

— Não tardarás a ter essa oportunidade, filha. Devo advertir, no entanto, que andaremos sobre penhascos e desfiladeiros. Nada garantirá nossas vidas. E muito teremos de abandonar.

— Não posso e, acima de tudo, não quero fugir do meu destino — anunciou com firmeza.

Seu semblante sereno e sua voz firme confirmavam a disposição de caráter para o que ainda enfrentaríamos.

— Que assim seja cumprido! De qualquer sorte, necessitarás do ritual da loba para pertencer à fonte da irmandade com plenitude. E tu também, Medricie, de nome Bricta agora — anunciei, virando-me para ela.

— Quando será? — perguntou.

— Não temos muito tempo. Terá de ser agora, na lua cheia.

— Tenho uma dúvida, minha senhora. Seremos apenas nós? — quis saber Hália.

— Não, no mínimo cinco.

— Então, eu participarei, mestra Urtra — falou Yalana com animação.

— Ainda não és uma mulher, filha, sinto muito. O cerimonial é específico e tem sua intenção mágica. Lembras do que conversamos outro dia?

— Sim, mestra Urtra — respondeu com diligência, mas não disfarçou um certo desapontamento.

— Na verdade, já tenho ideia de quem participará. Mas isso não importa neste instante.

Olhei a todas com expectativa e ordenei:

— Bricta, olhe para Hália e nos descreva o que percebes. E Hália, mantenha-te quieta, olhando para o fogo. Yalana, acompanha tudo.

— Pontos luminosos — balbuciou Medricie, um pouco insegura.

— Vire-se de costas para nós e feche os olhos — disse.

— Oh! Ela tem uma cor laranja. Seu passado traz várias gerações de ligação com a Deusa. Tem o espírito confrontador e traz a insígnia do dever — parou, enrugou o cenho por uma estranheza qualquer.

— Muito bem! O que achaste. Yalana?

— Mestra Urtra, a visão superior permaneceu o tempo todo aberta na iniciada — explicou-nos com segurança.

— Concordo! E com relação a Hália, o que nos dirias?

— Não tenho certeza, mestra, mas acredito que sua maior capacidade é o deslocamento do corpo sutil.

— A viagem no plano espiritual? — questionei para averiguar o que ela queria exatamente dizer.

— Sim, mestra!
— E o que me dizes, Bricta, a esse respeito?
— Não sei dizer sobre isso! — declarou Medricie com certo pesar.
— Tudo bem. E você mesma, Hália?
— Senhora, temo também não saber exatamente, mas estou convencida de que vários dos ensinamentos adquiridos da velha religião, obtive através dos sonhos.
— Eu mesma a vi primeiro no plano espiritual. Assim, devo aceitar a avaliação de Yalana. Apenas acrescentaria a necessidade de se exercer um maior domínio nesses sonhos lúcidos, pois isso poderá ajudá-la ainda mais na arte da bruxaria.
— Senhora, farei como for melhor e como me guiares nesse sentido.

Balancei a cabeça em concordância.

— Nada mais nos resta fazer aqui, minhas queridas! Voltemos, pois necessitamos descansar e nos preparar para o dia de amanhã.

No outro dia, bem cedo, já estávamos na estrada a caminho de Ethevel, como era chamado o castelo. Perto do meio-dia, vimos destacar no horizonte as duas torres maiores, assim como as torres de flanqueio, laterais às primeiras na continuação da muralha. A construção fortificada foi levantada em cima de um morro, ou *motte*, como denominavam os ingleses. A murada se elevava talvez por mais de cinquenta pés de altura. Divisei no lado oeste, uma reforma que ia sendo feita com grande movimentação de cargas e trabalhadores.

Existiam tendas espalhadas em vários lugares, próximas ao castelo. Uma feira livre também se fazia presente junto à entrada principal da fortificação, tomando quase toda a frente. Esta era a porção leste do castelo. Ali, os camponeses realizavam suas trocas e podiam estabelecer a camaradagem. Em cima da muralha e nas duas torres, guardas observavam toda a movimentação mais abaixo, outros tantos se movimentavam entre o povo. De toda parte, chegavam mais camponeses. Pude concluir que algum evento tomaria lugar por aqueles dias. Havia do outro lado, seguindo para oeste, próximo a uma pedreira, artesãos, pedreiros, mestres de cantaria, lenhadores, ferreiros, escavadores e carpinteiros distribuídos num amplo sítio que tornava o lugar um formigueiro de pessoas. Evitamos o local dos trabalhadores e fomos nos guiando pela torre leste, passando entre os camponeses e feirantes até a ponte levadiça. Quatro sentinelas de tamanho considerável montavam guarda, empunhando afiadas lanças. Além disso, o rastelo do portão baixado pela metade nos detinha em nosso avanço de alcançar o pátio interno. Parecíamos, ali, simples camponesas.

— Alto lá! — exclamaram dois deles cruzando as lanças —, não podem passar!

— Necessitamos falar com a senhora Baronesa Isabelle — disse Hália com desenvoltura, pois muitas outras vezes havia estado ali.

Os guardas soltaram uma gargalhada sarcástica e a afastaram com indelicadeza, derrubando-a ao chão. Eram novatos e não a conheciam, certamente; além do mais, a segurança estava redobrada por aqueles dias.

— Quem pensas que é, mulher? — gritou um dos guardas.

Ajudamos Hália a se pôr de pé e me adiantei um pouco. Caminhei decidida a confrontá-los.

— Guardas! Tal atitude é desnecessária. Venho de terras distantes e trago notícias importantes para minha parenta, a Baronesa Isabelle — falei com autoridade. Entreolharam-se sem saber se acreditavam ou não, investigaram-me com grave e desafiador olhar. Encarei-os com cerimônia.

— A Baronesa se encontra muito ocupada. Temos ordens expressas de não deixar mais ninguém passar. Se for algo importante, transmitiremos sua mensagem — definiram eles.

— Impossível! — bradei num impulso. — São notícias que merecem apenas os ouvidos da sua senhora, sentinelas.

Empertigaram-se com minha atitude e palavras. Percebendo a reação deles, refleti rápido e coloquei uma ideia em ação.

— A Baronesa é conhecida pelo seu coração nobre e bondoso, mas o Barão é rigoroso com aqueles que falham, e é mais temerário quando tais ações prejudicam a senhora Baronesa — e os olhei com intensidade. — Não quero falhar com a Baronesa e muito menos com o senhor de vocês.

Entreolharam-se agora com visível preocupação, então vimos a disposição marcial desaparecer das suas feições.

— Peço-lhes apenas! — disse com gentileza e mesura. — Façam-nos saber de nossa intenção de encontrá-la ainda neste dia. E, como prova, escreverei uma mensagem breve que poderão entregar em mãos à Baronesa.

— De qualquer jeito, é melhor chamar o capitão, ninguém está saindo ou entrando sem sua autorização — comentaram entre si.

— Certamente! — confirma o outro.

No entretempo, com uma pena e um pequeno papel que Yalana pegara no baú, escrevi o antigo nome de Isabelle e contei algo sobre a irmã, Vaillany. Em poucos minutos, chegou um homem com seus 30 anos, ombros largos, braços musculosos, voz possante como um trovão e olhar penetrante. Uma barba pouco espessa dominava a face. Os cabelos escuros, longos e soltos brilhavam com o sol matutino. A aparição daquele homem causou um certo frisson nas mulheres.

— Espero que seja importante, gritou para um dos guardas quando ainda cruzava o portão.

Pesquisou a todas nós, num lance de olhar apenas e com extrema objetividade vira-se para mim e avalia:

— Não és camponesa!

— Não, capitão! Quero apenas, como afirmei para as sentinelas, uma entrevista com a Baronesa, pois tenho certa urgência. Aqui está um salvo-conduto que provará minhas intenções. E aqui também comigo está a neta de Eri, cozinheira da Baronesa, que me trouxe até aqui.

— Estou vendo.

Passei o papel com o que havia escrito, olhou-o, mas parecia não saber ler.

— Muito bem! Será entregue em mãos. Aguardem um pouco. Ninguém está entrando no castelo sem a permissão estrita da senhora Baronesa — declarou. Virou-se para um dos guardas e disse com autoridade: — Corras já até a capela.

— Sim, senhor! — respondeu o rapaz, com prontidão.

Observou-me ainda com interesse, mas algo dos seus afazeres o preocupava naquele momento, impedindo talvez maiores investigações.

— Meu nome é Renaud Lockehan, devo agora me ausentar — com largos, sonoros e apressados passos, num instante já se encontrava dentro do castelo, indo para alguma atividade que havia deixado provavelmente para atender ao chamado da sentinela, motivado por nossa chegada.

Passamos a observar o ir e vir dos camponeses na planície, seus negócios, seus jogos. Mais distante, os trabalhadores que moviam máquinas, escadas e ferramentas, ou os gritos nervosos dos mestres orientando os desavisados e os distraídos. Na feira livre, os jovens flertando as moças mais bonitas. Os animais que iam sendo conduzidos, principalmente aqueles com cargas, muitas vezes mais pesadas do que suportavam. Acompanhávamos, ainda, os olhares que alguns nos dirigiam com surpresa, curiosidade ou interesses sensuais.

Meia hora depois, fomos informadas de que podíamos entrar no pátio interno e aguardar num local entre o poço principal e a torre de homenagem. Dentro se verificava uma agitação de um número incomum de serviçais, principalmente numa cozinha próxima à torre de vigia. Como estava demorando, resolvemos nos sentar na escadaria que levava para dentro da torre de homenagem. Dois grandes estábulos ficavam próximos, embora houvesse ali poucos animais. Quase duas horas mais tarde, um velho, encurvado pelos anos, se nos apresenta.

— Sigam-me, por favor — disse-nos em tom formal.

Ele, vagarosamente, nos conduziu para a parte posterior da torre, onde mais serviçais trabalhavam em outra cozinha, algo improvisada. O cheiro saboroso do preparo tomava todo o local. Seguimos então para uma escadaria que nos levaria a um salão com duas grandes mesas. Atravessamos todo esse local e vemos mais um salão em continuidade, também com duas mesas. Concluo que é uma única estrutura no formato de um "L". Subimos mais dois lances de escada por uma passagem lateral ao salão. O recinto que se abriu aos nossos olhos, quando o homem destravou a porta, era de uma riqueza e de uma formosura dignas da corte francesa. Um tapete vermelho, margeado de cada lado por cadeiras solenes, nos conduzia para dois tronos. Várias peças e armas decoravam as paredes laterais, além de armaduras postas na entrada, nas colunas e nos cantos. Existia no local um ar majestoso.

— Aguardem aqui! — tornou o velho serviçal.

Sentamos nas cadeiras e a porta se fechou com relativo ruído. Para, logo a seguir, abrir-se novamente em seu rangido característico. Uma aia surgiu na porta com uma jarra e nos ofereceu, oportunamente, água fresca e um pedaço de pão para cada uma. Pouco depois sai. Não demorou muito e Isabelle adentrou o recinto. Era impressionante como se parecia com Vaillany, embora uns quinze anos mais jovem, e os olhos faiscassem com a intensidade das mulheres mais ardentes. Olhos verdes cristalinos. Yalana parecia surpresa também. Certamente causara-lhe uma impressão igual à que me ocorrera. Inclinamo-nos todas para a Baronesa.

— Sejam bem-vindas! — disse num tom cordial, mas altivo.

Sua voz era como um canto majestoso e os movimentos dotados de charme. Usava um vestido longo de cor branca com babados verdes e bufantes. Os seios não eram pronunciados, mas a cintura delgada conferia-lhe um porte elegante. Vasculhou todo o recinto, olhando cada uma com meticulosa atenção. Ao ver Hália, a cumprimentou com um olhar generoso.

— E então, trazem notícias de minha querida irmã? — disse a Baronesa de boa vontade.

— Sim! — respondi, ainda tentando ver com minha visão de feiticeira.

Possuía grande afinidade com a terra e mantinha ainda viva sua ligação com o Culto do Lobo. Vi que um imenso poder amoroso e sexual fazia parte de sua essência humana. Era uma feiticeira pura, como um cristal no útero da terra. Também senti que a adaga de nossas tradições ainda guardava consigo.

Num determinado momento, ela olhou para Yalana com visível curiosidade e simpatia, parecendo antever os acontecimentos.

— A quem devo por essas notícias? — perguntou, fitando-me um pouco intrigada com minha disposição.

— Antes, senhora! Estamos aqui protegidas para tratarmos dos assuntos da Deusa? — anunciei com uma determinação que não lhe agradou muito.

Travou a porta e andou até os dois tronos sem responder. Com ares de descontentamento, virou-se e olhou rapidamente para Hália com gravidade, como se questionasse a situação, ou pudesse obter dela alguma prévia do que se tratava.

— Não seremos interrompidas e podemos nos considerar seguras neste salão. Contudo, torço para que tuas razões justifiquem tamanha exposição e não me promova desagrado — considerou em tom sério.

— Meu nome é Urtra, do Vale dos Lobos, sou no presente a grã-mestra da Irmandade da Loba, sucessora de Bithias — virei para Yalana e pedi: — Pegue no baú a carta de Bithias, endereçada à Baronesa.

Ela leu com grande atenção e compreendeu que algo terrível aconteceu.

— Posso supor que não me trazem boas notícias?
— Não!
— A Irmandade?
— Muitas capturadas, outras mortas. Poucas conseguiram fugir.
— Minha irmã? — indagou com uma expectativa que não conseguia conter.
— Morreu no fim do outono, sinto muito, senhora Baronesa.

Seu rosto empalideceu e lágrimas rolaram vagarosamente por suas faces. E sem esperar que elas cessassem disse:

— Entendo! Em que posso ajudar, pois Bithias fora para mim como uma mãe. E a Irmandade minha força maior — declarou com sentimento verdadeiro.

— Para todas nós, senhora Baronesa! — fiz uma pausa e após um silêncio de cinco tempos anunciei: — Senhora, não tenho mais tempo para te convenceres de muitas coisas, quero que me escutes investida que sou do poder maior da Deusa — falei com a autoridade da Mãe.

Um silêncio estranho se fez sentir e o ar parecia carregado da magia da Irmandade.

— Escuta com atenção, senhora Baronesa: não permanecerás aqui nestas terras francesas por muito mais tempo — anunciei.

Porém, de imediato, ela retrucou com firmeza.

— O que a fazes pensar isso, Urtra, do Vale dos Lobos? Podes estar enganada, minha cara, pois parecerão ser muitas as possibilidades de nossos caminhos na vida, mas, de fato, nada está garantido.

Já não estava mais disposta a perder tempo com sutilezas ou explicações demasiadas, por isso disparei:

— Tanto como eu sei da adaga sagrada da Irmandade que guardas no fundo de um móvel negro. Como também de que enlaças entre suas alvas pernas o mais formoso varão desse lado do rio, Lockehan. Da prática alquímica que o Barão mantém em segredo, como também da ajuda que presta aos camponeses mais pobres, repassando ou devolvendo impostos.

As maçãs do rosto dela coraram e as palavras não chegaram à sua boca no primeiro momento. Medricie empalideceu com o que revelei tão abertamente. Hália, pelo contrário, permaneceu impassível, mas seu rosto clareou, parecendo compreender o que já desconfiava da Baronesa. E Yalana soltou indiscretamente uma risadinha.

— Sinto muito, não sei o que dizer! — declarou ela, enrubescida e com a franqueza do seu caráter.

Para espanto geral, aproximou-se de mim, ajoelhou-se e, segurando a minha mão, beijou-a com afagos.

— Oh, Grande Mãe, perdoa-me o disparate dessa servidora!

Aquela atitude motivou-me estranha e inevitavelmente.

— Teu nobre caminho, filha, fará de ti um espelho do sagrado. Tua nobreza nasce de dentro de teu ser. Convoca tuas forças para lutar, Venília, no destino que reservei para ti. Não duvides de teus dons e nunca pare de exercê-los com a verdade de um coração sereno e grandioso. Saiba filha, teu dom é o dom da fé e o da esperança, portanto semeie entre os nossos filhos e as nossas filhas os sagrados frutos. Chama para ti a responsabilidade da travessia do tempo para que tu sejas mais uma guardiã dos valores das feiticeiras. Percorrerás caminhos perigosos, mas ao final a aliança e a devoção que tens comigo frutificarão tua vida de riqueza e de poder temporal. Eu e a sacerdotisa da Loba somos uma, é impossível dizer quando começa uma e termina a outra, por isso observa as palavras desta com o coração aberto — as palavras saíram emanando grande poder. Uma indelével presença se fez sentir no salão especial. Porém, comigo mesma, um pensamento de dúvida estremeceu-me: teria sido mesmo a Deusa, minha presciência ou os anjos do profundo céu? Afastei essas ideias como pude e concentrei-me no que estava por vir.

A Baronesa levantou-se e seguiu para uma das cadeiras. Ainda pensativa, perguntou:

— O que necessitamos fazer, mestra Urtra? — chamando-me pelo título com o espírito renovado.

— Com relação ao que revelei de uma futura mudança para outras terras, aguardar os acontecimentos, pois se dará no devido tempo. Tua missão, Venília, é protegeres e amadureceres o que é mais precioso na Irmandade da Loba.

Apontando para Yalana, afirmei:

— O ouro essencial de nossos ensinamentos e tradição.

Yalana se levanta, inclina-se para a Baronesa. Solta o cabelo que lhe cai dourando as faces.

— Ela é mesmo linda! — exclamou a Baronesa, encarando-a com grata surpresa.

— E a senhora Baronesa é muito parecida com nossa mãe Vaillany — anunciou com espontaneidade a menina, fazendo que todas rissem da situação.

— O que posso dizer, tu serás como filha para mim, nobre criança — anunciou com verdadeira afeição.

— Fico muito feliz, pois eu a amo com todo o coração — falei emocionada.

— Eu também, tia Urtra, eu também a amo! — correu até mim e envolveu-me com um abraço.

— Eu sei, minha querida. Mas tua jornada terminou comigo, agora obedecerás a Venília, seguindo seus passos e aprendendo tudo o que for necessário.

— Não tem outro jeito, tia Urtra? — perguntou ela, me olhando nos olhos e com os braços em meus ombros.

Uma lágrima solitária saltou dos olhos de Medricie.

— Que seja melhor para todos nós, não — e beijei-a na testa.

Nada disse, apenas se aninhou em meu colo.

— Iremos nos dar muito bem, podes estar certa, mestra Urtra — tornou a Baronesa, também tocada por nossa situação.

— Não tenho dúvida! — confirmei agradecida.

A Baronesa chamou a menina para junto dela e lhe falou carinhosamente da vida no castelo, das festas, dos festivais e dos combates dos cavaleiros. Prometeu-lhe uma série de roupas novas e bonitas, além de viagens a Paris e a lugares tão ricos como formosos. Passaram a conversar animadamente e logo se comportaram como amigas de anos, fiquei feliz por Yalana junto à Baronesa. Não pude deixar de sentir algum ciúme, e ri disso silenciosamente. Isabelle tinha, como pude constatar facilmente, o caráter das mulheres mais sedutoras. Recriminei-me por conduzir meu pensamento com tal afeto, pois havia necessidades e obrigações a cumprir ali. Andei para o extremo do salão, afastei bem as cadeiras e, com ajuda de Medricie e Hália, convoquei todas a se sentarem em círculo no chão.

— Soltem os cabelos — ordenei.

Meu cabelo desceu muito além dos ombros, coloquei-os para a frente com um movimento abrupto da cabeça e depois os ajeitei com as mãos. As mulheres me olharam com admiração, e um sorriso imperceptível passou pelos lábios de Venília. Medricie, prontamente, soltou os longos, lisos e negros cabelos que caíram com generosidade pelos ombros, deixando-a particularmente mais altiva. De todas, era a mais baixa, embora Hália não fosse tão mais alta do que ela. Os cabelos de Hália eram algo anelados, negros e brilhantes, possuindo alguns fios brancos e mesmo mechas que davam algum tom exótico ao seu perfil. Não simétricos como havia visto na visão que tive anteriormente dela. No todo, os cabelos de Hália eram como cascatas suaves descendo sobre a rocha, encontrando mais abaixo um pequeno lago. Seus olhos crispavam de luz, como um mar azul atingido pela luz do sol. Ela permanecia séria, silente e concentrada no que fazia. A menina Yalana sorria como há muito não se via. Sentou-se com agilidade e parecia agora mais infantil. Irradiava uma beleza que transcendia a própria natureza da forma, tudo ao seu redor era dourado.

Venília, a Baronesa Isabelle, desatou as fitas de sua cabeça, enquanto ainda andava em nossa direção para se sentar ao lado da pequenina. As mechas ondulantes desceram com cerimônia sobre os largos ombros. Eram da cor do mel e voluteavam-se com os dedos de Venília, que tentava deixá-los o mais solto possível. Os verdes olhos abriram-se com toda luz que possuíam e com todo calor da vida animal no homem. Detive-me, sem querer, a observar os seus bem feitos lábios, que eram de um tom rosa acentuado, quase vermelho. Ali, semiabertos, deixavam à mostra os dentes magnificamente brancos. Por uma fração de tempo, sua língua deslizou espontaneamente, umedecendo-os, tornando-os mais destacados por um leve brilho molhado. Percebi que me distraí além do razoável. Firmei meu pensamento na lembrança de minha mestra Bithias. Focalizei um ponto distante e disse:

— É necessário fazermos o ritual da grande loba, nesta lua cheia para Medricie e Hália, antes de irmos para o convento — declarei.

— Convento! — espantou-se a Baronesa.

— Os caminhos da Deusa são misteriosos. Cumpriremos lá um ministério muito importante para a Irmandade. Isso fora me passado pela mestra Bithias. Pois disso depende a sobrevivência de parte da tradição da Irmandade da Loba. Tenho em mãos uma carta que me possibilita iniciar um convento em nome de uma tal Marie, nome que já assumo e assumirei quando partirmos daqui. E, para esta tarefa, duas novatas foram colocadas no meu caminho — nesse momento, fitei com especial atenção, Medricie e Hália.

— Compreendo agora, mestra Urtra, e me parece incrível que isso se dê. Só mesmo a teia do destino — comentou a Baronesa.

— Se não estou errada, em quatro dias teremos lua cheia, precisamos nos preparar.

— É uma época perigosa — falou Hália, quase como um sussurro.

— Muito perigosa! — confirma a Baronesa, agravando as feições.

— Não temos escolha. Deve haver um meio — fui incisiva.

— Há sim! — lembrou-se a Baronesa.

— O bosque da barragem está totalmente vazio. Seria mais seguro lá.
— Pois bem! Faremos isso, então. Hália, sua avó deverá participar.
— Avisarei ainda hoje, senhora Urtra — disse Hália com prontidão.
— Poderei ir com ela? — atalhou Medricie, com certa timidez.
— Claro, minha querida.
— Entretanto, de hoje ao raiar do segundo dia estejam aqui — adiantou a Baronesa.
— Estaremos — garantiu Hália.
— É quando partiremos então para o tal bosque, Venília? — indaguei.
— Sim. E acredito que devemos evitar atrasos ou adiamentos.
— Não podemos agir de outra maneira. — E no tom mais carinhoso que pude manifestar disse: — Yalana, minha querida, você permanecerá em Ethevel.
— Eu já imaginava isso, mestra Urtra!— confirmou com certo desânimo.
— Não se preocupe, querida, ficará com minha melhor aia e várias amiguinhas novas de sua idade — lhe murmurou Venília.
Fez-se um silêncio momentâneo e todas me olharam com expectativa.
— Duas coisas ainda necessito dizer: a primeira, que será preciso costurar esses vestuários de freiras, pois serão necessários no final do ritual — olhei para Isabelle sugestivamente, e ela prontamente estabeleceu:
— Tenho três ótimas costureiras, trabalharão o que for necessário para cumprir o que desejas, mestra Urtra.
Acenei com a cabeça, acolhendo sua solução.
— Em segundo lugar, quero comunicar a todas aqui uma das etapas desse ritual. Eu, Medricie e Hália teremos nossos cabelos cortados. Eri os cortará, os meus, Venília os guardará por sete anos com vigílias e orações; portanto, até 1498. No final desse tempo, Yalana, já mulher, deverá queimá-los junto com folhas secas do outono. As cinzas deverão ser guardadas para sua neta, que, enfim, lançará nas novas terras que ainda serão descobertas, além do grande mar.
— Será feito — confirmou a Baronesa com devoção.

— Será uma honra, tia Urtra! — aduziu a menina.

— Tenho certeza de que serão fiéis às nossas tradições — declarei por último.

Nos levantamos dali e fomos fazer uma refeição. Logo após o almoço, as duas jovens saíram para a casa de Eri. Banhei-me por quase duas horas e coloquei um lindo vestido oferecido pela Baronesa. O quarto era contíguo ao dela, sendo utilizado para visitas mais importantes. Deitei-me no leito e pensei em tudo o que havia ocorrido até ali. O cansaço me dominou e dormi por mais de quatro horas. Quando acordei, já havia escurecido. Acendi velas em dois castiçais de bronze e abri uma das janelas que dava para a planície e o rio. A lua surgia enorme no leste, mostrando que estaria cheia dentro em breve. Por essa hora, ouvi toques na porta.

— Está aberta! — gritei da janela.

— A tua graça, senhora Baronesa! — e inclinei-me com reverência.

— Ficaste muito bem nesse vestido! — disse ela com simplicidade e animação.

— Senhora. Baronesa Isabelle, talvez na vida nunca tenha usado algo mais formoso. Qualquer mulher o vestindo se transforma numa vistosa dama.

— E onde estariam os méritos da própria beleza, Urtra? És uma mulher muito bonita... — ela interrompeu de repente e disse: — Oh, Marie, desculpa-me. Tenho que me acostumar com esta ideia.

— Certamente, senhora Baronesa.

— Deixemos de formalidades, irmã, não há ninguém aqui no momento.

— São necessários cuidados.

— Tens alguma razão! Embora sinto-me pouco confortável, pois é uma sacerdotisa e um representante da Grande Mãe.

— Não te preocupes com isso, Isabelle. Até um coração nobre usa do ardil diante de um inimigo inescrupuloso.

— Vivo sob essa lei, irmã. E acredites, eu também canso — e com um olhar triste olhou pela janela vendo a lua que subia.

— Não a julgo. E entendo agora porque Bithias a escolheu — confortei, acariciando-lhe a face.

Sentou-se numa cadeira próxima e me convidou para sentar ao seu lado.

— Nunca conheci uma mulher como Bithias — considerou e fez uma pausa, enquanto parecia recordar lembranças muito antigas.

— Compreendo bem o que queres dizer — atalhei.

— E nem com tua força, Urtra! — acrescentou, e depois continuou em meio à minha surpresa. — Tens, talvez, um poder semelhante ao dela — completou com sobriedade.

— Mas não a sua sabedoria, Venília — ponderei.

— Alcançarás, certamente — replicou.

— Meu espírito, às vezes, sob o peso opressor do destino, enfraquece minha disposição, tornando-me presa fácil. Espero que o que existe em mim seja suficiente para vencer os inimigos e a mim mesma.

— Podes ter dúvida disso, mestra Urtra. Mas esta que lhe conheceu há poucas horas não.

— Tens um belo dom, Venília, e suas palavras confortam.

— Não apenas por um desejo de confortá-la, ou por uma gentileza gratuita — considerou ela.

— Por isso, confortam, pois falas sinceramente — disse eu.

— Não saberia fazer diferente.

— Uma coisa eu sei, Venília, e posso falar com a franqueza que permite um coração maltratado: estou mais forte do que antes.

— É incrível, mas devo reconhecer isso para a minha vida também. O tempo e as adversidades vão nos deixando mais capazes. Nós aprendemos com as dores, embora corramos léguas de distância de seus afagos íntimos.

— Tenho de concordar contigo. No entanto, acredites, Venília, grande parte do sofrimento humano se dá por nossa própria incapacidade de lidar com as verdades que nascem no fundo de nossos corações. Não são raras as vezes que nossas ações e atitudes são por demais excêntricas a essas luzes íntimas e superiores no homem — comentei.

Ela refletiu, tomando um longo sorvo de ar e meneou a cabeça afirmativamente. No mesmo instante, com outra disposição, anunciou:

— Deixemos de lado esses assuntos, pois vim aqui para lhe fazer uma surpresa.

Levantou-se e, com grande desembaraço, puxou-me pelo braço e beijou-me o rosto com um molhado beijo. Há algo na pureza que nos lança inexoravelmente para o virtuosismo, por vezes, nos resgatando de nós mesmos, ou pelo menos de uma certa parte envenenada. De outro lado, existe algo no desejo que nos atordoa vertiginosamente entre abismos de sentimentos e sentidos, às vezes, sofridos, e mesmo assim estamos ali seduzidos por suas alturas rochosas e íngremes que lembram sempre o perigo. Onde o centro gravitante age sobre nossas parcas e combalidas forças, as atraindo por uma ingente natureza. Nossa capacidade de ser no mundo se exalta para além dos limites do razoável, implicando ações temerárias, pois a honestidade declina e se vaporiza como a água num caldeirão quente. A questão é: o que fazer diante de um altar onde o desejo e a pureza estão em tal comunhão, que toda prece proferida é revelação de uma insignificância? Neste caso, a minha.

Passamos para os corredores em que uma criada de quarto ia iluminando os arredores. Chegamos, então, em outro aposento no qual algumas mulheres circulavam com roupas, sapatos e perucas. Não demorou muito para Yalana aparecer vestida com as mais finas roupas.

— Você parece uma princesa, querida. Nunca esteve tão bonita.

— Obrigada! — exclamou com satisfação.

Nós a fizemos desfilar incontáveis vezes. Várias roupas a coitadinha teve de experimentar sob nosso incentivo. Isabelle vibrava com as travessuras e as caras que Yalana fazia. Sem dúvida, foi uma noite especialmente divertida. Depois fomos jantar e conversamos sobre a vida no castelo. Ethevel estava passando por uma reforma, como já havia observado na minha chegada. Muito trabalho estava tendo para alimentar e coordenar tanta gente. O Barão Frederic Landochet, marido da Baronesa, partira com os inquisidores até Albi e de lá, por ordem do rei, iria numa missão diplomática mais ao sul. Desse modo, o Barão esperava obter mais terras e riquezas junto ao suserano maior. Após o jantar, uma aia acompanhou-me pelos intricados corredores.

— Por aqui, senhora Marie — falou a mocinha ao ver-me vacilar numa entrada.

— Gostas da Baronesa? — perguntei despretensiosamente.

— Oh! Claro, ela é muito boa senhora — e completou com satisfação as últimas novidades: — está tão feliz como nunca a vimos. Essa garotinha Yalana veio animar os dias dela, pois, como sabemos, perdera os filhos.

— E o Barão, tem filhos bastardos?

— Deve ter! — falou sem muita segurança — chegamos! — parou de repente.

— Oh! Não reconheceria sem sua ajuda.

— Senhora, quer que prepares algo?

— Não, obrigada e boa noite.

— Boa noite! Necessitando de qualquer ajuda, a senhora pode me chamar por aquela porta — e apontou um local que se confundia com a parede — a qualquer hora. É só empurrar que ela se abre.

— Está bem, querida.

Deitei-me na cama e o sono me enlaçou quase instantaneamente. Dormi quase até o meio-dia. Sentia-me forte e descansada, assim que pude, saí e fui ter com a Isabelle.

— Dormi bastante — comentei sorrindo.

— Estavas precisando mesmo, Marie — falou sussurrando ao meu ouvido.

— É verdade — sorri novamente. — Quero ajudá-la no que for preciso — disse.

— Tens certeza?

— Sim, pois não tenho o que fazer.

— Como queiras — arrematou Isabelle com naturalidade.

Passei o resto do dia ordenando uma das cozinhas e servindo a comida aos soldados. Numa dessas incursões, próximo aos portões, entro em uma portinhola que dá em um vão, contendo uma mesa, papéis, selos e, por toda parte, armas de todos os tipos. Por esse curto espaço de tempo, chega quem logo eu reconheço.

— Vejo que não tiveste maiores problemas, moça forasteira — sua voz possante ecoava dentro do recinto. Falou o homem, enquanto empilhava duas lanças em uma das paredes caiadas.

Seus olhos eram verdes como a relva da primavera e transmitiam coragem, bravura e uma solidez de caráter.

— Vim trazer sua refeição, capitão Lockehan, e do intendente — falei com mansidão.

— Já fizeste alguma refeição hoje, moça? — atalhou, olhando para as duas vasilhas que eu carregava. Adianta-se para mim, ajudando depositá-las na mesa, enquanto eu ainda seguro o pão.

— Não, na verdade! — respondi, surpresa com aquela pergunta.

— Então, poderás me acompanhar certamente?

— E o intendente? Pois uma dessas refeições é a dele?

— Deve ter havido algum engano. Ele saiu em campanha com o Barão; portanto, terá pouca serventia — anunciou com diligência.

— Sendo assim, não vejo problema — ri.

Ele riu.

Dividimos as porções e na mesa improvisei uma toalha de um avental que usava. Parti o pão e passei o pedaço maior para ele, que parecia bem esfomeado. Antes, orou com uma devoção muito duvidosa, eu o acompanhei. Passamos a comer o preparado de caça e grãos num relativo silêncio, que se quebraria em pouco tempo. Olhou-me por duas ou três vezes, enquanto ele amassava o pão e o mordia vorazmente. Seus olhos eram vibrantes e ardentes, parecendo examinar o mundo com a mais incrível curiosidade.

— Estás diferente — comentou, finalmente.

— Em que sentido? — provoquei-o.

— Não, nada. Talvez uma impressão momentânea... — falou com largo e simpático sorriso.

— Duvido disso! Apenas não queres me dizer por uma intimidação qualquer.

— Oh, não é isso... não entenderia — sorriu.

Tinha os dentes brancos e a boca bastante atrativa. Um queixo bem feito e um pescoço altivo.

— E quanto a mim, pensas que sou menos curiosa do que a maioria das mulheres que conheces? Tu não estarias sendo negligente como cavalheiro? — insisti.

O que disse por último funcionou, pois me encarou com tal boa vontade para logo anunciar:

— É só uma constatação. Queria dizer que estás mais bonita. Mas, nem sei o teu nome.

— Que indelicadeza a minha. Meu nome é Marie, meu caro capitão.

— Muito bem, Marie. Seja bem-vinda então a este castelo.

— Obrigada.

— Vieste morar em Ethevel? — questionou em seguida, com desembaraço e interesse.

— Não, estou de partida para um convento em Toulouse.

Pesquisou-me com surpresa e passou a comer mais devagar, pensativo. Mirava-me por vezes intrigado. Aquilo, de alguma forma, o decepcionou.

— Nunca imaginaria tal coisa! — disse-me então.

— Não és um homem religioso, não é mesmo, capitão?

— Mas tenho muita fé — replicou.

— É mesmo? — fui um pouco irônica.

— Vejo que não acreditas neste soldado! — um sorriso imperceptível passou pelos seus lábios, enquanto os dedos coçavam a barba.

— Serei sincera, capitão, se me permitires ser.

— Não admitiria outra conduta, moça.

— Vi mais fé num cavalo xucro e em suínos que marcharam para o matadouro — disse em um tom de brincadeira. Ainda assim, uma verdade.

Desatou em tamanha gargalhada, que quase se engasgou.

— Isso me obriga a provar minha fé — deixou a comida de lado, levantou-se, e de seu elegante boldrié sacou da espada, colocando-a sobre a mesa. — Pronto, sou um homem fervoroso para com este instrumento, pois faço das batalhas minha principal religião.

Contou-me com orgulho passagens de sua vida como soldado e das várias vezes que escapou da morte pela bênção de uma espada.

— Sim, nisso acredito que sejas um homem de fé — concluí sorrindo, tocando a espada.

— Sabes, não gosto de padres desde que era menino — declarou sem esconder um rancor antigo e arraigado.

— Como podes falar assim? — forcei uma certa indignação.

— Nunca entenderias, vamos mudar de assunto, pois não quero desagradá-la com as mazelas passadas de um soldado — declarou.

— Falo porque é uma atitude perigosa — expliquei.

— Não tenhas dúvida disso — confirmou, sem hesitação.

Ele voltou a sentar e deu cabo do resto da comida, mastigando com rapidez o alimento. Sorriu-me com simpatia e parecia refletir algo sobre mim naquele mesmo instante. Seu olhar era bastante denunciativo.

— Não me pareces também uma das mais devotadas à comunhão dos padres, Marie, ainda que sua declaração sobre ir para um convento contradiga o que afirmo.

— Tens a qualidade de um bom observador, capitão — e fitei-o de modo sério. — Devo confessar que vou para o serviço religioso muito mais por uma promessa.

— Dessas, como só as belas moças costumam fazer? — atalhou-me encantadoramente.

— Talvez — murmurei sorrindo.

— Devias desistir de tal promessa — disse a seguir, de um modo mais sério.

Nesse momento, uma doce lembrança de Avieur me veio à mente. Lockehan era um homem mais simples do que o outro, mas da mesma forma emanava uma sensação de segurança, proteção e força.

— Não posso, é fruto de uma necessidade que está além de mim!

— Então, é por uma justa causa, hein! Não posso deixar de admirar — declarou com sinceridade.

— Mas, por que o rancor com os padres? — questionei quase o interrompendo.

— Queres mesmo saber?

— Oh, sim!
— Não ficarás incomodada com as mazelas deste soldado?
— Prometo — e fiz o sinal-da-cruz na boca, lembrando os antigos modos de Medricie.
— Pois bem! quando eu tinha 11 anos, minha mãe foi levada presa pela inquisição. Era uma mulher muito bonita e sábia ao seu modo. Depois de a torturarem impiedosamente, quando a trouxeram para o julgamento eu não mais a reconheci. Quebraram seu pescoço e depois a queimaram com mais seis mulheres — seu olhar embaçou com as lembranças.
Toquei suas mãos, e ele levantou a cabeça até me encarar com um calor indefinível.
— Entendo agora.
Saiu do outro lado da mesa. Sentou-se ao meu lado, segurando minha mão como se já me conhecesse havia anos. Tinha um dom especial esse capitão, o de sentirmos imediatamente à vontade com ele. Ficou um pouco pensativo, enquanto olhava para mim, avaliando meu semblante.
— Marie, eu não costumo revelar a qualquer um, o que vou te contar agora.
— O quê?
— Acreditas que possamos ver a beleza das pessoas além de seu corpo?
— Sim... — e balancei a cabeça, rindo e brincando com os cabelos, deixando-os bastante eriçados e soltos, além de levantar mais o peito.
— Oh, não essa beleza... É a... — balbuciou.
Não me contendo, desatei numa gargalhada para surpresa e divertimento dele.
— Tudo bem! Presto atenção em tal beleza também — confessou ele.
— Presta pouca atenção, soldado?
— Não. Muita, na verdade. Isto me atraiu é certo para ti agora, admito, mas não foi apenas isso, desculpa-me.
— Ah! Assim está melhor — sentenciei.
— Temo que não me leves mais a sério. Mas sabes exatamente o quero dizer, estou certo? — quis confirmar ele.

— Sim. E não precisas se desculpar tanto, capitão, também quis troçar um pouco do senhor — confessei.
— Marie, tens um caráter espirituoso. Gosto disso no gênio de uma mulher.
— Acredito. Mas continues o que queria me dizer com relação à beleza das pessoas, estou curiosa agora.
— Não sei como explicar exatamente... é como ver a alma da pessoa, sabes?
— Interessante! E como a minha é? Tu a viste? — falei com fingida expectativa.
— Ah, como poderia dizer, não conheço palavras bonitas.
— Oh! Não lembras mais? — provoquei.
— És combativa, Marie. Seria um ótimo soldado se fosses um homem.
— Então, me dizes que deveria ser um homem, capitão — atalhei sorrindo e estufando mais o peito.
— De forma nenhuma, tamanho desperdício ofenderia a própria criação.
Rindo pensei: "Sem dúvida, tinha prontidão esse soldado".
— E quanto à minha alma, o que vistes?
— Justa e sábia — anunciou com convicção, após refletir um pouco.
— E da Baronesa Isabelle, o que vistes na dela? — introduzi o assunto com malícia feminina.
O homem empalideceu por uns segundos, mas se recobrou rápido com a segurança que lhe era familiar.
— A senhora Baronesa tem uma alma verdadeiramente nobre.
— Gostas dela?
— Eu daria minha vida por ela, Marie — disse sem vacilo, encarando-me com grande intensidade.
— Posso ver isso nos teus olhos — assenti séria.
— E quase acontecia! — revelou espontaneamente.
— Quando?
— Há pouco tempo, hospedaram em Ethevel três inquisidores. Não preciso dizer que meu sangue fervia só de olhá-los, a tal ponto que passava por eles com a mão na empunhadura da espada. Um deles insinuou qualquer coisa da Baronesa, querendo interrogá-la ou coisa do gênero, embora nada fora formalizado. Se tivessem tocado num fio de cabelo

dela, garanto-lhe, os três estariam com suas cabeças boiando no rio do inferno agora — seus olhos acinzentaram pelo ódio enquanto falava.

— Lockehan, domines teu ódio.

— Tenho conseguido, garanto. Em certas ocasiões é um problema, confesso. Mas sei perdoar meus inimigos — falou de modo irônico e completou: — principalmente quando tem uma das minhas espadas atravessada neles.

— Não tens mesmo jeito, capitão! — comentei com um sorriso.

Levantou-se novamente, apanhando a espada e foi até uma outra pequena mesa, virando uma garrafa numa taça próxima, e anunciou com sobriedade:

— Cumpro meu destino, é só. Talvez como tentas cumprir o teu — fitou-me significativamente —, em seguida voltou e me ofereceu o braço — tenho que voltar às minhas obrigações, terei o maior prazer em acompanhá-la até o pátio, se não te importas.

— Absolutamente! E o prazer será todo meu, capitão.

Saímos para o pátio e havia ainda pessoas em vários pontos, fazendo o que talvez fosse a sua única refeição naquele dia. Nos detivemos um pouco ali, a conversarmos sobre a rotina do castelo. Permanecemos em uma conversa animada e ociosa, chamando a atenção de alguns que nos observavam com curiosidade. Um quarto de hora depois chega Isabelle. A cumprimentamos com leve inclinação e deferência.

— Conheceste nosso capitão da guarda, Marie? — falou num tom indefinível, enquanto me enlaçava pela cintura.

"Será que estava enciumada?", pensei eu. Não parecia ser do feitio de Isabelle se entregar a tais caprichos humanos.

— Tem uma conversa muito agradável, vosso capitão, senhora Baronesa. Um espírito jovial e uma sinceridade que só não é maior do que sua dedicação ao castelo e ao seu senhor — falei serenamente.

— Preferencialmente com as belas mulheres. Deve ser a parte inglesa de seu sangue — sorriu-lhe maliciosamente.

— Qualquer homem é assim, minha senhora Baronesa — defendeu-se com desenvoltura e naturalidade.

Um vento soprou forte e nossos cabelos voaram, quase se misturando num só. Um redemoinho cruzou nosso caminho e parou de repente.

— Oh, que ventania estranha! — observei.
— É mesmo — concordou Lockehan, olhando em volta.
— Ventos da primavera — disse Isabelle com animação. — E, por falar nisso, amanhã vou fazer um passeio rápido na represa, capitão.
— Não é a época mais adequada, minha senhora — sentenciou de imediato, mostrando contrariedade.
— Estou cansada de épocas adequadas, capitão! — exaltou-se um pouco. — Quero que se cumpra e sem demoras.
Encarou-a com seriedade, refletiu rápido e disse:
— Verei o que posso fazer, pois estou com poucos homens e eles estão muito ocupados na proteção do castelo.
— Dois é o suficiente, basta nos acompanhar até a metade do caminho e, no outro dia, mande-nos buscar.
— É um tanto perigoso! — pontuou, diante do que foi revelado pela Baronesa.
— Não creio. Podemos sair em segredo, é só um dia e uma noite.
— Quantas pessoas te acompanharão, minha senhora?
— Marie e sua criada de quarto — assim definiu Medricie —, a cozinheira Eri e sua neta, que estamos aguardando até antes do raiar do dia de amanhã.
— Insisto ainda que mudes de ideia — tornou ele.
— Não! — foi incisiva.
Como já conhecia seu temperamento, entendeu que seria impossível convencê-la do contrário.
— Amanhã então, bem cedo, pela passagem secreta — falou resignado.
— Que assim seja feito, capitão — confirmou ela, que sentia uma verdadeira preocupação por parte deste, e por isso acrescentou quase num murmúrio se aproximando mais dele: — Não se preocupe, estaremos seguras.
— Isso me faz lembrar que preciso ir, com vossa permissão, senhora Baronesa — disse num tom alto e servil.
— Toda, capitão.
— Marie, espero que nos vejamos ainda. E que tua estada seja a mais feliz em Ethevel — despediu-se ele.

Ele já ia a uma certa distância, e mesmo assim ainda ouvimos sua voz admoestar um soldado que desleixava em alguma tarefa.

— O que achaste dele, Marie?

— Tenho a liberdade de falar?

— Toda que possuir.

Olhei em volta para ver se havia alguém por perto, sentindo-me à vontade, respondi:

— Não poderia ter escolhido um amante melhor — comentei com divertimento.

— E como! — murmurou ela ao meu ouvido, com uma volúpia que me fez eriçar os pelos.

— E Frédéric não desconfia? Pois falatórios sempre existem — comentei, enquanto andávamos.

Nessa hora, ela silencia e sutilmente me pede discrição nos comentários. Algumas mulheres se aproximavam requisitando sua atenção nos afazeres daquele dia. Antes de partir, avisa-me:

— Após o jantar de hoje, ficarei feliz em te receber em meus aposentos. Lá poderemos conversar sem sermos importunadas.

— Está bem.

Existia muito trabalho por aquele dia. As cozinhas requisitavam todas as mulheres disponíveis. Mais para o final da tarde encontrei-me com Yalana que ajudava na estocagem de víveres juntamente com meninas de sua idade.

— Minha querida, menina! — exclamei surpresa.

Veio e me abraçou.

— Como está com tanto trabalho?

— Ah, estou gostando, tia.

— Isso é bom! — ajeitei-lhe os cabelos e disse: — Volte para suas companheiras e de noite nos veremos.

— Está bem, tia Urtra... Marie! — falou distraidamente, olhou em volta ao perceber a distração.

Acenei informando que ficasse tranquila. Corria e brincava com as outras em grande algazarra. Compreendi que não teria dificuldades em se adaptar àquela nova vida. Sentia-me muito feliz por ela.

VIII

OS CORPOS

À noite, enquanto ainda banqueteávamos com um jantar especial, tivemos uma grata surpresa quando a Baronesa anunciou a presença de um menestrel, que chegou a Ethevel por aqueles dias. Ele nos presentearia com sua voz melodiosa e sua arte poética. O clima era muito agradável e as pessoas estavam especialmente sorridentes, falando e gesticulando com animação, aguardando com expectativa a apresentação do bardo. Quando ele entrou no salão e elevou sua voz, uma atmosfera puríssima preencheu nossos corações.

A Donzela

Essa mulher amada de antigos sonhos
Segue entre meus pensamentos indomados
Corre o mel entre seus lábios, sensíveis e vastos
Esconderijo perfeito de amores eleitos
Mas procuro outras trilhas para conquistar
Do poço, fosso, água e sede num deserto
Vejo aquele corpo pela nudez inebriar
Ergue o escuro cedro entre montes abertos,
Denso oásis, úmido e quente num único lugar
Somente com a lua, é meu descanso, gruta aberta
Que não ouso tocar, doce alegria no túrgido seio
Quantos anjos que se lhe escapam tontos

Dos passos que ainda fará, até o vistoso altar
Lençóis brancos entre as pernas suas
Nuas como eu não posso olhar
Donzela a quem quero desfeita no vigiar.

A Rainha

Trago em banho seu perfume, em brasa meus sonhos
Pétalas enfeitam aquilo que são razões
De um servo se curvar e um amante se esgotar
Assim, quero como rainha das minhas canções
Porém, a quem serve uma boca distante?
Com um vermelho beijo arfante
Que custa a me dar
Então, com minhas súplicas, vejo-a sentar
Num marfim pétreo de um trono secular
Para depois com medo saltar
Da altura de um calcanhar
Mas vicejam desejos em recantos superiores e estreitos
Descoberta feliz de dedos, sensível tropeço
Dos caminhos falhos, atalhos, átrio eterno
Recôndito regato, molhando o mínimo beijo disposto
Quando a mim mesmo perdido no profundo abismo
Do colo infinito, vendo o amor no seu rosto belo
Pois entre os segredos, sois minha
Uma rainha que quero coroar
Um cetro que quer chegar
Atravessando corredores altivos e perfeitos
Reduzidos que sejam, mas se de veludo feitos
Espalhar no abrupto fosso, a nívea essência dos leitos
Até descansar em suas mãos o cetro do meu reino.

O vinho nos deixou alegres e a noite estava perfeita para as grandes paixões. A música e a arte nos transportaram para regiões encantadas, como fagulhas que se desprendem do fogo original.

Numa certa hora, Isabelle subiu para o seu quarto e muito sutilmente me fez entender que esperaria por mim. Estava particularmente bonita, naquela noite. Não demorei muito e resolvi acompanhar uma aia que levava uma jarra de vinho a seu pedido. Entramos e vimos seu vestido posto na cama. Apareceu com roupas mais leves e os cabelos completamente soltos. Ordenou que a aia saísse e não nos importunasse mais.

— Que bom que veio, aqui podemos falar com tranquilidade — assegurou.

— Está muito bonita esta noite, Isabelle — falei enquanto me sentava numa poltrona.

— Obrigada! Quer vinho? Este é um dos melhores que temos em toda a região.

— Aceito sim.

Ela andou até a mesinha na qual uma jarra de vinho fora colocada e, com muita elegância, encheu as duas taças. Olhou-me com interesse sensual e sorriu. Retribuí com um olhar de desejo e a leveza espiritual que a sagrada bebida já me proporcionava naquela altura da noite.

Era um quarto grande com vários móveis. O leito possuía dimensões como nunca havia visto. Quatro castiçais de três velas faziam a iluminação do ambiente. Caminhou em minha direção e deu-me uma das taças de prata que reluzia num brilho prateado. Indo a seguir para a beira do leito, onde passou a escovar o cabelo.

— Venha deitar-se aqui próxima a mim, minha cara, pois abrirei a janela para podermos admirar a lua.

Deitamos lado a lado, de frente para uma janela. Com naturalidade, aproximou-se mais de mim e pude sentir o calor de seu corpo. Suas mãos tocaram as minhas com gestos delicados e aparentemente despretensiosos. No fundo, uma mordaça de seda nos lábios do tempo, revelando sóis magníficos entre as montanhas em chamas do desejo e os vales floridos das sensações, circunstância que torna a todos vassalos do reino da sensualidade.

Meu coração disparou e o ar parecia insuficiente, pois o receio e o desejo se opunham como lâminas cortantes. Sons, ruídos e o brandir de espadas, reais ou não, faziam parte do conturbado mundo dentro de mim.

Um cerco de força e desejo se movia substancialmente para a glória do êxtase, e nenhuma fortaleza do mundo dos sentidos conquistaria o nome de inexpugnável.

Senti seu cheiro como um feitiço irresistível. Minhas mãos tocaram sua face gentilmente. Sua pele era como um tecido sedoso e perfumado.

Ela apontou para fora, mostrando com entusiasmo a lua. Enlaçou-me num sorriso cativante.

Vimos a claridade lunar penetrar o quarto aveludado, emoldurando o silêncio da noite. Uma leve brisa soprava, tocando nossas faces com a doçura da primavera. Tudo nos parecia perfeito e radiante de bênçãos de todos os tipos.

— Suas mãos são tão delicadas, Isabelle — murmurei entre os travesseiros.

Ela sorriu novamente, virou-se para mim, olhando-me bem nos olhos. Nossos rostos se aproximaram, ao mesmo tempo em que sua mão subia então pelo meu braço. Ali parou, acariciando-me com as costas das suas mãos como o vagar das ondas. Nossas bocas quase se tocaram, impelidas e detidas pelo desejo imenso. A dela entreaberta e molhada era um convite para o mistério maior do prazer e do encontro. Senti seu hálito doce e sua respiração acelerar no ritmo próprio dos amantes. Fechei os olhos desejando aquele contato, quando minha língua já se atrevia entre os meus próprios lábios.

Isabelle tocava meu ombro e, vagarosamente, subiu pela minha orelha, tocando-a com atrevimento, chegando em meus cabelos, os alisou como se tocasse em água pura. Com cuidado e delicadeza, tomou o meu rosto e seus dedos vieram até a minha boca, sôfrega de desejo. Um dos dedos foi pressionado contra meus lábios e o fez entrar suavemente. Em leves movimentos ia e voltava na orla da minha boca, e com mais intensidade o mergulhou para dentro, vencendo os obstáculos e preenchendo o espaço indefinível. Sem esforço, o suguei com vontade. Ao mesmo tempo seus lábios tocaram os meus e nossas mãos se encontraram com carícias mais ousadas. Um estremecimento dominou-me por inteira e no afã de nossas línguas, nesses recantos maravilhosos, minhas intimidades molharam-se como torrentes selvagens.

— Quero você! — sussurrou-me ao ouvido, puxando com certa força os meus cabelos.

— Eu também, Isabelle — murmurei.

Sua língua morna e audaz invadiu minha boca, procurando os recantos e os intervalos profundos. Com carinho, suguei os lábios da sua pequena boca, enquanto saboreava o avanço de sua língua dentro da minha, às vezes, juntamente com um dedo dela que passeava entre meus lábios mais carnudos.

— Você vai me enlouquecer desse jeito — balbuciei, enquanto nossas bocas se separaram por um instante.

Deitei por cima dela, nos abraçamos e nos beijamos mais intensamente, estava entregue a mim como se para ela não existisse uma outra condição na existência. O calor crescia em nossos corpos, enquanto nossas roupas aprisionavam o mais indomesticável minotauro. Senti uma espécie de fome que não lamenta o agora, a fome do presente instante. Não se fere pelo passado e muito menos persegue um futuro. Nos levantamos da cama e ela puxou seu vestido para cima, revelando uma nudez que considerei impossível a uma mortal.

— Deixe-me ajudar a tirar seu vestido — falou-me ao ouvido, na medida em que descia suas mãos pelas minhas axilas, e sua língua percorria as regiões mais profundas da minha orelha, indo e vindo também pelo meu pescoço.

Tentou me livrar do corpete, todavia os muitos laços dificultavam a tarefa. Seu rosto brilhava estranhamente na luz bruxuleante das velas, e os seios firmes de róseos mamilos balançavam como um convite ao desfrute. Não eram volumosos, mas encheriam as maiores mãos. Sem resistir, os domei com delicadeza entre meus dentes com uma tensão mínima entre o deleite e a dor. Ela ressentiu o ataque com um gritinho fino e um tremor batismal, ainda assim o fez avançar contra minha boca. A Baronesa não era alguém que retrocedia com facilidade em qualquer coisa.

Antes de conseguir me livrar, eu mesma do corpete, virei-a de costas para mim, e acariciando esta parte, avancei pela frente tomando seus mamilos nas mãos, deixando-os intumescidos. Um gemido agudo se fez ouvir no vazio do quarto. Desci até o umbigo, de aguda abertura, e senti sua respiração ofegar e empurrar minha mão para a frente. Então, ela flexionou as pernas e as abriu levemente, desejando o derradeiro e indiscreto movimento que não precipitei, detive o quanto pude na orla dardejante de uns poucos pelos. Era um pedido quase religioso o seu, mas mantive a penitência para que expiação final fosse plenamente recompensadora.

Um ramalhete de pelos lisos e delicados ia indicando o ardente caminho. No ventre, os poucos pelos aumentavam ligeiramente. De todo jeito, era um fio apenas que descia quase do umbigo até o vale eterno, vale este que concede ao mundo a própria existência humana. Espalhei minha mão por todo seu sexo, enquanto beijava o alvo pescoço, sem que fosse, todavia, possível um movimento maior. Com cuidado, manipulei o local e um dedo meu foi avançando na borda do vaso feminino, fazendo-a tremer ao tocar o delicado montículo de Vênus, sedento, úmido e eriçado para o toque escrupuloso de quem sabe esculpir o amor de uma mulher. Um frenético ritmo cresceu no seu ventre para dar lugar a um colapso inominável. Em pouco tempo, o êxtase perpassou-lhe o corpo, possuindo-a com ferocidade incontrolável, então, ocupou-se de suas forças e a dominou, fazendo dela uma serva obediente e uma devota irrepreensível.

Deitou-se na cama com satisfação angelical, ainda ofegava, quando disse:

— Estou tremendo de desejo. Venha, quero amá-la.

Tirei toda a roupa e me aproximei. Seus olhos visitavam cada parte do meu corpo.

— Você é linda, Urtra! — nossas bocas se colaram com ardor e nos abraçamos ternamente.

Abriu as suas alvas pernas e avancei meu sexo contra o dela num movimento viril, enquanto sua boca sugava meus mamilos com volúpia felina, arrancando-me gemidos estridentes. Seus movimentos não eram errantes. De fato, sua destreza fazia-me lembrar os mestres ferreiros domando o fogo de suas forjas. E logo, estávamos mergulhando nossas cabeças uma na chama secreta da outra.

Tocava a minha intimidade com doçura ao deslizar sua língua aveludada na têmpera feminina. Tonta no êxtase, permaneci enclausurada nas densidades corpóreas, compreendendo que toda tentativa de fuga seria vã e todo pensamento incapaz e imprestável. E não menos, fiz por sua substância nobre de mulher. Nós gemíamos e contorcíamos entregues ao ato, e, quase, no mesmo momento, o prazer nos fez reféns e nos domesticou.

Deitamos para o descanso e com carinho me abraçou novamente, enlaçando seus dedos nos meus cabelos.

— Gostaria que pudesse morar em Ethevel, Urtra — declarou com esperança.

— É impossível, Venília — falei de modo triste.

— Sei apenas do que queremos — falou com segurança, quando passou a sustentar a cabeça com a mão, apoiando o cotovelo no travesseiro.

— O que quer dizer com isso? — indaguei, encarando-a com interesse.

— Poderá retornar quando cumprir os desígnios da Deusa.

— Nesse tempo não estará mais aqui, Isabelle.

— O que a impedirá você de nos seguir? — retrucou ela.

Fiquei em silêncio. Era decidida, voluntariosa e para ela não havia obstáculos intransponíveis, somente a vontade de persegui-los.

— Sei que estou sendo egoísta — tornou ela com tom menos aguerrido.

Olhou-me com sentimento que só encontrei nos olhos de Virna e Avieur.

— Mas tens razão quanto ao que quero, acaba sendo uma opção minha. Tenho um caminho que escolhi, morrendo e renascendo nele — parei, olhei para a janela aberta, respirei o ar da noite. — Um homem de caráter muito altivo, que conheci numa taberna de uma vila antes de vir para cá, fez-me uma proposta de ficar ao seu lado. Era alguém a quem poderia me entregar profundamente no amor, mas definitivamente percebi que seria um erro insistir. Hoje me fala algo parecido, não deixa de ser engraçado, pois sei que não é possível como imagina.

— O colocou entre as suas pernas? — indagou com interesse.

— Não. Mas queria muito. Se tivesse, não sei o que poderia acontecer.

Ficou mais séria e disse:

— Tens um amor. Eu vi, Urtra.

— Então, sabes?
— É uma mulher. A mais linda como jamais vi.
— Virna é o nome dela, mas hoje eu não sei se a amo como já amei um dia — acrescentei, não escondendo minhas dúvidas.
— Entendo. Vi mais, queres saber?
— Gostaria sim.
— Foste um homem poderoso, num tempo de muitas batalhas, em que o sangue humano competia com os rios. Amava essa mulher que conheces como Virna, mas a abandonou por um outro reino. E lá encontrou uma jovem que a amou muito. Eu era esta jovem — declarou ela em tom solene.
— Agora que disseste, tive uma intuição forte a respeito, mas nada vi com a visão que tudo supera.

Beijou-me a boca e acariciou meus seios, puxei-a, e juntinhas ficamos no calor dos corpos nus.

— Quero aproveitar esta noite, ao menos isso — disse ela com a cabeça no meu peito.
— Também, Isabelle — mas me virei para ela com a intenção de falar outro assunto — uma curiosidade que não comentamos ainda!
— Por favor, fiques à vontade — assentiu ela.
— E o Barão?
— Ah, se sabe de Lockehan, é isso?
— Sim.
— Sabe de tudo! — e olhou para uma pintura do barão que ficava próxima à janela. — Frédéric é um bom homem para mim e eu seria incapaz de magoá-lo em qualquer coisa, Urtra. Por isso, não fiz sem seu consentimento. É claro que o fato de ser vinte anos mais velho, não poder ter filhos e viver sempre em campanha o liberou do maior rigor e apego. Nem eu e nenhuma de suas concubinas lhe geramos descendentes, por isso até me incentivou a engravidar de Lockehan, e assumiria como filho seu.
— Conseguiu?
— Por três vezes, mas não vingou.
— Existem ervas que poderiam ajudar — declarei, querendo amenizar a situação.

— Não terei filhos meus, Urtra — e fitou-me com certa tristeza.
— Então, sabes disso?
— Sim. Mas agora ganhei a melhor das filhas: Yalana.
— Não tenha dúvida!
— A Deusa cumpriu sua promessa, de uma forma ou de outra — disse ela, contemplando a escuridão do mundo que era vista através da janela.

A lua subira para além de nossos olhares e a noite avançou sem esperar por nossas lembranças, por nossas vozes, por nossas inquietudes, por nossos sonhos ou por nossos prazeres secretos, seguiu seu curso precioso. Nos aninhamos em abraços e palavras doces que a vida nos presenteou em algumas ocasiões.

A uma certa altura, suas feições se modificaram. Uma chispa de luminosidade atravessou-lhe repentinamente, indicando alguma ideia excêntrica. Sorriu-me com ares luxuriosos.

— O que estás tramando, Isabelle? — perguntei ao seu ouvido.
— Estava pensando em convidar, para esta noite, Lockehan.
— Isabelle! — e abri um sorriso que não deixava dúvidas.

Com entusiasmo pulou da cama, enrolou-se em um lençol, que deixava entrever sua nudez, e saiu. Foi com tamanha diligência que mal observei quando bateu a porta do quarto. Enquanto esperava fui até a janela. A vista era belíssima do elevado. O céu estrelado e a luz lunar clareavam grandes áreas à minha frente. Num monte próximo, vi entre as árvores um lobo de pelo branco com manchas escuras na cabeça, andando como enfeitiçado pelo astro celeste. Seu uivo distante me eriçou os pelos, e com seus olhos vi o mundo que ele observava, vi a vida que emanava das plantas e também espíritos de tempos idos. Um calafrio percorreu meu ser e deixou-me alerta. O lobo chamava minha alma para as terras vermelhas de Albi, tentei, mas foi inútil expandir minha visão. Pude entender que as minhas irmãs corriam risco. Voltei para a cama e refleti sobre aquele sinal. Concluí, depois de avaliar a situação, que, naquela hora, nada poderia fazer. E, certamente, o resto da noite ainda seria maravilhoso com Isabelle, por isso prometi a mim mesma entregar-me àquelas derradeiras horas de desejo, amor e volúpia.

Um considerável tempo já havia transcorrido e nada de Isabelle aparecer. Cansada de esperar, fui até a mesa apanhar um pouco de vinho. Por essa hora, ouvi vozes num cômodo contíguo. Alguém estava se banhando, pois o som de água era constante. Aproximei-me da parte que dava acesso ao cômodo e ouvi a voz inconfundível de Lockehan, conversando com Isabelle. Voltei para a cama, excitada e na expectativa de vê-los. Mais ou menos um quarto de hora depois, entra Isabelle, que, para minha surpresa, agora usava um vestido camponês e um lenço azul prendendo o cabelo. Provavelmente, tomara emprestado da aia. Ele nu e de olhos vendados seguia conduzido por ela. Naquelas condições, só pude imaginar que um deus grego tomara vida a partir do mármore de uma estátua. O vinho, é claro, ajudou.

Possuía o tronco portentoso com o peito cabeludo, ombros largos e braços potentes, divididos em cada musculatura. Uma enorme cicatriz atravessava seu abdome, outras menores pareciam desfilar pelo seu pescoço e braços, principalmente o direito. Concentrei-me na sua virilha e, sem maiores dificuldades, vi um troféu que poucos homens possuíam. Estava, como presumi ali, ainda na metade de sua robustez. A extremidade redonda, como uma coroa avermelhada, destacava-se.

— Tenho uma surpresa para você, querido! — fala Isabelle entre risos assanhados e pulinhos como de uma criança ao receber um presente muito desejado.

Fez-me um sinal para que ficasse quieta até o momento que julgasse adequado. Puxou o vestido que usava e o atirou para o lado.

— Já posso tirar a venda? — pergunta ele, com a inquietude natural de quem se submete a tal condição.

— Sim.

Empalideceu quando me viu: — Marie!

Porém o espanto se transformou rapidamente no semblante mais feliz que se pode contemplar num homem. Absolutamente nua e com minhas pernas semiabertas, anunciei:

— E então capitão, eu espero que esteja preparado para a batalha, já que se gabou, ainda neste dia, de ser um grande guerreiro — brinquei num tom jocoso.

— A presteza não me falta quando a causa é justa, ainda mais para belas mulheres, Marie — disse, aparando o membro que já se mostrava mais firme, elevando-se impassível ao trabalho que viria.

Isabelle o enlaçou por trás e o conduziu para a beira da cama. Sentou-se em frente dele, que permanecia em pé. Segurou seu belo cravo masculino e nele trabalhava com a prática de quem conhecia os segredos, deixando-o saudável ao olhar mais exigente, e tão em riste, que mal conseguia dominá-lo por completo entre os dedos de suas delicadas mãos. Os gemidos vindos de Lockehan eram comparáveis somente com as súplicas dos penitentes mais fervorosos ou dos condenados a penas capitais. E não era por menos, pois a intensidade das carícias em torno da sua virilidade, no ritmo em que acontecia, desmontaria qualquer homem em pouco tempo.

O macho arquejava com um prazer inigualável. E nada mais seguraria os seus alvos alazões na baia de suas entranhas. Mas a maestria de Isabelle superava o acaso e sem nenhuma modéstia desdenhava do tempo e do perigo. No exato instante em que a inevitabilidade do gozo se iniciaria, ela cessa, de repente, o vaivém dos acordes carnais como o músico que descansa seu alaúde, afrouxando as cordas. Então, com dois dedos apenas, lustra a ponta rosa-rubra com o próprio óleo masculino extraído anteriormente. Imponente como uma majestosa espada, rebrilhava a lâmina pronta para a batalha.

Cheguei mais perto, sentando atrás dela, levantei-lhe o cabelo e a beijei na nuca. Tinha um aroma doce e tão suave como o próprio espírito. Ela virou e nossos lábios colaram-se por um instante. Os gemidos se multiplicaram pelo quarto, principalmente quando sua pequena boca domou o que me pareceu, à primeira vista, impossível: a comprida lâmina, erguida como um diamante rubro, fora embainhada em todo o seu cumprimento. Os movimentos em torno do imponente aríete se aceleraram com progressão impressionante. Ao mesmo tempo, suas delicadas mãos albergavam, com relativo vigor, as enrugadas baias daquele homem, evitando assim a debandada violenta de suas entranhas. E assim refém, o deixou por algum tempo.

— Posso? — perguntei ao ouvido de Isabelle, que ainda o domava.

Deixou-o fora de sua terna boca e respondeu solícita:

— Certamente, querida!

Tomei posição e o estudei com o conhecimento das amantes mais experientes. Ao tocar o febril bordão, ele gemeu com profundidade. Talvez sentira a diferença da mão que agora o envolvia. Era maciço como a madeira das melhores árvores e mais sensível do que uma folha de outono. Refiro-me àquelas folhas muito delgadas, prontas a se desfazerem ao mínimo toque. Pulsava como um coração nascendo para uma vida nova. Afaguei-lhe junto ao meu rosto, sentindo suas nervuras, contornos e textura na pele mais fina da minha face. Emanava uma quentura como um metal que fora levemente aquecido no fogo. O experimentei com a boca, tocando-o levemente, apenas na rubra ponta, brilhante agora como um elmo real. Fiz meus lábios o envolver nessa parte, sugando, e, pouco a pouco, senti o mármore carnal ocupar minha boca, passando pelos meus dentes que marcava a jornada com cuidado. Iniciei uma manobra de ir e vir com relativa rapidez. Em pouco tempo, o pobre Lockehan delirava como um insano. Soltei-o de repente e observei a lança vibrar no ar como um belíssimo pássaro de asas impossíveis. Admirada, o recolhi novamente como uma preciosidade maior. Meu ventre ardia com desejo extremo e não mais aguentaria sem o medir dentro da minha viscosa bainha. Por isso, estendi-me na cama como uma égua no cio, desvelando toda a minha intimidade na direção do instrumento redentor.

Ele não se fez de rogado e, agarrando minhas ancas, invadiu minhas carnes com a disposição vista nos potros mais selvagens. Ocupando a primeira metade com um único golpe, e então, já tendo reconhecido o terreno, impiedosamente abriu o resto da fenda até a última morada. O volume foi forçando a entrada e todo comprimento e paraísos me foram sendo abertos nos altivos portões dos amores carnais. Isabelle se colocou à minha frente, ofertando sua delicada rosa feminina e, sem me deter, passei a sugar seu botão de pétalas, fazendo passear dois dedos na úmida abertura. Meus dedos avançaram com facilidade no abundante mel, e logo seu corpo estremeceu de prazer, humilde e servil.

Uma quentura me dominou a partir do meu ventre, ondas quebrando furiosas contra as praias da consciência, meus sentidos se distanciaram do mundo e mais ondas vieram, espalhando violentos espasmos. Roucos gemidos produzi, no natural altar do amor. Meu sexo era conquistado com o mesmo empenho de uma grande batalha, sem descanso ou recuo, perdedores ou ganhadores imediatos. Em um tempo incontável perdi a completa noção de minha individualidade, como se mergulhasse num abismo de uma queda eterna, nessa infinitude improvável que constitui o delírio sensual. Nada me pertencia, nada era forma, tudo pareceu se dissolver nas águas primevas do ser, agigantando-me e apequenando-me a um só tempo. Caos, nascimento e morte se misturavam a correntes ígneas, inflamadas por um fogo sobrenatural e inatingível. Apenas seu espelho lendário me tocava com a graça de um único reflexo, fazendo-me recordar, entre as centelhas do impossível presente, algo como a plenitude. Em algum ponto que não podia estabelecer ou permanecer, cheguei a suportar a condição divina.

Não demorou a desferir seu definitivo golpe. Toda entregue àquela arma, vi o homem entrar na agonia do êxtase, sacudir-se com o que parecia um desespero de morte, forçando os mais possantes avanços contra minhas ancas, para em seguida espalhar todo seu fermento dentro das minhas entranhas, em três ou quatro vigorosas estocadas. Seus berros ecoaram pelo quarto como trombetas do amanhecer, ao anunciarem a rendição do inimigo. Suas possantes pernas tremiam, mas o rosto aliviado era sinal de que a batalha fora recompensadora. Deitou-se na cama e nos aninhamos em torno dele, para que também pudéssemos aproveitar o descanso sagrado.

Uma hora mais tarde, Isabelle agarra o aríete do guerreiro, ainda sem o vigor necessário. Porém, em poucos movimentos e com sua ardilosa boca, deixa-o com a impressionante imponência das armas mais perigosas. Sem esperar qualquer atitude do amado, monta-o com a presteza de uma bela amazona, domando o cavalo mais bravio. Puxa-me, posicionando-me no peito másculo de Lockehan, e inclino minhas nádegas na direção da boca dele, expondo o horizonte das poções de terras carnais mais desejadas entre os homens e anjos. Então, sinto sua língua áspera e ágil percorrer e aprofundar na aveludada flor feminina, retirando de lá o néctar aflorado. Sugo os seios da cândida Isabelle, que balançam muito no movimento contínuo. Em uma abrupta iniciativa de Lockehan, sinto seu dedo me penetrar o derradeiro orifício. Não resisto à indecorosa manobra. Arrepios grandiosos e maravilhosos espasmos quase me fazem desfalecer entre meus amantes. Saio cambaleante atrás de mais um gole de vinho, e os vejo ali, acorrentados pelo prazer, como deuses sonhados.

Isabelle, ainda em galopes e em outros movimentos extravagantes, estremece a seguir, à semelhança de uma gazela que em vigorosa fuga é abatida repentinamente por um caçador. Cai sobre o peito de Lockehan, beija-o na boca com volúpia apaixonada.

Ele a vira de frente, e em poucos e inimitáveis avanços, novamente a faz se sacudir entre gemidos indefiníveis e palavras de ordem obscenas. Sem descanso, deita-a então de costas, afasta bem as pernas dela e se entrega a um combate decisivo e furioso, como se tivesse encurralando o inimigo numa passagem estreita e sem saída. Passa a golpear aquela região com tanta tenacidade e esforço, que um suor abundante banha-lhe o corpo inteiro. O ritmo alucinante só é interrompido por inverossímeis solavancos em meio a rugidos que lembram as grandes feras.

Um silêncio morno se seguiu entre as sombras escuras da noite.

O sono nos envolveu como uma bênção há muito esperada, fruto comum do labor amoroso de uma noite. Doce é o hálito e serena é a face do deus que nos acalenta, saciado o amor físico.

Próximo ao amanhecer, sinto a mão de Lockehan no meu cabelo e sua respiração de homem vigoroso. Estando de costas para ele, sinto sua virilha pressionando minhas nádegas. Percebo que a ardilosa flecha procura a direção do seu alvo. Afrouxo as pernas e com a mão conduzo aquela haste até a passagem e a deixo à vontade para que siga seu curso. Suspendo mais a perna e me inclino, deixando mais exposto o estreito refúgio. Logo a flecha, nas tentativas que lhe cabe, por mérito e vocação, cumpre sua sorte de verter no âmago feminino seu lance absoluto. Por todo o quarto, os urros do hábil arqueiro são apenas superados pelos meus próprios, tremendo desesperadamente com o dardo cravado na secreta ferida. Ele arqueia solitário sobre o corpo da presa desfalecida, mas suas faces testemunham a libertação, a prisão e a fuga do paraíso. Isabelle acorda excitada com a sonora gesta e com volúpia o chama para si. E, sem esperar o descanso do soldado, o joga nas arenas do seu corpo para que vença a indomável fera, despertada no vigor de sua fome e altivez. Entre mugidos e escândalos, opera-se o milagre do que tempera e sacia os corpos em tão épico combate.

O deus do tempo, embora guarde o segredo dos amantes, cobra um preço antigo: o que antes era êxtase, agora é passado. No presente, exige o dever e para o futuro, nossa coragem.

— Tenho de ir, vai amanhecer — anunciou Lockehan com preocupação.

— Está na hora! — concorda Isabelle.

Ele levanta e sai do quarto em largos passos, desaparecendo na penumbra. Dormimos por mais duas horas, nos aprontamos e fomos esperar pelas mulheres que chegariam por aquela hora.

— As vestes estão prontas? — perguntei.

— Sim — respondeu pensativa, enquanto olhava pela janela a estrada.

— Não voltarás mais aqui?

— Não mais, Isabelle. Não mais.

— Yalana...

— Levarei no meu coração — disse colocando a mão no peito. — Eu sei o que está pensando, mas não aguentaria me despedir dela. Diga que eu a amo como uma filha, aliás, não diga nada, é melhor assim.

As lágrimas rolaram pelo meu rosto. Isabelle me envolveu nos seus braços e ao ouvido disse-me, comovida:

— Ela sabe, Urtra, ela sabe!

Partimos de Ethevel ainda por clarear. E antes do final do dia chegamos ao local escolhido por Isabelle para o cerimonial. Descansamos até uma hora antes da meia-noite, quando penetramos o bosque até uma clareira que considerei adequada. A lua no meio do céu clareava tudo em volta. Uma fogueira foi acesa e nos pusemos a dançar no ritmo dos sons da floresta que nos acolhia com a vontade da Grande Mãe. A certa altura, fui tirando minha roupa, girando em volta da fogueira. Uma a uma ficamos nuas. Apenas Medricie ficou algo envergonhada no início, pois as maçãs do rosto avermelharam-se, contudo, logo agia com naturalidade que lhe era possível. Os seios eram pequenos e rosados em suas pontas em forma de cones. Era magra, mas os quadris alargados revelavam que seria muito fértil para filhos. Entre suas pernas desenhava-se uma lanosa vulva negra. Hália, ao contrário, com seios fartos, tinha os mamilos mais escurecidos e um pouco voltados para cada um dos lados. As pernas grossas e roliças eram divididas por um ventre escasso de pelos na parte de cima e bastante pronunciados mais abaixo. Já em relação à velha Eri, os seios desciam preguiçosos até a metade da barriga, dobras e dobras de peles revelavam que murchava a vida naquele corpo. Mal se conseguia divisar o ventre entre as carnes enfraquecidas.

Dançámos com os mais livres gestos em volta do fogo, por mais de duas horas. Em um determinado instante, um som não natural chegou ao meu ouvido esquerdo. Um uivo de lobo se espalhou pelo bosque a seguir. As mulheres tremeram, à exceção de Venília e eu. O som se fazia mais forte a cada momento. E não foi surpresa quando vi os olhos de Medricie, transidos de horror, com o que viu. Uma imensa loba ao meu lado. Mesmo Hália e a avó se mostravam apreensivas com aquela presença repentina e o porte do animal.

— Mantenham-se serenas — anunciei com autoridade, enquanto aproximava-me mais do fogo. — Hoje se dará o batismo das feiticeiras dos lobos, pois, como compreendo, as mulheres que aqui se encontram estão prontas para o mistério de nossa Irmandade.

Venília, absorta no elo que se formara, soltou um grito tenebroso que percorreu todos os espaços da floresta. Com voz possante anunciei:

— Das sementes dos séculos que penetramos com a visão, somos fiéis servidoras das antigas ordens. Sustentem nossas filhas com o poder das legiões das feiticeiras. Pela estrela sagrada da Irmandade que se inicie o rito.

Olhei para cada uma, revelando que seriam necessárias, naquela hora, a firmeza e a coragem. Pedi que todas se deitassem no chão de barriga para baixo. A loba andou sobre as costas de cada uma e parou ao meu lado novamente. Ordenei que ficassem de cócoras e urinassem naquele chão, para depois se levantarem. A loba se aproximou de cada uma e lambeu a coxa esquerda, demonstrando que aceitava aquelas mulheres para o culto do lobo. Sem percebermos, a loba desapareceu entre as árvores como se envolta numa bruma esbranquiçada. Uma época mais tarde, em lembranças de nossas aventuras, Medricie me perguntaria se a loba fora de fato real.

A primeira parte do rito estava completa, mas de repente uma nova lua apareceu no céu. Brilhava com intensidade espetacular e se movia com a rapidez inconcebível entre pontos distantes no firmamento, parando no alto de nossas cabeças. A cor mudava constantemente e um som sibilante se seguiu a essas mudanças ininterruptas. Um momento depois fez um risco luminoso no céu e desapareceu como se nunca estivesse estado ali. As mulheres acreditaram que fazia parte do cerimonial, todavia não podiam estar mais enganadas. Desde meu encontro com os assim chamados anjos, eu mesma, pouco compreendia tais visitas ou alcançava esse poder. Saímos em silêncio, percorrendo ainda nuas os cantos recônditos daquela floresta, imitando os sons dos lobos para que eles viessem. Em pouco tempo, uma matilha caminhava ao nosso lado como sentinelas. Alienados pelo poder da Irmandade, os lobos seguiam nossas ordens. Paramos entre duas gigantescas árvores de carvalho e nossos cabelos foram cortados, os das jovens enterrados entre as raízes das árvores e os meus, guardados por Venília.

IX

O REGRESSO

Antes de o sol nascer, já estávamos indo em direção a Albi. Não houve maiores despedidas, nem da minha parte, nem da parte de Hália, simplesmente partimos. O silêncio nos acompanhava como cortesia, enquanto nossos pensamentos sopravam sobre o lago espelhado das nossas lembranças noturnas. Um encanto nos envolvia e uma força percorria com eletricidade nossos corpos envoltos em hábitos cristãos. Medricie, à minha direita, mantinha-se serena, montada num cavalo branco. Hália, à minha esquerda, vezes por outra, parecia olhar-me com admiração peculiar. Seu semblante irradiava uma alegria indefinível.

Em menos de três semanas estávamos no bispado de Albi, esperando uma entrevista com o bispo. Uma fila de fiéis e todo tipo de pessoas se encontravam naqueles dias para ter com o venerável homem. Já próximo ao final do terceiro dia, nos conduziram a uma majestosa antessala. Um jovem padre de batina escura apareceu a seguir. Era bonito, simpático e mostrava gestos delicados, possuía uma alma feminina e, certamente, nenhuma virilidade masculina chegava-lhe às carnes. Passei-lhe a carta de recomendação que fora escrita para Marie Deffant.

— Queiram me acompanhar — falou, olhando para as três de maneira gentil.

Seguimos por corredores bem decorados, via-se por todos os cantos obras refinadas. A maioria de temas cristãos, uma ou outra pintura ou escultura sugeria padrões clássicos e elementos pagãos. Do lado de fora, não podíamos imaginar como era grande o interior da basílica e o que guardava de surpresa no seu espaço interno, por isso passamos por várias portas e cômodos. Em uma dessas portas adentramos à biblioteca, que tinha uma dimensão considerável. Encontravam-se monges e padres em várias carteiras em atividades diversas e próprias desse ambiente. Alguns passaram a nos olhar com displicente curiosidade, mas não se detinham de todo, outros sequer pareciam ter notado nossa presença, pois liam ou compilavam algum tratado ou manuscrito com disciplina invejável.

Quando entramos na sala de audiência, o bispo escrevia com grande rapidez alguma mensagem que seria enviada naquele momento, pois, ao lado, o mensageiro aguardava em empertigada postura.

Um silêncio desconfortável persistia, somente o som da pena contra o papel se escutava no recinto. Até mesmo a respiração mais pronunciada parecia um pecado imperdoável. O bispo, de cabeça baixa, estava concentrado no que fazia. Não deu nenhuma atenção à nossa entrada e permaneceu assim por um tempo incontável. Selou com seu anel e entregou ao mensageiro, que partiu com presteza. Depois nos fitou, e logo vimos no seu rosto o desagrado que provocamos com nossa presença. Disse em bom latim, como um desabafo, que as mulheres eram o início de todo pecado. Mostrando pouca paciência se dirigiu ao padre e quis saber do que se tratava. O jovem clérigo, imediatamente, passou-lhe a carta. O bispo, por sua vez, num golpe de vista a leu. E mais uma expressão em latim saltou-lhe dos lábios, reclamando, como se todo o trabalho do mundo lhe chegasse aos ombros. Com um gesto impaciente nas mãos, mandou que nos aproximasse mais. O que mais sobressaía em sua aparência física era seu corpo pesado e gordo.

— Muitos assuntos importantes têm ocupado minhas atenções no momento. E começar um convento está fora dos meus planos — disse, com pouco caso.

— Reverendíssimo, custa a esta humilde servidora da Santa Igreja tomardes o precioso tempo; no entanto, faço um apelo a vossa digníssima compreensão para que nos guieis nessa empresa e não adiais mais as promessas feitas ao Altíssimo. Nossas orações têm ajudado a manter a coragem e a disposição de nosso caráter. Como mulheres, somos marcadas pela mácula original e um trabalho mais ardoroso é exigido para que os tormentos de nossos pecados se afastem. — Joguei-me de joelhos, numa encenação que deixaria os melhores atores em grande embaraço. — Que as portas do paraíso se abram aos que buscam realizar os desígnios do Senhor! — E com entonação eloquente e voz embargada prossegui: — Gostaríamos que vossa palavra nos aquecesse o coração de esperança, não mais do que isso.

As tensões de seu rosto diminuíram milagrosamente.

— Muito bem! Todavia, o momento é muito ruim — disse com gravidade, olhando-nos com pomposa autoridade.

Novamente leu a carta, dessa vez com mais atenção.

— Está atrasada em mais de um ano para se apresentar, Deffant. O que lhe aconteceu, mulher? — admoestou apenas pelo gosto de fazê-lo.

— Doenças e calamidades pessoais, reverendíssimo — respondi com submissão, curvando a cabeça como se me sentisse pesada com tais lembranças.

Levantou-se da cadeira e com leve gesto chamou o jovem clérigo, cochichou algo ao seu ouvido e estabeleceu:

— Em Cordes haverá um alto de feiticeiras por esses dias. Certamente, é mais necessário um convento lá do que aqui em Albi. Além disso, existe por lá uma construção começada que poderia ser apropriada para tal finalidade, sem prejuízos maiores.

— Vossa sabedoria nasce da fronte de Salomão, reverendíssimo — falei com tamanho entusiasmo que soara exagerado.

Encarou-me intrigado com minha repentina euforia. Sem querer esforçar-se muito em tal pesquisa, tomou-a provavelmente como resultado da minha devoção. Escreveu umas poucas linhas em outro papel e me entregou sem mais demora, após selá-lo.

Eu tinha plena consciência de que não conseguiria suspeitar de minha identidade, mesmo que desconfiasse de algo mais concreto. Por isso mesmo, permaneci tranquila e com ares de satisfação espiritual. Nos fizera um grande favor, enviando justamente para Cordes.

— Está dispensada! — falou sem deixar margem para qualquer comentário ou questionamento, parecendo aliviado em ter finalizado conosco.

Rumamos para Cordes. A cidade fora construída no cume da colina, produzindo uma sensação singular. Ao nível do rio, que passava mais abaixo, parecia suspensa no céu. Muitas vezes segui essa trilha, vinda dos campos próximos, assim como minhas irmãs. Era um caminho muito familiar, mas agora percorria de um modo completamente diferente.

À medida que subíamos a colina, observei um número incomum de indivíduos, indo também naquela direção. Curiosos, oportunistas e beatos passavam o tempo todo por nós. Quando finalmente alcançamos a entrada principal, seguimos sem demora para o interior da cidadela.

A partir dos estreitos portões de acesso até o centro, via-se um aglomerado de pessoas indo e vindo nas suas ladeiras, semelhante a um formigueiro. Então, olhei na direção da taverna, às vezes, frequentada por todas nós da Irmandade. O velho Serafim Merk sempre nos acolhia com discrição e amizade. As portas estavam cerradas sinistramente. Tábuas cruzadas não podiam significar boa coisa, além de outros sinais de depredação. Depois de muito tempo, fiquei sabendo que o pobre judeu e a sua família, por ocasião do início da caça às bruxas, foram perseguidos e hostilizados por inimigos e invejosos. Felizmente, para ele a desventura foi um bem, pois ao se estabelecer em Toulouse prosperou significativamente, tornando-se um comerciante rico.

Sem previsão, medonhos gritos surgiram de uma parte, alvoroçando a pequena multidão que correu para o local, a fim de ver o que se passava. Uma carroça despontou numa das ruas e ia abrindo espaço entre as pessoas e bem devagar avançava pelo caminho. Encostamos numa casa, onde logo nos ofereceram guarida. A indumentária religiosa era bastante oportuna nessas ocasiões, pois despertava a reverência dos devotos. Com muita satisfação, um casal nos levou para dentro de sua casa. Alcançamos o terceiro pavimento e de uma janela ampla pudemos acompanhar os acontecimentos de um lugar privilegiado. Meu coração disparou ao ver uma jaula montada sobre uma carroça camponesa. Uma mulher lutava desesperadamente em meio a todo tipo de insulto e acusações. Uma mulher que só poderia ser Deirdhre Gridelim. Estava amarrada como um animal selvagem. Correntes em torno do pulso e dos tornozelos, e uma terceira que contornava a cintura, deixavam-na totalmente à mercê dos algozes. Sua força parecia enorme, porém todo o esforço era inútil. Alguns lhe atiravam pedras ou o que encontrassem pela frente. De sua testa, braços e coxas filetes de sangue corriam de pequenos ferimentos. Os cabelos desgrenhados, as roupas rasgadas e completamente suja, mais o rosto escurecido por carvão ou lama conferiam-lhe um aspecto vulgar e tenebroso. Senti um gélido frenesi percorrer minhas entranhas e tive pena de minha irmã, a grande traidora.

— Prenderam o demônio! — gritavam alguns dentro da multidão.

Para meu espanto e desespero, o cortejo macabro apenas começara. Mais atrás, outra carroça era puxada por uma parelha de bois. Esta era aberta, porém de cercado alto. Nela vinham várias mulheres amarradas umas às outras. Não demorei a reconhecer minhas queridas irmãs. Cailantra aparecia na parte da frente com um dos seios à mostra e amarrada a duas outras desconhecidas. Estava altiva e parecia não se importar com tudo aquilo. As desconhecidas tremiam horrorizadas ao seu lado. Virna e Lintra se encontravam ao fundo, completamente amarradas. Lintra teve parte dos cabelos arrancados, provavelmente em alguma luta. Ao meio, Urânia, cabisbaixa, parecia chorar ao lado de Ylla, que a consolava como podia. Não havia sinal nem de Singra, nem de Itangra e muito menos de Isiandra. Compreendi que precisava descobrir o destino delas urgentemente. Uma outra carroça se seguiu com as mulheres mais velhas. Com especial crueldade, eram as mais ultrajadas pela multidão ensandecida. Um homem berrando como um louco atirou-lhes excrementos e urina pela cara. Algumas, desfalecidas, esvaíam em sangue, atingidas pelas pedras atiradas de todos os cantos. Ainda passaram mais quatro carroças, visto que em duas delas havia dois homens.

Fiquei perturbada com a cena e quase perco o controle dos meus atos, segurei nas adagas por baixo do hábito, pronta para uma ação imediata e certamente suicida. Medricie e Hália perceberam meu estado e talvez minha intenção.

— Senhora, é melhor partirmos — disse Medricie com voz alterada.

— Eu não sei se devo! — falei de modo sombrio.

— Ela tem razão, mestra — reforçou Hália, com apreensão semelhante e um caráter mais resoluto.

Medricie tremia e um suor frio corria-lhe pela têmpora, molhando o hábito. Nesse instante, compreendi que não podia arriscar tudo com meus impulsos. Concentrei-me num plano para descobrir o paradeiro de Isiandra, Singra e Itangra. Saímos daquele ponto e nos dirigimos para a paróquia que o prelado nos indicara na carta.

Era uma igreja antiga, de seus duzentos anos, imponente na altura e na porta de entrada, trabalhada com primor. Atraía facilmente a atenção de quem passasse por ali. Entramos pela casa paroquial que fora erguida do lado direito. Sacristãos cuidavam da limpeza, da arrumação dos móveis e dos objetos sacros com zelo esmerado. Um deles nos guiou para a nave central da igreja, na qual provavelmente se encontrava o padre de nome Christophe. Após um corredor mal iluminado, chegamos a uma pesada porta. Ao ser empurrada com força demasiada, ela bateu numa escada que estava no alcance de seu giro, derrubando-a. Qual não foi nossa surpresa ao ver o padre voando, em meio a gritos soturnos, para um dos lados do altar. O jovem sacristão empalideceu e, paralisado, permaneceu sem saber o que fazer, demorando a socorrer o pároco, que parecia se controlar para não praguejar naquele lugar sagrado. Da minha parte, fazia um esforço hercúleo para conter os risos e o mesmo acontecia com as meninas. Aguardamos os acontecimentos. Ele se levantou, mancando muito numa das pernas. Finalmente, auxiliado pelo sacristão, veio caminhando em nossa direção.

— Que lástima, que lástima! — falava com raiva, ao mesmo tempo em que batia na própria boca.

A uma certa distância de onde tombara, puxa a orelha do sacristão com gosto, deixando-a bastante avermelhada. Ainda lhe aplica uma meia dúzia de safanões pelas costas. O pobre rapaz os recebe sem maiores queixas, inclusive, parecendo grato pelo castigo recebido, tudo isso sem se distanciar um tanto que fosse do padre, que andava agora apoiado nos seus ombros.

Passei a carta do prelado e de imediato deu as instruções cabíveis ao sacristão, que correu aliviado pelo corredor. Em pouco tempo, mais dois sacristãos chegaram ofegantes e com certa expectativa esperaram pelas ordens. O padre sentou-se numa cadeira, massageando a perna direita com diligência. Uma expressão de dor subia-lhe às faces toda vez que tocava em determinada parte da coxa. Era um homem de seus 50 a 55 anos. Alto, mas um pouco encurvado, exibia uma fronte bastante enrugada e tensa. Cabelos pretos com vários fios brancos: parecia mantê-los sempre bem cortados e escovados. Olhos azuis que expressavam coragem e determinação. Tinha um caráter colérico, mas agia com justiça e naturalidade. Nos deu boas-vindas, desculpando-se por não poder nos acompanhar.

— Conduza essas missionárias para o canteiro do antigo mosteiro. Naquele lugar será reconstruído um convento. Ajude-as no que for necessário e voltem apenas quando lá não se fizerem mais necessários.

Saímos pelas ruas estreitas de Cordes. Depois de meia hora de caminhada, chegamos num terreno amplo e murado pela metade. Antiga ruína de um mosteiro secular, dava mostras que fora feita uma reforma recente no prédio principal; contudo, mesmo essa reforma já se encontrava paralisada havia algum tempo.

Não podíamos reclamar, era perfeito para nossas intenções. Estava muito sujo todo o lugar, nada também que uma boa limpeza não superasse com o tempo. Por isso, nos pusemos de imediato a organizar o local, e com a ajuda dos sacristãos conseguimos retirar os materiais de construção espalhados por toda parte, transportando-os para um galpão do lado de fora. À noite, o prédio já tinha uma aparência de uma confortável habitação humana. Dormimos sobre mesas do antigo refeitório. Cansadas, adormecemos sem as grandes preocupações dos últimos dias. Pela manhã, a trégua da noite se esvaiu sob a cortina de luz, e alguma providência de imediato seria necessária para realizar os desígnios da Deusa.

— Precisamos de um caldeirão — falei para as duas, que não compreenderam bem meu intento.

— Acho que vi um, daquele lado da ruína — observou Medricie.

— Que seja tão negro como a profunda madrugada.
— Ele é, mestra.
— Encha-o de água pela metade e o traga aqui.

Sentamos as três em volta do caldeirão e tentamos ver no espelho d'água o destino das nossas. Concentrei-me em Singra, Medricie, em Isiandra e Hália, pedi para que se esforçasse o máximo em Itangra.

Vi o rosto de Singra sorridente, uma luz etérea a envolvia. Depois vi cenas nas quais ela foi ferida no coração. O sangue borbulhava. O susto interrompeu bruscamente a visão.

— Singra está morta! — declarei com tristeza.

— Isiandra foi feita prisioneira por um homem muito perverso e poderoso. Ele parecia saber que o enxergava, encarou-me com estranha impiedade, acho que de algum jeito ele também tem a visão — disse Medricie confusa.

— Muito bem, querida! Não se preocupe, descobriremos o que isso significa. E você, Hália?

— Nada descobri — falou decepcionada consigo mesma.

— Não importa. Devemos nos concentrar em Isiandra. Ela tem de ser salva de qualquer maneira. Tenho uma ideia: você, Hália, se misturará ao povo nas ruas sem as vestes da Igreja, como uma camponesa vinda de fora. Com esse expediente, vê o que descobre do paradeiro de Isiandra. Mas tome cuidado, pois é muito arriscado. Aqui, nunca poderei tirar este hábito, seria facilmente apontada, por isso tenho as ações limitadas. Tudo ficará por sua conta a partir do momento que sair nas ruas.

— Não se preocupe, senhora, serei discreta — assentiu.

Nos ocupamos o resto do dia com as atividades do convento. No meio da tarde, tivemos uma surpresa indesejável, duas moças da região se ofereceram para serem noviças. As notícias se espalharam com mais rapidez do que poderia imaginar. Com bastante cuidado e de forma ardilosa as dissuadi da ideia de um noviciado imediato, afirmando que o momento era delicado, mas que em breve acolheríamos todas que se mostrassem dignas da vida monástica. Com a preciosa ajuda de Medricie, estabelecemos uma série de penitências e orações que deixariam as duas ocupadas por uns três meses. O rigor que estabelecemos e as rígidas normas que firmamos, ao invés de causar aversão nas candidatas, foram uma fonte maior ainda de atração para essas moças que buscavam a purificação da alma, principalmente nesses tempos de fim de mundo, como acreditavam. E, por aqueles dias, outras mais nos procuraram, vindas no rastro das primeiras. Sem ter desejado isso, ironicamente, uma silenciosa fama ia se formando em torno do novo convento que seria apelidado com o tempo de *Sainte Sévère*.

A noite avançou e nada soubemos de Hália e de suas andanças. Dormimos preocupadas, imaginando que o pior poderia ter acontecido. Pela manhã, um grupo de beatas, passando próximo ao muro do convento, informou-nos que mais mulheres foram presas para investigação durante a noite. Finalmente, no final da tarde, Hália, com ares de cansaço, apareceu.

— O que lhe ocorreu, querida?

— Oh, quase me prenderam para sempre nas masmorras. Fui levada até um homem que está ajudando os inquisidores. Ele me fez várias perguntas.

— O que disse?

— Que não era daqui de Cordes e que tinha vindo para o convento. Ele estranhou, pois não sabia de nenhum convento, embora tivesse certeza de que eu não era da região. Mantive-me calma e lembrei que o padre sabia de nossa chegada. Foi a única saída, senhora, que encontrei.

— Não se preocupe, sob este disfarce estamos seguras. O que mais?

— Procuraram o padre para confirmar a história e não o encontraram, pois o pároco saíra para dar extrema-unção a um moribundo. Fui levada até as masmorras na qual outras mulheres estavam presas para investigação. À certa altura da noite, pensei o pior, ouvi das profundezas dos calabouços gritos terríveis das torturas feitas nas mulheres.

— E como foi presa exatamente? — quis saber com maior detalhe.

— Não pude evitar, mestra Urtra — desculpou-se antecipadamente. — Na procura por pistas de Isiandra, soube por alguns comentários entre o povo que numa casa se encontrava a filha da grande bruxa. Deduzi que só poderia ser a menina. No entanto, ninguém sabia ao certo onde ficava a tal casa. Arrisquei-me a procurar pelas ruas próximas ao cárcere, e lá fiquei sabendo que numa das casas, duas ruas abaixo, dois guardas mantinham serviço. Segui mais esta pista. Nessa outra rua, inicialmente, observei de longe o que acontecia próximo à casa com as duas sentinelas. Misturei-me aos camponeses que vendiam seus produtos numa praça contígua e com grande paciência esperei por uma confirmação. Não havia tumulto no momento, só alguns beberrões comentavam os últimos acontecimentos. As poucas mulheres andavam com grande apreensão pelas ruas, a maioria acompanhada de homens. Mais tarde, um camponês me contou que viu uma linda menina chegar à janela da tal casa.

— E teve confirmação? — interrompeu Medricie, curiosa.

— Não, nada mesmo. O tempo passava e resolvi me aproximar mais da casa, a ponto de expor-me em demasia. Um dos guardas desconfiou e veio ao meu encontro, agarrando-me pelo braço. Tentei me desvencilhar e quase consegui, mas o outro chegou a tempo com o alerta dado pelo primeiro. Nessa hora, o grito de alerta chamou a atenção das pessoas dentro da casa. Olhei para ver se via qualquer coisa naquela direção. Acreditei ter visto uns cabelos louros e um rosto infantil. Fingi submissão e eles afrouxaram suas mãos em torno dos meus braços, aproveitei o momento para me soltar e corri na direção da casa, adentrando-a.

— Sim, sim o que viu? — interrompeu Medricie novamente.

— A menina não estava lá, eu havia me enganado — anunciou com desapontamento.

— E o que guardavam na casa, afinal? — questionei também com curiosidade.

— Um doente.

— Um doente! — exclamamos eu e Medricie.

— Sim! Um dos inquisidores estava prostrado num leito. E eu entendi porque me enganara, possuía os cabelos esbranquiçados e a nediez nas faces pela enfermidade, lembrava um rosto infantil.

— O que a fez seguir? — perguntou a outra.

— Percebendo no que me metera, joguei-me aos pés do moribundo de imediato e fiz as orações mais fervorosas de que me lembrava, suplicando a proteção contra os homens que estavam a me perseguir. Tudo se passou muito rapidamente.

— Só mesmo você, Hália, para ter esse sangue-frio. Nunca conseguiria manter-me tranquila e agir com essa tranquilidade — declarou a outra jovem com grande suspiro.

— Não tive escolha — meneou a cabeça para o lado dela —, além disso, não surtiu o efeito esperado, mas amenizou minha situação. Quando o chefe da guarda, o tal ajudante-mor dos inquisidores, perguntou-me por que invadira a casa do santo homem, respondi que não tinha a menor ideia do que lá se encontrava, apenas na agitação do momento e pelo medo corri para o primeiro lugar que Deus iluminou nas minhas vistas, à procura de proteção que certamente a providência divina se encarregaria. Por isso, considerei tamanha graça ao me deparar com tão altivo representante de Deus, não me sentindo capaz de julgar que fui mal conduzida pela bem-aventurança divina.

— És bastante arguta, minha cara! — observei, demonstrando orgulho.

Um sorriso polido chegou à sua boca.

— E como finalmente escapou? — acrescentei.

— Depois de horas esperando por alguma notícia, fui levada para uma das celas da carceragem e lá marcada na coxa esquerda com ferro quente — levantou a saia e nos mostrou a marca em forma de um pequeno cifre. A queimadura estava inchada e bastante avermelhada.

— Malditos! Isso deve estar doendo.

— Sim, arde um pouco. E eles juraram que a aumentaria, caso fosse confirmado meu crime de feitiçaria.

Lembrei-me então de que, na visão com Hália, ela já apresentava aquele sinal, contudo havia me esquecido completamente. Comentei a minha repentina recordação e a deixei prosseguir.

— Depois disso fui levada para outra cela. Lá, reconheci a quem chama de Cailantra, mestra Urtra. Conversei a sós com ela e contei parte de nossas intenções e planos. Ela então me revelou que a menina fora entregue a uma prima do chefe da guarda. Disse-me também que ele sabe de Itangra e da sua existência, senhora, e quer usar a menina como isca. É um homem muito perigoso e domina parte dos poderes da visão superior.

— Ele chama Jean Foul? — perguntei, curiosa.

— Ouvi chamá-lo de Jean-Marc, mestra Urtra.
— Deve ser o mesmo. Mas continue...
— Novamente, colocaram-nos em celas distintas. Perto do raiar do dia, o pároco chega. Não só confirmou minha história, como conseguiu, depois de várias idas e vindas com os inquisidores, libertar mais duas jovens de sua paróquia.
— O que mais descobriu?
— A que se chama Itangra parece que está viva em algum lugar distante daqui.
— E como está a doce alma de Cailantra? — falei em tom comovido.
— Senhora, sabe que o fogo a espera; entretanto, não está infeliz.
— Brava, Cailantra! Ó irmã, eu nada poderei fazer por você! — verbalizei olhando para o céu, enquanto me levantava — vá descansar, querida. Eu e Medricie nos ocuparemos dos próximos passos.

Voltei minhas atenções para Medricie.
— É preciso dar continuidade a esse trabalho. Sentes em condições de assumir os riscos?
— Por mim mesma eu diria que não, mas pela irmã de Yalana, totalmente — revelou com sinceridade e convicção.
— É o suficiente! Contudo, prestes atenção: anda entre as beatas, não comenta nada, apenas escuta o que é dito nos lugares que passar. Usa tua visão para tentar descobrir pistas.
— Está bem, mestra Urtra — disse ela, constrita.
— Outra coisa, volta caso pressintas perigo ou tiveres indícios do cativeiro de Isiandra.

No outro dia, bem cedo, ela saiu em trajes de camponesa em direção aos quarteirões centrais de Cordes. À tarde, Hália ficara no convento sozinha e eu fui conversar com o pároco sobre os assuntos do convento. Na realidade, um pretexto para tentar descobrir algo. O bom pastor nada sabia do destino de Isiandra ou de qualquer infante. Por outro lado, mostrava-se o mais indignado com as medidas dos inquisidores para qualquer assunto.

— Como pode Deus desejar tamanho tumulto ou incendiar a vaidade e a arrogância de pessoas como esse chefe da guarda? — falou ele em tom queixoso.

— Certamente que não é da vontade do Altíssimo — concordei, balançando a cabeça.

— Tudo isso é culpa de Labrunne, foi ele quem alardeou por sua completa falta de bom senso, aliás, um mal de família — considerou com certa irritação.

— Perdoa-me, padre, de quem falas?

— É um dos padres de Albi, irmão de Jean, esse chefe da guarda de quem lhe falei.

— Fico intrigada, padre, como tudo isso veio a acontecer e impressionada com o desenrolar dos acontecimentos até aqui — tentei conhecer toda a história, instigando-o, porém imprimindo um tom despretensioso.

Fez um sinal de impaciência como se não quisesse tocar no assunto ou aprofundar as discussões, mas sem resistir ao próprio temperamento que inflamava o espírito, acabou por responder.

— Tudo começou com uma amante de Jean, de nome Deirdhre. Mulher de hábitos perniciosos que vivia num sítio camponês a algumas léguas de Albi. Depois se descobriu algo muito maior, num vale sombrio, conhecido como *Val d'Enfer*, que fica em Les Baux-de-Provence. Há mais de um ano, Jean vem investigando essa tal mulher e as companheiras, o que resultou numa armadilha para capturá-las ainda no outono, bem perto aqui de Cordes. Parece que algumas fugiram, não se sabe direito.

— O que descobriram sobre o que acontecia nesse vale? — indaguei, agora sem conseguir disfarçar meu interesse e curiosidade no assunto.

— Que lá existia uma confraria de mulheres, segundo o chefe das guardas, não devotadas à palavra de Deus, praticando artes pagãs e promovendo magias diabólicas, que trazia os maiores escândalos ao mundo.

— Que coisa terrível! — exclamei, fingindo horror e persignando-me com o crucifixo várias vezes, à maneira de Medricie. Mas, por dentro, me sentindo encolerizada, pois o Vale dos Lobos já tinha sido descoberto havia algum tempo.

— Terrível... é verdade, madre Marie — falou tentando concordar, ao mesmo tempo em que queria contrapor algo a essa ideia. Olhou para o alto, como se sofrendo por algum pensamento, talvez o receio de expressá-lo diante da minha reação anterior tão contundente. — Porém, bem mais terrível serão as inocentes que morrerão com esse ato de feiticeiras... pobres mulheres, madre.

— Não posso deixar de me compadecer com tua nobre preocupação, padre, já que em situações assim, de fato, os inocentes são os mais vitimados — amenizei o discurso para que ele se sentisse mais confortável.

— Insisti junto ao padre Labrunne e a Jean para que tomassem medidas relativas e pontuais. Não quiseram de nenhuma maneira escutar o bom senso. Ainda tentei o bispo, explicando quantos inocentes sofrem em tais investigações e interrogatórios, mas pouco se importou, "quanto aos inocentes, Deus, o Altíssimo, é quem decidirá", disse ele. Também, eles viram nessa descoberta pecaminosa uma oportunidade para chamarem atenção para si. É uma vergonha. Escreveram ao conselho dos inquisidores informando que vários focos de bruxaria tinham sido descobertos e muito mais deveriam existir, pois o demônio aqui tinha feito sua morada, fato conhecido desde os tempos dos Cátaros. Sabemos que, de Toulouse até a orla ocidental, já foram levadas para interrogatório aproximadamente quatrocentas pessoas, e muitas já morreram.

— Padre Christophe, sabes que a inquisição não vacila com quem duvida de sua autoridade, por isso tenhas cuidado com tuas palavras — alertei com sinceridade.

— Obrigado, madre. Só não posso evitar o que vejo tão claramente — suspirou com desalento, mirando os olhos para cima e completou: — Amanhã farei a última visita aos calabouços, antes do julgamento, então nada mais poderei fazer.

— Posso acompanhá-lo, padre? — declarei em meio a uma ideia que estava tendo e a surpresa do meu interlocutor.

— Preferia poupá-la de tamanha degradação humana — advertiu o padre com experiência e conhecimento de causa.

— Sei o que me aguarda — disse com determinação.

— Eu não gostaria de ser teu anfitrião em tal jornada, madre — disse ele, mirando-me friamente.

— Insisto! — fui mais incisiva.

— Não sei não, madre. De fato, não gosto da ideia — anunciou ele contrafeito.

— Se eu não suportar as nefandas visões do cárcere, retirar-me-ei de imediato, prometo, padre! Além do mais, devo cumprir meu papel também em toda essa história e aprender a ser forte em tais situações, afinal conduzirei pessoas e almas, devendo estar preparada para tudo. E sinceramente quero poder ajudá-lo no resgate dessas moças inocentes que um dia poderão participar do convento ao qual devotarei minha vida.

— Muito bem, se assim desejas, nesta mesma hora, amanhã — sentenciou finalmente, mais convencido.

Apanhou seu breviário numa cadeira próxima para se dedicar às orações e nos afastamos, sem nos despedir formalmente.

Quando cheguei ao convento, Medricie já me aguardava com ansiedade.

— A menina está numa casa, numa rua atrás da praça central. Não vi guardas — disparou.

— É uma armadilha! — exclamei —, precisamos pensar num plano. Por enquanto, nada podemos fazer.

Não encontramos nenhuma solução no restante do dia. Dormi com estranha sensação e sonhei com Avieur a noite toda, mas não me lembrava dos detalhes mais importantes. Passei o dia tentando descobrir o significado. Quando a tarde chegou, na hora marcada, fui até a paróquia e de lá segui com o padre para o cárcere maldito.

A prisão fora construída com a cidade no século XIII e tinha uma péssima fama: quem atravessasse seus portões não saía. Grades imensas ornavam as janelas de grossas paredes. Uma porta de arco romano era a principal entrada. Seis homens montavam guarda naquele momento. Parentes das desafortunadas, com a esperança de que elas pudessem ser libertadas, faziam vigia na praça em frente da entrada. Ao nos ver aproximando, a multidão cercou o padre, pedindo pelos seus em grande desespero. Apressamos o passo e chegamos à guarda. Com visível contrariedade nos permitiu a passagem. Atravessamos um grande corredor até uma outra porta, vigiada por um carcereiro, segurando duas argolas repletas de chaves. Mirou no padre, a fim de reconhecê-lo bem e com lentidão abriu a primeira grade. Gordo como um barril, levava o peso do corpo com sacrifício, pois mancava bastante de uma perna. E fedia pior do que um gambá no cio. De repente, coçou o alto da cabeça, parecendo confuso com minha presença.

— A madre vai descer?

— Irá, carcereiro — respondeu o padre secamente.

Abriu um sorriso cinzento entre os lábios feridos e avermelhados. Os dentes podres dominavam toda a boca e uma língua escura saía entre uma palavra e outra.

— Sou temente a Deus, por isso "Língua" tinha de perguntar — disse com cerimônia, chamando-se pelo apelido peculiar.

— Basta Simont! — chamou o padre pelo seu nome verdadeiro, demonstrando impaciência.

Passamos por mais duas grades, até uma antecâmara em que ficavam vários instrumentos de torturas. Dois carrascos, no momento, apanhavam alguns deles e sem se importar com nossa chegada se meteram num grande alçapão. Logo, sob a luz das tochas, divisei celas, de cada lado dessa entrada no chão, por onde penetraram os odiosos homens. Logo depois, três guardas ali chegaram e passaram a nos acompanhar em tudo, mas logo nos deixaram em paz, afinal o que poderíamos fazer ali? As celas que ficavam à direita eram das presas confessas, espontaneamente ou sob tortura. Em um canto algumas dormiam com as costas nuas, mostrando marcas de chibatadas. Vi que ali se encontravam Virna, Lintra e Cailantra. Elas não me reconheceram e eu não podia me aproximar com a segurança necessária. As celas da esquerda, com menor número de pessoas, estavam ainda sob interrogatório. Muitas já tinham passado por alguma tortura; contudo, muitas se mantinham determinadas em afirmar a inocência. Seguindo por um corredor à esquerda, havia uma carroça com um amontoado de corpos desnudos, provavelmente mortos durante a tortura. O corpo de uma velha pendia sem um dos pés; o corpo de uma jovem, por cima daquela, tinha os ossos desconjuntados brutalmente. Informou-me o padre que, daquela parte da construção, seguindo até o final do corredor, existia uma saída, desembocando numa ravina na qual os corpos eram jogados.

Por curiosidade, andei mais um pouco buscando outra saída qualquer. Entrei, por acaso, numa fenda que se abria para uma galeria de celas antigas e acompanhei uma fraca luz. Um mau cheiro denunciava corpos apodrecendo naquele local. Ouvi uns gemidos vindos de uma cela ao fundo, local de onde vinha a minguante luz. Um dos guardas, nu da cintura para baixo, mantinha relações carnais com um dos cadáveres. Aproveitei o momento para criar uma distração, soltei um grito de asco que não era de todo falso. Em um minuto, todos acorreram ao local. O padre, percebendo o que estava acontecendo, esbofeteia o rapaz que cai de joelhos, e este já pedia perdão e misericórdia. Os outros três, atônitos, ficam petrificados sem saber o que fazer. Volto correndo como se indignada com a cena. Quando passo pelas celas, todas, apreensivas, me olham querendo saber o que ocorrera. Explico em breves palavras, deixando algumas horrorizadas e muitas se entregam a lamentações e rezas. Aproximo pelo outro lado, e, prontamente, minhas companheiras reconhecem minha voz. Sigo para um canto mais reservado, apenas separado pelas grades, ficamos a conversar. Nossas mãos se tocam.

— Urtra! — fala Cailantra — como é bom ouvir sua voz! O disfarce lhe caiu bem, pois não a reconhecemos.

— Fale um pouco mais baixo! — repreende Virna, olhando apreensiva para todos os lados.

— Que tristeza, vê-las em tal situação! Nada podendo fazer, amigas e irmãs.

— Nossa Yalana? — pergunta Lintra.

— Está segura e salva.

— Salve o espírito das fadas e muito faria por nós, Urtra — declarou a seguir Virna, apertando carinhosamente minhas mãos. Tinha olhar intenso, mas as feições cansadas e pesadas. Nos olhamos ternamente e meu coração, sofrido, contraiu-se de dor. A tocava pela última vez e novamente só a veria entre as chamas.

— É o que mais quero, irmãs. — Olhei para dentro da cela — não me conformo! Deve haver uma maneira de salvá-las — exclamei desconsolada.

— Nem pense nisso, Urtra! Não se arrisque por nós, já aceitamos nosso destino e você deve aceitar o seu — parou, refletindo um pouco —, injusto de todo jeito, pois o nosso leva uma imensa vantagem sobre o seu. Como sabe, estamos destinadas ao sono da morte, para assim acordarmos mais vivas num outro dia. E quanto a você, sua sorte será a de cumprir uma árdua missão — disse Lintra, com a sabedoria e a serenidade peculiares.

— E Singra? — perguntei, no intuito de confirmar minha visão.

— Morreu me defendendo — respondeu ela.

— Itangra?

— Não sabemos com exatidão, mas está viva — pontuou Virna com pesar.

— Tive uma visão dela esta noite. Está viva — anunciou Cailantra.

— Mas sonhei que ela morria — comentou Virna, um pouco triste.

— Não. Tenho certeza, ela está viva. Um dia vocês ainda se encontrarão — afirmou Cailantra por mim — Além do mais, a carta que Bithias destinou a Itangra conseguimos entregar no local escolhido. Se Itangra conseguirá resgatá-la, não sabemos. De qualquer jeito, concluo que nossa antiga mestra acreditava na sobrevivência de nossa irmã.

— O que estava escrino na carta? — perguntei.

— Não li, Urtra.

— De fato, havia me esquecido desse detalhe, Cailantra, mas isso pouco importa agora — pontuou Virna.

— E Urânia e Ylla?

— Estão encarceradas em outra parte. Dormem exaustas, sofreram várias torturas, pois tentaram negar. Coitadas, elas são muito jovens, Urtra — disse Virna condoída.

— Escuto vozes, estão se aproximando — observou Cailantra, que, num último gesto, beija-me no rosto. Ao mesmo tempo em que a mão de Virna toca gentilmente o meu cenho.

— Ajoelhem-se, vamos fingir que começamos uma oração.

Seguramos uma nas mãos da outra como uma última bênção. Uma lágrima rolou pela minha face e Virna a enxugou rapidamente. Aos poucos, fomos nos separando até eu estar de pé e ir na direção da outra cela. Um dos guardas em alarido reprimia o maníaco do cadáver com ameaças terrenas e espirituais. O padre chamou-me num canto.

— Após lhes oferecer meu conforto espiritual — apontou para as detentas — vou descer às masmorras, ainda queres continuar?

— Sim, padre — disse melancolicamente.

— Pareces perturbada.

— É verdade. Não vou negar; entretanto, tudo isso só faz fortalecer minha fé na busca da redenção dos homens.

— Tenho semelhante sentimento, madre! — disse ele com grata surpresa por meu testemunho, acreditando que me referia ao delito do guarda, somado às condições daquele lugar.

Os guardas puxaram o imenso alçapão e nós fomos descendo uma escadaria em espiral. Minha primeira impressão foi que descíamos pela boca do próprio inferno. Logo no final da escada, um crucifixo nos recepcionava, embora este estivesse coberto por um tecido escuro de seda, com o propósito de preservá-lo dos dissabores daquele triste lugar. Gritos desesperados ecoavam como uma sinistra orquestra. De um certo ponto, já podíamos ver, sob a luz de várias tochas, os carrascos em plena atividade, contei pelo menos cinco nessa parte. Duas mulheres eram esticadas numa espécie de cama, tendo sido amarradas nos pulsos e nos tornozelos. De tempos em tempos, afrouxavam bruscamente as cordas, a dor que resultava disso era imensa, produzindo nas vítimas uma respiração ofegante e descompassada, quando estas não desmaiavam. E quando isso ocorria, um balde de água gelada era jogado sobre elas para que permanecessem conscientes.

Um homem de capa negra, segurando um livro, onde anotava os depoimentos, correu até elas, questionando se já estavam prontas a confessarem o conluio com o diabo ou qualquer arte demoníaca. Repetia com cada vítima semelhante questionamento, tentando conseguir a confissão. Embaixo da escada, numa espécie loca, um homem e uma mulher tinham os pés e as mãos entre uma pesada prensa de madeira.

O carrasco girava o torniquete com maestria macabra. Por vezes, o som de ossos se partindo era ouvido, enquanto os desgraçados se contorciam com dor indescritível. Logo atrás, três mulheres estavam presas numa espécie de tronco. Ao me aproximar, vi que seus pés eram submetidos à brasa constante e um cheiro de carne assada chegava incontinente às nossas narinas. Noutra parte, espantei-me com a engenhosidade humana para perversidade, uma espécie de caixão de chumbo, que mal cabia uma pessoa, era aquecido e forçava-se alguém a entrar sem nenhuma roupa. Antes, um chapéu de madeira era aplicado no crânio do indivíduo. A estrapada era simples e um dos mais terríveis, os pés e as mãos do sujeito eram amarrados nas costas para içá-lo a certa altura, de onde era precipitado até perto do chão, isso por incontáveis vezes. Segui horrorizada e uma ânsia de vômito atravessou minhas entranhas. Tentei controlar o enjoo, no entanto, foi impossível conter o bolo que subia pela garganta. Vomitei tudo o que havia comido naquele dia. Um dos carrascos olhou-me com desdém, sorrindo como uma raposa desgraçada. Refiz-me como pude e saí daquela parte, entrando à direita por um caminho que se abria entre celas vazias. O padre Christophe, na tentativa de consolar as vítimas, praticamente se esquecera de mim. Passei por uma cela em que um homem amarrado numa espécie de mesa era forçado a ir engolindo aos poucos um lençol embebido em água, para depois ser puxado com toda violência de dentro do seu estômago. O homem tremia entre urros abafados e convulsões violentas.

 E muito mais eu vi que deixaria o inferno escandalizado. No fundo desse corredor, se é que se poderia chamar assim, numa última cela, uma única mulher estava fortemente amarrada pelos tornozelos e pulsos. Presa na parede de uma forma que mal poderia se virar. Tinha as costas em carne viva. Aproximei-me em silêncio total.

 — Urtra, egéria da Irmandade! — falou a mulher, virada ainda para a parede, revelando seu grande poder.

 Meu coração chegou até a minha boca e uma eletricidade estranha passou-me pelo corpo.

 — Gridelim, vejo que a força da Deusa ainda lhe é própria.

— Como poderia ser diferente, a Deusa e eu também somos uma, Urtra — expressou-se com orgulho, ao mesmo tempo em que tentava virar a cabeça na minha direção.

— Teus ferimentos estão feios — comentei condoída.

— Três deles se juntaram para me golpear covardemente. Esses imbecis, essa gente torta me pagará por tudo. Eu me vingarei.

— Falas isso, parecendo esquecer o que fizeste conosco? — disparei.

— Não podes me culpar por tudo — declarou sem o menor constrangimento.

Virei-me, pronta a deixá-la com seu sofrimento e seu mundo.

— Espere! — atalhou ela, depois de um momento de silêncio.

— Por que deveria? Pouco mudaste com o sofrimento e não possuis a sabedoria necessária, filha — falei com autoridade da Grande Mãe que chegava como ondas quentes na minha fronte.

— Todos sofremos e aprendemos, de um jeito ou de outro. Acuse-me apenas de nunca ter procurado a sabedoria, talvez mais o poder e o conhecimento. Errei e tomaria toda a culpa sobre meus ombros, mas não podes me responsabilizar por tudo, pois também fui enganada e aviltada. Sou meu pior juiz agora e fui minha maior inimiga, disso eu estou ciente.

— Tu és muito orgulhosa, Deirdhre. Comporta-se ainda como se o maior problema aqui fosse unicamente seu orgulho ferido.

— Conheces tão bem a mim, que chego a invejá-la por isso.

— Devo entender como um elogio? — indaguei com certa ironia.

— Como reconhecimento sincero, pelo menos.

— É um começo — ri tristemente.

— Não tenhas raiva de mim, Urtra.

— Não tenho mais. Só sinto uma grande frustração, Deirdhre, por tuas ações impensadas, às vezes, covardes; por tua falta de humildade diante das coisas maiores e teu refinamento para os escândalos. A Deusa não representa isso. — Após um silêncio, anunciei: — Devo partir, adeus, Deirdhre Gridelim.

Com um esforço tremendo, tentou virar o rosto.

— Urtra, abençoa-me em nome da Grande Loba.

— Isso eu não posso fazer, pois traíste o seio da Irmandade. Mas no meu próprio nome, Urtra, do Vale dos Lobos, chamo-a de minha irmã.

— Obrigada! Isso é muito mais do que mereço — e pude ver que uma lágrima solitária rolou vagarosamente pelo seu rosto.

Através das grades esticando o máximo o braço, toquei os seus ombros e cabelos. Ela sorriu e saí dali, sem mais nada falar.

Mais tarde, quando o pároco e eu já alcançávamos o portão de saída, escutamos uma voz que parecia pesar sobre nossos ombros. A expressão no rosto do religioso não deixava dúvida do desagrado com a voz que acabara de ouvir.

— O que temos aqui, vejo que trouxeste companhia para minha bela casa — falou de modo irônico e deselegante.

— Esta é a madre, Deffant — apresentou-me friamente. E isto só pela formalidade mínima que se fazia necessária.

— Tenho a impressão de que a conheço — declarou estranhamente, mirando-me sem pudor ou respeito, deixando o padre completamente de lado.

— Nasci em Lyon, e lá completei meus parcos estudos.

— Não, daqui mesmo é o que eu quero dizer — insistiu com persuasão e uma dose natural de prepotência.

— Duvido! — continuei firme.

A cabeça era comprida, cabelos longos e caídos na fronte, que escondia a ampla testa. Os olhos penetrantes como os de um falcão faiscavam em tons azulados, revelando certa loucura e uma inteligência incomum. Encorpado no tórax, tinha-se a impressão que afunilava da cintura para baixo. Não era alto nem baixo, ainda assim, tinha um porte dominador e seria um homem atrativo para muitas mulheres. Possuía movimentos ágeis e conversava sempre encarando o interlocutor com superioridade e força máscula.

— Tens perturbado o meu trabalho e o dos meus homens nos últimos dias. Libertou algumas das suspeitas sem autorização expressa da minha parte — disparou de repente, virando-se para o padre e o mirando com ferocidade, como se fosse um leão pronto a quebrar-lhe o pescoço.

— Faço o meu papel diante de Deus, que orienta a minha fé — declarou sobriamente o religioso.
— Teu papel! — exaltou-se. — Sou eu quem faz o trabalho de descobrir esses demônios, sou eu quem os caço com todas as dificuldades, sou eu quem os prendo e os entrego ao fogo, eliminando da terra essas noivas do inferno. Não me venhas, portanto, inventando histórias. Acreditas que seja fácil meu trabalho?
— Existem inocentes, homem de Deus! — bradou. — E se eu tiver meios de provar isso e os salvar o farei sempre. Tenho o respaldo de Bernard, líder dos inquisidores. Ainda mais se tratando da inocência de jovens que conheço tão bem — declarou com tom mais calmo.
— Não como queres. Estou cansado de tuas interferências, padre! E não me desafies, pois os inquisidores já desconfiam e questionam tua atuação melindrosa e por demais compassiva para com essas mulheres. E seria um enorme prazer testá-lo com os "instrumentos" apropriados, o que chamas de fé — anunciou sinistramente.
— Estás me ameaçando, Jean? — irritou-se o religioso com a insinuação.
— Não sou homem de ameaças, mas de realizações. Eles o querem ver ainda hoje para uma entrevista, oportunidade que relatarei o que tem feito por aqui, libertando prisioneiras sem interrogatório, num total descaso ao meu trabalho, que foi o resultado de investigações de meses a fio, como se aliado fosse do inimigo do homem — sentenciou com um sorriso cínico.
— Irei agora mesmo! — disse o padre com a voz alterada. Contudo, parecendo se lembrar de algo naquele instante, acalmou-se, e com mais sagacidade prosseguiu: — claro que informarei o que andava praticando um dos seus homens, e com a ajuda da madre que presenciou tudo com indescritível horror e ignomínia, será fácil convencê-los de que o diabo anda bem próximo à sua guarda.

O homem avermelhou de um jeito, que pensei que o sangue saltaria pelos seus olhos. Para meu espanto, menos de um minuto depois, o seu rosto era sereno como o de um cordeiro. E um largo sorriso apareceu entre os lábios, denunciando o tamanho do cinismo da criatura.

— A verdade é que os nobres religiosos estarão muito ocupados até o julgamento dentro de poucas semanas. Eu mesmo os demoverei dessa entrevista, insistindo que o perdão é uma prática cristã, embora haja limites de caso a caso. A persistência num grave pecado é que torna a pena rigorosa mais necessária — falou a última parte com duplicidade.

— Se assim insistes! — disse o religioso com certo sarcasmo.

— Eu não te conheço de algum lugar, tens certeza? — Voltou-se para mim novamente, sem nenhuma indicação de que o faria, gesticulando excentricamente. Era de uma indelicadeza inominável aquele homem.

— Nunca o vi, senhor, repito — falei com toda segurança, pois realmente nunca o encontrara antes, embora ele poderia ter me visto em Albi ou Cordes, ou mesmo em Nimes.

— Eu não me engano em tais coisas, madre — e fitou-me com grande desconfiança.

— Existem pessoas bastante parecidas em qualquer lugar — opinou o religioso, demonstrando a obviedade do assunto, sem sequer imaginar aonde o outro queria chegar.

— Sim, sim... — não dando nenhuma atenção à opinião. — De onde disse que eras mesmo, e teu nome?

— Lyon. Meu nome é Marie Christine Émilie Deffand.

— Lyon! — repetiu com interesse, coçando o queixo nervosamente, parecendo arquitetar algo.

— Vamos, madre — disse o reverendo, impaciente com o outro que me encarava desconfiado e pensativo.

Saímos sem nos despedir, deixando-o com as dúvidas e talvez alguma suspeita em relação a mim. Grande alívio eu senti quando já íamos distante.

— Não é à toa o que dizem dele em Albi, chamam-no de Jean Foul, o maluco — concluiu, por fim, o padre num desabafo irritadiço.

— Jean Foul, o senhor disse?

— Sim. Já ouviste falar? — indagou o padre ao me ver um pouco em dúvida.

— Oh, não...

Não tive bons pressentimentos do encontro. À noite, cheguei a sonhar com o tal Jean. Por outro lado, novamente, foram os sonhos com Avieur que dominaram o sono noturno. No outro dia, ainda bem cedo, Medricie me chama assustada.

— Tem um soldado dos inquisidores trazendo uma mensagem para compareceres lá — disse ela, ansiosa.

— Tenha calma! Pode não ser nada.

Nesse momento, entra Hália no recinto com apreensão semelhante.

— Prestem atenção: se não voltar até amanhã, fujam o mais rápido daqui. Não sei o que poderá acontecer. Mas não há de ser nada, minhas queridas!

Com jeito e algum ardil, consegui que o soldado me adiantasse o assunto. Disse que o chefe geral dos inquisidores, um tal Bernard da ordem beneditina, gostaria de rever-me, teria tido algum encontro com Deffant e familiares dela no passado, ou com o bispo de Lyon. Intuí que tudo então dependeria de minha frieza e a da visão superior.

Esperei numa sala por mais de uma hora. Nesse meio tempo, fui me preparando com atitudes mais graves e seguras, próprias de uma religiosa mais austera. A uma certa hora, chega Jean Foul e me cumprimenta com grande deferência, mas tão venenoso como um bicho peçonhento. Estava visivelmente sorridente e agia com confiança no que parecia planejar contra mim. Mostrava-me totalmente alheia ao seu jogo, deixando-o um tanto confuso com a confiança que demonstrava. No entanto, ele não perdia a determinação ferrenha. Característica que começava a detestar nele, mesclada a uma certa admiração. O inquisidor, de cabeça baixa, escrevia o diário dele naquele dia, do lado direito havia um livro que logo reconheci como o *Malleus Maleficarum*. Homem alto, austero, de maneiras refinadas e aristocráticas, possuía um caráter melancólico. Semblante de pensador, acostumado a debates e à vida acadêmica. No entanto, sua rigidez impedia a sabedoria e sua ambição o fazia profundamente infeliz. Olhou-me e abriu um sorriso modesto, mas algo hospitaleiro, à sua maneira. Sem dúvida nenhuma, havia me reconhecido, ou mais acertadamente a Deffant. Minha mestra Bithias estava certa, devia me parecer muito com a tal Marie Deffant. Não tive dúvidas de que o hábito também ajudava.

A atitude gentil do inquisidor provocou uma grande mudança no outro. O rosto enormemente contrafeito, algo hesitante, ainda tentava arrumar as ideias pelo que viu da reação do inquisidor.

— Quando Jean comentou que talvez eu a conhecesse, não tive dúvidas e logo quis vê-la. Fico feliz em saber que moças de sua nobreza abraçam a vida casta, tentando arregimentar outras para o seio da Igreja, mulheres que muitas vezes promoveriam os vícios e a tentação nos homens, sendo como são, fontes de pecado permanente e desvirtuação dos bons costumes. A única mulher digna e sem mácula foi a mãe do Salvador, porém aquelas que deixam a vida mundana e servem com devoção ao Senhor merecem nosso respeito e compreensão, pois não espalham a semente da luxúria ou lançam sua inferioridade, contaminando o mundo. Aqui estamos numa cruzada sagrada para livrar esta terra amaldiçoada das impurezas e da influência do demônio. Várias delas foram contaminadas pelos ardis da *serpens quadricornutus*.

Enquanto ele falava, concentrava-me para ver se descobria qualquer coisa que pudesse confirmar definitivamente quem eu afirmava ser. Vi um grande amigo dele, conhecido de Deffant, que teria morrido um pouco antes dela. Era um risco, mas não podia deixar a serpente do Jean tomar fôlego, pois outro bote poderia ser fatal. Numa próxima oportunidade na conversa, introduziria o assunto.

— Já faz algum tempo que nos encontramos, pastor Bernard, permitas assim chamá-lo — beijei suas mãos com grande deferência.

— Tens minha permissão! — respondeu com cerimônia.

Eu era bem mais jovem e cheia de ideais, mirando-me muito em Clara de Assis — disse buscando a naturalidade.

— De fato! — concordou ele, mas por educação do que por conhecimento do fato.

— Minha família admirava o bispo de Lyon, pessoa devota e inteligente — acrescentei com a percepção que veio pela minha vidência.

— Inteligentíssimo, fazendo justiça ao mesmo, também um grande orador — assentiu com satisfação.

— Sim, era assim reconhecido.

— De tua família, quase todos já ascenderam os umbrais deste mundo e certamente já contemplam a face do Altíssimo — disse ele numa espécie de bênção.

— Que Deus assim permita — falei, tentando parecer comovida.

— Tens tido notícias de tua terra? — perguntou em seguida.

Vi na pergunta uma oportunidade.

— Talvez, pastor, o senhor tenha muito mais a me informar do que uma humilde missionária que se estabelece em lugares ermos, travando poucas relações ou contatos — amaciei cada palavra que saía da minha boca — contudo, um monge em viagem, e isto já faz algum tempo, disse-me que... qual era o nome dele mesmo? Ah, Baptiste morreu no ano passado, pessoa muito ligada ao bispo de Lyon.

— Não só ao bispo, era meu fraterno irmão de ordem também! — declarou com entusiasmo, parecendo se lembrar com carinho do amigo.

— Não pude visitá-lo quando enfermo, sendo uma grande perda para mim, pois era um exímio conhecedor das sagradas escrituras e de toda filosofia mundana.

Ainda fiquei por mais de uma hora com o tal Bernard. Com extremo cuidado dizia qualquer coisa, conduzindo o máximo possível a conversa. Cometi algumas falhas que passaram despercebidas ou se podia atribuir facilmente à falha de memória e ao tempo decorrido. Jean Foul se transformou comigo, demonstrando uma cordialidade mais formal e neutra. Senti que qualquer dúvida que pairasse em sua mente tinha sido, por hora, afastada. Por quanto tempo, não podia saber, pois minha intuição dizia que ele ainda tentaria qualquer coisa com relação a mim.

Concentrei-me em Bernard, que travava comigo uma animada conversa, e fui conquistando sua confiança. Percebi que deveria tirar proveito da situação. Iniciei um ardil que talvez funcionasse, além das minhas expectativas.

— Muitas jovens têm me procurado e tenho sido muito rigorosa para com o noviciado. Prefiro as mais jovens, antes mesmo da idade núbil, pois domamos a natureza viciosa com mais facilidade nos preceitos da fé. Quando isso não é suficiente, tenho encontrado no chicote um importante aliado, instrumento valioso para burilar as impurezas terrenas e os desmandos do corpo e da mente. Queira Deus que eu esteja agindo com sabedoria necessária, pois tenho sido mais severa do que minhas mestras, e mais exigente com a disciplina — declarei em tom austero, segurando o crucifixo com altivez.

— De maneira nenhuma! Faz muito bem, madre Deffant. Não ceda a tais dúvidas — encorajou o religioso com interesse.

Suas feições se iluminaram com alguma ideia.

— Temos uma jovem em cativeiro, provável filha de uma das bruxas capturada, não sabemos ao certo. Não tem família ou parentes. Seria conveniente aceitá-la em sua congregação... Seria uma prova e um exemplo de conversão no futuro.

— Mas ela faz parte de uma armadilha! — atalhou Jean impulsivamente, como se das sombras saísse de repente.

— Não me interrompas outra vez! — bradou. — Sabes que não tolero seus modos deseducados. Não o substituí na presente cruzada por causa de tua obstinação e eficiência. Tens abusado demais, e minha paciência se esgota a cada instante — falou com grande rispidez.

Jean emudeceu e, se não me engano, empalideceu como uma vela virgem. Senti grande satisfação interna, mas nada demonstrei.

— Como ia dizendo, aceitando em sua congregação seria bastante conveniente. Após o julgamento eu mesmo teria de levá-la comigo para um convento. Jean, o chefe da guarda, do braço secular, insiste num plano duvidoso que até agora não surtiu nenhum efeito. Estamos às vésperas do julgamento e muito há por fazer nessas próximas três semanas, pois a punição será imediata dos criminosos sentenciados.

Tudo se conduziu como tinha pretendido. Fiquei tão excitada, que hesitei em alguma resposta. O religioso acreditou que fiquei a refletir sobre a proposta, o que foi bom.

— Sei que a congregação está em seu início, e muito existe por fazer, mas certamente tens, madre, os recursos necessários para tal encaminhamento — pontuou o inquisidor.

Aproveitei e fiz uma manobra arriscada, expressando uma dúvida sobre se deveria aceitar. Tudo para que os próximos passos não levantassem qualquer suspeita de nenhuma das partes.

— Não sei... no momento — falei com grande apreensão, pareceu-me que a minha voz quase não saiu. E o tempo depois, até a fala do inquisidor novamente, demorou uma eternidade.

Mas logo veio a redenção.

— Insisto, madre Deffant — disse ele com determinação.

— Está bem! É claro que nunca poderia lhe negar qualquer coisa, bom pastor — falei com submissão e levantei-me com a permissão dele.

Fiz uma reverência com a fronte reflexiva, ainda imitando os trejeitos de Medricie, muito mais que oportunos para a ocasião. Tentei imprimir nas minhas feições, do jeito que pude, minha intenção de cumprir a tarefa com o maior zelo possível.

— Gostaria apenas de buscá-la imediatamente e iniciá-la o quanto antes, sem perda de tempo. Posso, inclusive, encaminhá-la antes a um convento em Toulouse, enquanto realizo as reformas e as obras, imprescindíveis ao funcionamento da nossa humilde casa — consegui falar com a frieza necessária, sem demonstrar nenhum interesse maior na menina, a não ser, isto sim, de cumprir pronta e orgulhosamente a tarefa imposta.

— Certamente. O caso agora está sob tua tutela, faças como quiseres, madre. Tens a minha autorização e bênção — anunciou o religioso solenemente.

Assim, poderia ir buscá-la imediatamente e ao mesmo tempo já tinha a autorização para deixar Cordes sem levantar suspeitas.

Jean Foul tratou a coisa como uma perda menor, mas seu olhar escondia algo que não consegui penetrar com minha vidência. Nada me comentou durante o percurso, mantendo-se soturno. Cumpriu a determinação do inquisidor, levando-me à tal casa e logo partiu para suas odientas tarefas. Eu estava tão extasiada com o desenrolar dos acontecimentos, que dei pouca atenção em descobrir qualquer coisa dos próximos passos de Foul.

Mantive distância para que Isiandra não me reconhecesse de imediato. Estava bastante triste, sentada num canto. Quando a mulher que tomava conta dela disse que iria para um convento, ficou arredia. Entrei em um dos quartos ao lado da sala, alegando a necessidade de uma entrevista a sós com ela, pedi que a trouxessem.

— Não quero ir para nenhum convento! Soltem-me — exclamou ainda na porta, quando praticamente a empurraram para dentro do quarto.

Fiquei em silêncio por um tempo, e muito ela contestou ainda. Quando senti que não havia perigo anunciei com alegria:

— Vem cá, espírito das fadas, não me reconheces mais?

— Tia Urtra! — exclamou ela com grande surpresa.

— Fale mais baixo, meu amor! Chama-me de Marie aqui.

Nos abraçamos demoradamente. E que abraço gostoso foi!

Fomos acompanhadas até o convento por um soldado que dispensei com grande alívio. Hália e Medricie ficaram boquiabertas com minha chegada acompanhada da menina Isiandra. Claro, não entenderam nada inicialmente. Contei com detalhes tudo o que me havia acontecido na manhã daquele dia. Apresentei a menina às jovens. Medricie, particularmente, ficou admirada com a semelhança das irmãs.

Duas semanas havia transcorrido desde o resgate de Isiandra. Não tinha certeza do que fazer com relação a ela. Algo me dizia para esperar. Mas o quê, eu não sabia. Em mais noites tive sonhos com Avieur. Um deles, particularmente, me fez entender o motivo e o significado escondido sem sua trama: o espírito das fadas deveria ficar com o estimado Avieur. "Mas como?", perguntava-me. Minha vidência não revelou nada que pudesse confirmar tal coisa. Outro fato estranho, ao remexer o baú por aqueles dias, tocando nos brasões que lá estavam, senti uma sensação estranha, semelhante à que tive no ritual de iniciação de Medricie. Dessa vez, muitas visões me vieram de terras antigas, dos antigos. O que significava? No início fiquei confusa, depois percebi a importância daquilo, era algo que envolvia Isiandra.

Em uma manhã, acordei bem cedo e fui para uma espécie de mirante, que ficava no lado sul do futuro convento. Um salgueiro antigo guarnecia o lugar como um vigilante perpétuo sobre o horizonte. O céu clareava com tons suaves e mais luz surgia no firmamento. O vento soprava entre os ramalhetes e agitava o meu hábito escuro. Senti o poder da Grande Mãe e a voz dos espíritos do ar.

"Ó senhora, dos extremos viemos e para os extremos voltaremos, guiando as correntes eternas e puxando os arreios das triunfantes ventanias e das tempestades galopantes. Mensageiros somos em essência para falar entre os mundos. Escuta, o ar de um nobre homem se mistura aos ares desta terra. Vá ao seu encontro, nas terras vermelhas, antes que a ventania o leve para sempre à sua nova morada, lugar no qual sopra a brisa do grande mar."

Avieur estava em Albi e Isiandra devia ficar com ele, era o desejo da Deusa. Não tinha mais dúvida de tal questão, mas como podia ser isso, como explicaria a Avieur. Uma providência imediata precisaria ser tomada. Naquela mesma manhã, parti com Isiandra e Medricie, ficando Hália nos cuidados do convento. Durante o caminho expliquei a Isiandra, como podia, o destino dela.

— Você entende, minha querida?

— Eu sei que é necessário, tia Urtra, uma vez eu vi. Mas eu fico muito triste. Nunca mais verei nenhuma de vocês, não é mesmo?

— É verdade — confirmei. — Imagino como deve ser muito doloroso para você, mas para mim também o é — toquei na sua testa, afastando os cabelos dourados. — Eu mesma tive dúvidas se veria você novamente, e como isso me angustiou. Fiquei muito feliz por esses dias que passou conosco sã e salva, foi como uma dádiva — olhei-a com carinho, alisando seu cabelo. — Lembro-me que sua irmã me disse que nunca nos esqueceria.

— Eu também, nunca esquecerei — falou emocionada.

— Traga-me o pequeno baú, Medricie. Chegou um momento importante, minha querida Isiandra. Coloque as mãos sobre o baú e diga-me o que deverá ser seu.

— Quatro peças que não foram forjadas neste mundo — falou com desenvoltura e uma prontidão espantosa.

— Tem certeza? — falei impressionada com sua descoberta.

— Tenho sim.

— Eu mesma não sabia desse último detalhe, Isiandra.

Abri e mostrei o que eram: brasões envelhecidos com inscrições estranhas e quase apagadas, porém sem um ponto de ferrugem.

— São muito antigos, tia Urtra — afirmou ao tocá-los.

— Acredito! — acondicionei com cuidado e os entreguei definitivamente a ela. — Serão seus e deverá passar a quatro filhos ou filhas que cruzarem o grande oceano, e estes na geração seguinte aos próprios filhos até os netos. Pois chegará o tempo em que novas terras serão descobertas e uma grande nação se formará nesse novo continente. Preserve-os com cuidado: o primeiro deverá ser enterrado próximo a uma baía, que terá o nome de todos os santos; o segundo, jogado em um imenso rio que terá o nome lendário das amazonas; o terceiro, incinerado na parte central das terras dessa nação e finalmente o último reduzido a pó e lançado no céu do extremo sul, pois, nessa nação, frutificará a Atlântida que os céus do tempo transformaram.

Fi-la a repetir tudo o que havia falado. Por fim, tentei me lembrar de algo que pudesse ter esquecido.

— Siga sua visão superior, ela não lhe faltará — recomendei.

— É a vontade "deles", não é mesmo, tia Urtra? — comentou com perspicácia.

— Você sabe disso também, Isiandra?

— Sempre soube, assim como Yalana.

— Suspeito que sim, minha querida, aliás, tenho certeza que sim. Mas hoje, nada mais importa, se é a Deusa ou "eles", que chamo de celestes. O que tenho absoluta certeza é que será o melhor para você — dei um grande abraço nela.

Convidei Medricie a se juntar a nós e ficamos as três abraçadas, tentando afastar as dúvidas, as tristezas e o medo.

Depois de uma exaustiva procura em Albi por informações de Avieur, conseguimos descobrir o paradeiro do recém-chegado àquela cidade. Na verdade, Medricie foi quem descobriu por intermédio de uma pessoa que reconhecera de La Cloche. Por indicação, chegamos a uma vistosa casa de andar e terraço, onde um criado molhava as plantas e outro abria as janelas da parte inferior.

— Uma religiosa quer falar-lhe — ouvimos a voz do criado dentro da casa, enquanto sentávamos nos bancos do jardim.

— Deve ser um engano, acabei de chegar e estou de passagem — ouvimos a voz de Avieur, tão familiarmente educada.

— Quer que as dispense, senhor?

— Não, seria uma indelicadeza da minha parte.

Quando apontou na grande porta, ficou maravilhado em nos ver. Estava mais belo do que nunca. Os cabelos estavam maiores e as feições coradas pelo sol, conferindo-lhe mais vida. Depois dos cumprimentos e de contarmos parte de nossas aventuras recentes, saímos eu e ele a andar pelos jardins daquela residência.

— Como me descobriu aqui, Marie? — indagou-me com certa curiosidade.

— Uma coincidência feliz. Medricie reconheceu alguém de La Cloche que nos informou do seu paradeiro — expliquei inicialmente isto, sem saber como introduzir a verdade.

— Que bom que aconteceu, pode ser um bom sinal. Eu falei que nos veríamos de novo, lembra-se?

— Agora sim, lembro-me! — respondi, animada.

— Estou indo para Portugal — tornou ele. — Meu pai morreu, logo depois de todos aqueles incidentes terríveis.

— Seu irmão, Deró? — questionei.

— Ficou com outros dois irmãos e mais duas irmãs. Apenas eu, minha irmã mais velha e dois primos mais próximos seguimos nessa jornada. Acompanhamos um grupo até aqui e em Toulouse nos juntaremos a outro, que partirá em direção às praias lusitanas — parou, acompanhou com as vistas um pássaro em voo rasante, curvou a cabeça com certa tristeza e disse: — Nada mais me prendia ali, nada.

— Sim! Claro.

— Se quiser vir, ainda é tempo. Talvez esse seja o bom sinal.

— Não posso fazer tal opção — falei com firmeza, tocando o hábito em sinal do compromisso sacerdotal.

— Compreendo, embora me aborreça um pouco.

Paramos numa espécie de altar natural no qual plantas ornamentais cresciam viçosas e pinheiros majestosos circundavam uma enorme pedra semicircular. Estava me sentindo pouco à vontade, pressionada internamente pelo que realmente deveria tratar com Avieur. Às vezes, sem perceber, olhava na direção de Isiandra demonstrando uma certa ansiedade.

— Está querendo me dizer alguma coisa, ou está preocupada com algo? — observou ele com descontração, enquanto levantava as sobrancelhas de modo engraçado. Fazia aquilo, sabia, para me deixar mais à vontade.

— Você é muito especial, mesmo — toquei-lhe o rosto com carinho — obrigada!

— E então?

— Bem, bem... — quase gaguejei. — Gostaria que ficasse com ela e lhe desse um lar — apontando para Isiandra.

— Deixe-me ver! — fingiu refletir, com todos os trejeitos de alguém que faz uma avaliação meticulosa. — É uma troca justa, perco a mulher com quem gostaria de me casar e ganho sua filha para criar — e sorriu-me com divertimento.

Olhei para ele desconsolada e visivelmente envergonhada, sem saber o que dizer.

— Estou vendo nos seus olhos que fala sério — tornou em tom mais sóbrio, depois de me olhar detidamente.

— Muito sério — respondi, encarando-o.

— Por que eu?

— Acredita no destino das pessoas.

— Hoje em dia, não estou tão certo disso.

— Não posso lhe dar outra explicação — suspirei profundamente, enquanto movia a cabeça de um lado para o outro.

— Talvez eu também não queira nenhuma explicação. Estranhamente o pedido não me surpreende, mas me intriga — começamos a andar novamente. — Ela parece ser uma adorável menina.

— Sim, pode ter certeza. E muito especial, poderá comprovar isso facilmente.

— É uma viagem longa e perigosa — observou, já cogitando a possibilidade de levá-la consigo.

— Tudo é muito perigoso, Avieur — argumentei.

— Sei de uma coisa, minha irmã Roselyne adoraria a companhia, pois o grupo, a partir de Toulouse, é composto só por homens.

— Agradeço muito sua disposição, meu caro! — exclamei.

— Acredito que tenha motivos profundos, Marie. Estou partindo para uma nova vida e é o que posso oferecer a ela.

— É tudo o que desejo para ambos.

Paramos em frente a um chafariz. Ele tocou a água e molhou a testa. Olhei novamente para ele com profundidade. Encarou-me de volta com um belo olhar.

— Necessito revelar outras coisas — suspirei.

— Espero que meus ouvidos sejam suficientes — brincou, enquanto me indicava o caminho a seguir no jardim.

— Avieur, ela tem a grande visão que atravessa os limiares do tempo e os labores humanos.

Fez uma expressão ininteligível, diminuindo os passos.

— Uma vidente?

— Uma vidente nata e poderosa!

— Como você? — indagou, suas sobrancelhas se levantaram em uma expressão contundente.

— É, embora mais poderosa ainda — balancei a cabeça, sem querer esconder mais qualquer coisa dele.

— Marie, minha família carrega uma herança semelhante — acrescentou pensativo.

— Eu sei.

— O que sabe? — indagou de imediato.

— O próprio Deró tem um pouco desse dom, embora pouco burilado. Você também, entretanto, seu coração tem estado árido e sua mente inquieta e febril, o que atrapalha a visão superior.

— Não culpe meu coração, pois quem poderia refrescá-lo, desprezou-o — anunciou, sugerindo a grande desfeita amorosa da minha parte, depois acrescentou mais solene: — É verdade, Marie, tenho sentido essa aridez.

— Isso vai passar — comentei.

— Alguma previsão, por acaso?

— Não — ri.

Ele riu também.

— Quanto ao que revelou dos dons da menina, tomarei todos os cuidados.

— Mais do que isso, Avieur, ela poderá ajudá-lo em muitas situações. Dê ouvidos ao que vier de sua sabedoria interior. Confie nisso que ora lhe digo e terá sucesso para além de suas expectativas mais otimistas.

— Certamente, certamente — assentiu com seriedade.

O ar estava fresco e a luz coalhava entre as folhas verdes e bem dispostas nos galhos das árvores. Andávamos lentamente, procurando sempre as sombras mais generosas. Tirei de um saco o resto das moedas de ouro e o apresentei. Ele relutou em aceitar, mas finalmente cedeu diante da minha insistência.

— Está bem! — concordou, embora contrariado.

— Essa é uma herança dela, e não preciso para onde vou.

— Está bem, Marie — respondeu mais conformado.

— Uma última coisa que preciso revelar, mas não me pergunte mais nada a respeito e nunca revele, promete?

— Prometo sim.

— Meu verdadeiro nome é Urtra — declarei, tendo o sol por testemunha.

— Urtra! Nome singular. De onde se origina?

— A promessa, lembra-se?

— Oh! Perdão — e riu.

— Não se preocupe.

No mesmo dia, fomos apresentadas à sua irmã. Alta, de compleição firme, possuía um espírito de aventura, sendo falante e bem disposta. Os cabelos, cortados como os de um homem, velavam parte de sua beleza. Disse-nos que só deixaria crescer quando chegasse ao destino final, Lisboa. Animou-se só com a ideia da ida da menina com eles, porém, quando conversou com Isiandra, se apaixonou pela criança.

Isiandra estava muito triste e mesmo Medricie questionou se deveríamos deixá-la partir, por que não ficar no convento. Expliquei novamente para ela os desígnios. Entendia seu sentimento e uma parte de mim sentia algo parecido.

No dia seguinte, antes de voltarmos para Cordes, Avieur nos falou:

— Não se preocupe, faremos o possível por ela.

— Tenho certeza, meu caro!

Estava excepcionalmente claro e a luz incendiava com vibrantes tons todas as cores do dia. Dei um abraço apertado na menina, que retribuiu com visível comoção. As lágrimas rolaram pelo meu rosto e as delas caíram como uma doce chuva de primavera. Medricie, não muito diferente, parecia que se desmancharia de tanto chorar. Avieur e Roselyne ficaram tocados com a cena. Dela, vi derramar algumas lágrimas também. Ele, do seu jeito, nos animou, tendo a tristeza chegado-lhe às faces, embora escrava da elegância, elegância esta reservada a poucos. Nos afastamos e seguimos em silêncio por um bom tempo, Roselyne ainda correu com a menina até certo ponto e nos acenou, seguida por Avieur, que levantou a mão ao modo dos antigos romanos.

O dia claro não afastou as amarguras do coração nem embalou nossos sentimentos com mais esperanças do que sabíamos possíveis, porém meu caminhar era mais firme e podia me considerar, agora, uma pessoa mais decidida do que no início da minha jornada. Depois de muitas despedidas, compreendia minha direção na vida e para o que estava destinada. Não tive, como feiticeira, a escolha de ser fraca, nem de me lançar a amores queridos, ou a sonhos calmos das horas simples. Sonhei como qualquer pessoa, sem saber que tudo me era proibido. A magia me espreitava, pois sentia a força operar em minhas veias e tocar minha alma com indiscrição e intimidade, e nem um amante ou amor me penetraria mais na alma e na carne. Mas as sombras ainda eram terríveis nas profundezas do meu espírito, primitivas forças assombravam minha vontade e afastavam as esperanças do futuro. De toda sorte, uma coisa tinha certeza: estava completa minha maestria.

Retornamos para Cordes a poucos dias do julgamento. Subíamos a ladeira de uma das ruas quando vimos o padre parado em frente de uma casa. Ao nos ver, sinalizou com grande agitação, demonstrando urgência no que queria nos comunicar.

— Madre, fui à tua procura no convento e soube que viajaras até Toulouse — disse, fazendo um jeito estranho ao endireitar a batina, ao mesmo tempo, encarando-nos como se desse por falta de algo ou alguém.

— Fui resolver uma questão importante, mas estou de volta — respondi, mantendo a calma.

— Sim, estou vendo que estás de volta — prosseguiu, ainda agitado.

— O que foi, padre Christophe, o que te preocupas, santo homem?

Puxou nós duas pelos braços, indicando para entrarmos em um beco e subirmos uma escada até um pequeno depósito abandonado. Quando se sentiu seguro, nos confidenciou:

— Ainda restava-me uma esperança! — declarou desanimado, como se falasse muito mais para si mesmo.

— Do que estás falando, afinal, padre? — questionei, ansiosa.

— Tua outra noviça, desapareceu — revelou-nos visivelmente contrariado e impaciente. — A segunda vez que meus sacristãos foram procurá-la não a encontraram mais. Tudo estava sinistramente desarrumado, como pude eu mesmo comprovar um dia depois.

— Será que foi presa? — indaguei apreensiva.

— Não nas masmorras da praça, eu procurei por lá. E ninguém a viu no centro ou em qualquer outro lugar.

— O que poderá ter acontecido? — indaguei desconsolada.

— Ainda acreditei que ela pudesse ter-lhe seguido, era minha esperança.

— E o tal Jean, será que sabe de alguma coisa?

— Isso eu não sei, mas que anda lá muito misterioso, isso anda — coçou o alto da cabeça, olhou em volta e mirou em um ponto distante, para os lados da Igreja. — Muito tem acontecido nesses dias, a cidade encheu de todo tipo de gente, até mesmo o bispo vem para o julgamento, pois a fama chegou aos portões de Paris — colocou a mão na testa num gesto abrupto. — Isso me lembra que necessito preparar sua chegada — virou-se para mim e com gravidade disse: — quanto à noviça, temo pelo pior.

— Sei o que queres dizer — assenti mortalmente preocupada.

— E nada mais posso fazer, pois tudo está nas mãos de Foul nessas últimas horas que precedem ao julgamento, sinto muito — tocou no meu ombro. — O próprio Bernard assim determinou, principalmente quanto soube da repercussão dessa caça às bruxas em toda a França. O chefe da guarda agora está mais sanguinário e poderoso do que nunca. — Novamente, mirou para os lados da sua igreja e para o céu, refletindo em uma espécie de desabafo: — ninguém está seguro em Cordes e, mesmo assim, não para de chegar pessoas, como entender isso? Santo Deus!

De volta ao convento, pudemos constatar o que o padre dissera. Sem ânimo, começamos devagarzinho a arrumar as coisas. Depois de certo tempo, recostei em uma cadeira e fiquei pensando em uma saída. Estava decidida a salvar Hália de qualquer jeito, mesmo que para isso tivesse que dar a minha vida em troca.

— O que faremos, senhora? — perguntou Medricie muito preocupada, ao se aproximar, varrendo um local próximo de onde me encontrava.

— Eu não sei, definitivamente. Só sei que o tal Foul está por trás disso. E ele me quer, e se for preciso me entregar para salvá-la o farei.

— Senhora, não faça isso! — gritou Medricie, correndo para mim.

— Na Irmandade tínhamos um ditado, minha querida: "Se não conseguíssemos viver como bruxas, morreríamos como tais". Além disso, parte da tarefa já foi cumprida. Isiandra e Yalana estão salvas.

— Senhora, eu lhe imploro a não tomar tal curso — apelou, com a cabeça nos meus joelhos, abraçando minhas pernas.

— Estamos sozinhas agora, e tudo pode acontecer, independentemente da minha vontade — falei friamente. — Deveremos esperar o próximo passo do inimigo que, aliás, não demorará muito. Nos resta dormir e descansar, pois amanhã será um dia decisivo — falei em meio às sombras da tarde que avançavam para o interior do convento, deixando o ambiente mais carregado. Medricie compreendeu que predizia algo, ficando pensativa por uns instantes até voltar a dizer qualquer coisa.

— Há esperanças, então?

— Sim, há alguma esperança!

No outro dia, no meio da tarde, um bilhete foi entregue, revelando o lugar em que provavelmente estaria Hália. O portador era um jovem que nada soube dizer de concreto. Medricie insistiu em que me acompanharia.

— Eu irei também, não estou mais com medo — falou com determinação.

— Nunca a vi tão resoluta e insincera, filha — retruquei.

Enrubesceu as faces e me olhou desconsolada.

— Ouça, não adianta vir comigo, é mais arriscado e, acima de tudo, desnecessário. Guarde sua determinação para depois, quando for necessária. E vou lhe ser sincera, terá poucas chances também, pois virão atrás de você assim que me liquidarem. — Fui até um armário no qual guardei algumas qualidades de ervas, dois tipos em especial entreguei a ela, outras para emplastos coloquei dentro do meu hábito junto às adagas.

— Medricie, caso tudo dê errado, ingira essas folhas, causa morte suave e, em pouco tempo, evita um sofrimento maior, liberando seu espírito — anunciei solenemente e sem meias-palavras.

Ela as acondicionou em um lenço e guardou no hábito, sem mais perguntas ou reservas.

— Não tente escapar, eles nos vigiam, eu sinto isto.

— Também sinto, mestra Urtra.

Nos abraçamos e saí rapidamente pelo caminho. Quando cheguei ao local indicado pelo bilhete, uma velha construção de difícil acesso, que talvez funcionasse como uma grande forja no passado, dois guardas logo me recepcionaram sorridentes e sem o menor pudor tatearam meus seios.

— Oh! Essa daí deve nos servir melhor do que a outra — comentaram rindo.

— Onde está o chefe da guarda? Não podem fazer isso com uma religiosa — gritei em meio a um empurrão.

— Você é bruxa, miserável, podemos fazer o que quiser com você — respondeu um dos homens que não possuía nenhum escrúpulo.

De repente, mais cinco saem de uma tenda instalada atrás da velha construção.

— Quem vai ser o primeiro com a freira? — grita um deles na maior algazarra.

— Serei eu — gritou um que se adiantara ao grupo.

— Não! — reclamou os dois que me seguravam.

— Vamos tirar no jogo — disse o outro — como fizemos com a garota.

— Por favor, soldados, preciso falar com seu chefe.

— Chegará logo, sua prostituta dos infernos, para meter nos ferros e queimá-la na fogueira. Ele descobriu tudo a seu respeito — respondeu, dando-me um tapa na cara.

Levaram-me para dentro da construção e lá encontrei Hália bastante ferida. De sua boca, muito machucada, ainda corria algum sangue; teve um dos dentes arrancados com violência, talvez em razão de um soco certeiro. E ainda um dos olhos estava avermelhado e inchado. As vestes rasgadas e em várias partes ensanguentada, revelando que fora brutalmente violentada.

— Oh, minha querida, Hália!

— Senhora, não devia ter vindo, é uma armadilha — falava balbuciando, pois tudo parecia doer.

— Nem pense nisso! Deve ter sido horrível. Mas saiba que eles pagarão por tudo antes do amanhecer — olhei em volta, pesquisando o lugar, já pensando em algum plano.

— Foi terrível sim. Nada revelei, mas sabem de quase tudo. O tal Jean é muito sagaz — declarou com a voz embargada, mas tentando permanecer altiva.

— Não importa. Como está seu corpo?

— O ventre me dói, as pernas e a boca principalmente.

Fiz um exame em todo seu corpo, felizmente constatei que nenhum osso fora quebrado. Com um pouco de água e as ervas que havia trazido, fiz os curativos possíveis ali, aliviando as dores e os machucados. A todo o tempo, ouvíamos do lado de fora os soldados na maior disputa com dados e bebendo muito. Num dado instante, entre dois deles, ouve uma briga mais ou menos séria. Depois de muitos gritos e impropérios de parte a parte se acalmaram, retornando à disputa nos dados.

— Não sei se sairemos vivas daqui, Hália, mas não pretendo ir sozinha, não — tirei uma das minhas adagas e entreguei a Hália. — Consegue usar.

— Acho que sim.

— Quantos são ao todo?

— Acredito que uns doze com o tal Jean Foul.

— Felizmente não me revistaram, tenho um plano — falei quase murmurando, olhando para as adagas.

Depois de umas duas horas, já no começo da noite, quando terminaram o jogo, veio um dos soldados, liberado de suas calças me buscar.

— Calma, eu irei — bradei quando me puxou com violência.

Entramos em uma outra parte da velha construção, na qual havia uma cama de feno, improvisada com um tecido vermelho por cima. Bem significativo, acreditei naquele momento. Agarrou-me com prontidão e com toda indelicadeza, tentando tirar o hábito do meu corpo. Consegui mantê-lo um pouco longe de mim e virei-me de costas para ele, fingindo arrancar a roupa fora.

Peguei a adaga e de um só golpe enterrei a lâmina na altura de seu coração, no momento exato em que puxava a camisa acima da cabeça. O desgraçado ainda produziu um som seco e surdo, caindo no chão sem vida. Esperei o tempo suficiente e saí com seios à amostra como se meio aturdida pelo ato violento, sugerindo que o primeiro já havia terminado comigo. Nem deram por falta do outro, tamanha a excitação provocada por minha aparição. Além da bebedeira excessiva que os deixava mais desatentos. Debaixo de muitas aclamações e indizíveis termos, o outro entra com toda a satisfação para o que não imaginava, sua morte. Deixo-o seguir na frente e quando abaixa na cama desfiro três rápidos golpes nas suas costas. Tremeu como porco morrendo, e o sangue jorrou em grande quantidade, pois era relativamente encorpado. Decidi não esperar e gritei com todo pulmão: "Venha mais um, por que este daqui é frouxo e está bêbado como um porco". Várias gargalhadas cortaram o ar noturno, parecendo que todos os demônios saíram para passear naquela noite.

O terceiro entrou, era o mais forte de todos. Olhou em volta e sentiu algo estranho no ar, mas avançou determinado, quando seus pés tocaram em algo molhado e quente, parou. Seus olhos arregalaram ao distinguir uma poça de sangue. Levantei-me de imediato e saquei a adaga. Contudo, segurou a minha mão com firmeza, gritando para os outros camaradas. Hália, nesse momento, sai da proteção de uma sombra, e com destreza enfia a adaga na nuca do homem, que sai pela garganta, e quase me atinge também. Então aproveito e o golpeio no coração. O corpo ainda cai por cima de mim.

— Já foram três — olhei para os corpos — infelizmente, creio que fomos descobertas.

Dois correram de imediato para dentro, sem compreenderem o que exatamente tinha acontecido. Conseguimos ferir um deles com certa gravidade, mas o outro saiu correndo.

Uma agitação se fazia crescente do lado de fora, e a chegada de cavalos agita ainda mais os homens.

— Então mostrou suas garras, demônio odiento — gritou Jean com voz furiosa, que acabara de chegar no local.

Alguns minutos que pareceram eternos passaram-se em um relativo silêncio. Com cuidado me dirigi até a saída e vi que muita lenha estava sendo empilhada para fazer uma fogueira. E com tochas improvisadas marcharam ao nosso encontro. Não fosse por outro acontecimento que se deu na mesma hora, todos já teriam avançado para dentro da construção. Ouvimos gritos e espadas brandindo. Aproveitei a confusão instalada, e com precisão acertei mais um quando arremessei a adaga. Tomei a outra de Hália e me esgueirei para fora.

— Fique aqui, não sei o que está acontecendo. Pode ser nossa salvação.

Corri para um dos lados da construção atrás de uma pilastra. Um homem encapuzado, que não consegui distinguir, lutava sozinho contra três, inclusive com o próprio Jean. Um dos lacaios de Jean me avistou e veio como uma fera para cima de mim, antes arranquei a adaga do corpo do outro. Sem menosprezar o inimigo, corri a seu encontro também com uma espada. O que surpreendeu e o deixou temeroso. Arremessei as duas adagas, tendo as duas acertado nos flancos.

O homem misterioso já tinha dado cabo de dois e lutava apenas com Jean, que não conseguia rebater o adversário, muito superior.

De um canto vejo, para minha surpresa, Medricie sair por de trás de uma árvore com as mãos sujas de sangue, segurando o punhal que havia ganhado no ritual de sua iniciação. Dirigi-me até ela.

— Que alegria vê-la! E abracei-a com todo carinho de mãe.

— Senhora, apenas nesta noite matei dois homens — falou com voz trêmula e desnorteada.

— Filha, não teve escolha, lembre-se do teu cerimonial — olhei para o lado, com a esperança de distinguir quem era o homem de preto, mas nada vi. — Quem é nosso salvador, Medricie?

— Capitão Lockehan! — declarou.

— Só podia ser! — soltei um grito.

Toda a luta cessa de repente. Olhamos com expectativa para os lados em que estavam Jean e Lockehan duelando. Um homem vai surgindo entre os matos que, para nosso desespero, é Jean Foul. Vejo nele asas negras e grandes chifres, como um dragão mítico. Também era um anjo caído, "que ironia", pensava eu.

Ele caminha ainda um bom trecho, segurando nos galhos, cambaleia e finalmente cai como um carvalho ressequido. Surge depois Lockehan, ajeitando as vestes e os cabelos. Fora isso, nada em suas expressões indicaria que acabara de sair de uma luta de vida e morte. Andou bem devagar, olhando tudo em volta e tocou em alguns corpos para ver se realmente estavam mortos, só depois se aproximou. Nos cumprimentou com satisfação e disse com descontração:

— Quase não a reconheci com esses cabelos curtos, Marie, embora em nada feriu sua beleza. E fiquei impressionado, de onde estava, pude notar que tens grande habilidade com os punhais. São armas muito interessantes, Marie. Não me enganei quando disse que você seria um bom soldado. Certa vez...

— Lockehan, Lockehan! — interrompi, sorrindo e tocando-lhe o rosto com gentileza. — Eu sei que gosta de armas e tudo o mais que diz respeito a contendas e combates, mas não é o momento para discutirmos isso. Estou muito feliz em vê-lo e mais interessada em saber como veio parar aqui. Que tamanha graça foi essa, meu caro capitão?

— Perdoe-me o entusiasmo, Marie. Estou aqui pela graça da Baronesa Isabelle que premeditou o perigo e enviou-me a tempo — ergueu as sobrancelhas de modo significativo. — E claro — pontuou — também pelas dicas e a corajosa colaboração dessa jovem — e apontou para Medricie.

— Entendo! Envie minhas saudações, meu querido Lockehan, quando voltar.

— Farei com o maior prazer — e fez uma reverência.

— Muito trabalho e perigo por uma noite, não é mesmo, Medricie? Cheguei a não ter mais esperanças — fitei-a, percebendo que parecia atônita, mas visivelmente aliviada.

— Nos atrasamos, na verdade, pois tivemos de nos livrar de dois homens que vigiavam o convento, não podíamos deixá-los desconfiar ou alertar os outros. Depois seguimos cuidadosamente até aqui, ouvimos o trote de cavalos e nos escondemos até que eles chegassem — explicou ele.

— Não sei como consegui, ó não sei! — comentou Medricie ainda assustada.

— O que importa é que conseguiu.

As horas avançaram. Hália juntou-se a nós e passamos a estudar as possibilidades de voltarmos ao convento e não sermos descobertas ou ligadas ao desaparecimento repentino de Jean Foul.

— Esses eram os homens de confiança dele. Não creio que alguém saiba de mais alguma coisa a respeito do que acontecia aqui, por isso trouxe os dois que liquidamos próximos ao convento, já pensando nisso. E posso garantir que não deixamos nenhum rastro, verifiquei toda a área próxima ao convento e não encontrei mais qualquer homem desse Foul — declarou ele, observando os moribundos.

— Bom, és um guerreiro nato, meu caro capitão!

— Obrigado! Gosto do meu trabalho, Marie — riu com satisfação. — Posso me livrar dos corpos, enterrando em um vale que fica a duas horas daqui, lá tem uma caverna com um fosso de grande profundidade, poucos conhecem. A carroça que vi aqui pode transportar a todos de uma única vez. E com a ajuda de vocês, limpar todas as pistas. Quando o sol raiar já estarei bem longe desse lugar.

— Será que conseguiremos apagar todas as pistas? — indaguei.

— Há muito sangue espalhado, nunca ficará perfeito. Mas aqui é um lugar ermo em que poucas pessoas transitam e com duas chuvas tudo estará resolvido — comentou ele, ao mesmo tempo em que olhava para o céu. — No mais tardar, na próxima noite vai chover.

— Será? — refleti, buscando também os sinais no céu.

— Não erro nessas coisas — sorriu.

— Você é uma pessoa cheia de surpresas, capitão.

— Uma boa vitória em uma batalha, muitas vezes, depende disso.

— Certamente.

Sozinha, andei um pouco pelo terreno a fim de tomar a melhor decisão a partir dali. Poderíamos fugir se quiséssemos, mas algo me dizia que não seria o melhor caminho. Por outro lado, não me sentia no direito de colocar em risco as novatas, estando disposta a quebrar as regras da Irmandade.

— Muito bem, correrei o risco de permanecer em Cordes — disse ao me aproximar. — E vocês o que me dizem? — olhei para as jovens, que permaneciam caladas em um canto.

— Senhora, estou aos seus serviços — disse Medricie sem pestanejar.

— Morreria duas vezes se fosse preciso, mestra — considerou Hália.

— Tem "soldados" devotados, Marie — observou Lockehan com intensidade.

— Não tenha dúvida disso, capitão — falei com orgulho.

X

O JULGAMENTO

Dois dias se passaram. Uma chuva caiu no segundo dia, como havia previsto o capitão Lockehan. Durante esse tempo, nos dedicamos aos afazeres do convento. Hália estava bem melhor. Contou tudo o que lhe acontecera e ficamos a par de alguns detalhes secundários. Achamos por bem mantê-la escondida até passar o julgamento e também para se recuperar completamente.

Cordes estava em polvorosa pelos preparos do julgamento e da execução. Várias achas e fragmentos de tronco eram carregados até o local escolhido. Pelo menos trinta postes já tinham sido instalados para queimar os condenados. A notícia de que Jean Foul saíra com mais onze dos seus homens e não retornara era comentada nas conversas por toda cidadela. O líder dos inquisidores acreditou que fosse algum desatino dele. Talvez teria se metido em uma pesquisa de última hora, sem avisar ninguém; aliás, próprio do seu caráter rebelde e insolente, saindo às escondidas para fazer diligências.

Alguém propôs o adiamento do julgamento para investigar a misteriosa ausência do chefe da guarda, sendo veementemente refutado por Bernard, que abominou até a sombra de tal ideia. Ninguém parecia saber de nada e muito menos querer garantir qualquer coisa a respeito de Jean Foul. Um dos seus homens afirmou que não saíra de Cordes, pois alguém o teria visto circulando pela parte remota da cidadela. Mas a história não foi confirmada, uma vez que costumava sair em sigilo. A única verdade era que, à exceção dos seus comandados, todos sentiam um grande alívio em vê-lo ausente, se não para sempre, ao menos por um bom tempo.

A comitiva do bispo chegou com grande pompa, integrada por representantes vindos de Paris para informar à corte dos acontecimentos. Outros interessados também vieram, como o irmão de Jean Foul, o padre Labrunne. Este sim, muito se mostrou preocupado com a repentina ausência do irmão, confidenciou-me o padre Christophe.

— Soubeste de alguma notícia de tua noviça? — questionou-me de imediato.

— Sim!

— Qual? Por que não me contaste logo? — reclamou com certa impaciência.

— Não lhe aconteceu o que temíamos, fiques certo — argumentei com cuidado.

— Disso não eu tenho dúvida, até pela tua tranquilidade e pelo que sei das últimas notícias, posso concluir. Mas ainda estou intrigado com o que aconteceu a ela.

— Teve medo de ficar só. Acreditou que alguém a espionasse, depois viesse a penetrar o convento à noite. Ficou interna em um sótão recém-descoberto, como se à espera do apocalipse.

— Que estranho! — tornou ele, parecendo não dar muito crédito à história. — E aquela desordem que eu mesmo vi?

— A loucura.

— A loucura? — repetiu ele, mais confuso ainda e me encarando com insatisfação e descrença.

— Sim, de todas as pessoas que aqui estão chegando como um enxame de abelhas. Quando não encontram ou não têm lugar para ficar, invadem qualquer construção abandonada, ou que parece abandonada. A jovem teve de expulsá-los a vassouradas.

— De fato, tem acontecido isso, eu tenho ouvido reclamações. Mas por que a jovem não me procurou, poderia ter ajudado e não revirariam tanto o lugar.

— Pensas que não lhe questionei exatamente isso?

— Questionou, então. E o que ela respondeu? — indagou ansioso.

— Bem, houve um desleixo da parte dela na leviana invasão, saiu sem minha permissão para acompanhar os últimos acontecimentos; ao retornar, encontrou o local tomado por estranhos. Sentia-se tão culpada pela situação toda, que a única coisa que pensava era expulsar de vez os invasores. E até hoje não sabe como conseguiu essa façanha, portando apenas uma única vassoura. E foi aí que ela se escondeu até minha chegada. Por isso, deixei-a reclusa com algumas penitências, para melhor refletir seus atos de agora em diante. Só não fui mais rígida, porque talvez, a última experiência nas masmorras a tenha deixado destemperada, afinal de contas — declarei com austeridade e fingindo um certo desgosto com a atitude dela.

— Fizeste bem, madre, não devemos desconsiderar nossas funções de orientar e punir essas jovens, quando se fizer necessário.

— Na tua opinião, padre, o que achas que aconteceu com Jean Foul? — mudei de assunto, com toda a sutileza que possuía.

— Não tenho ideia, madre. Soa-me muito estranho, isso sem dúvidas! Na verdade, chego a temer esse desaparecimento repentino. Deve estar preparando algo desagradável e desumano, só posso imaginar o pior, pois sumir no dia do julgamento com homens de sua inteira confiança não faz sentido para mim. Pode aparecer de uma hora para outra com vários prisioneiros e uma história bizarra.

Pensei: "Agora só se for do inferno". Tive a certeza de que nenhuma suspeita maior corria pelas ruas estreitas e acidentadas de Cordes.

— De qualquer jeito, hoje é o julgamento e a execução das confessas. Só depois disso teremos alguma resposta confiável, pois ninguém vai dar atenção a isso agora.

Confirmei minha presença ao lado do religioso na arena do julgamento.

A noite surgiu embaçada e levemente triste. Fizemos um ritual naquela noite pelas nossas. Meu coração pesou como chumbo e um sentimento de impotência parecia fragmentar minha alma. No fundo, sabia que nada mais poderia ser feito para salvar a vida das minhas irmãs, precisava estar resignada com minhas limitações. Só me restava tomar uma decisão: ir e assistir ao macabro espetáculo ou desistir de vez. Minha coragem era insuficiente para as duas coisas, então resolvi ir.

O padre já me aguardava, ansioso.

— Desculpa-me, padre Christophe, mas tive contratempos imperativos.

— Está bem, vamos — apanhou um sobretudo e saímos com mais alguns outros religiosos que aguardavam do lado de fora.

Uma grande multidão cercava a arena do julgamento. Tochas flamejavam por todos os cantos, iluminando principalmente o palco central no qual se daria a leitura da sentença do alto de fé. Desespero, vergonha, medo e tristeza dos parentes contrastavam enormemente com a excitação e a vibração de curiosos que só desejavam o espetáculo do sofrimento alheio.

Subimos por uma rampa na qual ficariam todos os dignitários da cidade e das redondezas. Sentamos em uma espécie de banco improvisado. Acima de nós, numa espécie de tribuna, estava a comitiva do bispo. No centro, no ponto mais alto, via-se uma majestosa cadeira, ocupada por Bernard, que presidia o Santo Ofício. O bispo ocupava uma cadeira semelhante, logo abaixo dessa primeira.

Um dos inquisidores, no tablado montado, por onde passaria todas as condenadas, lia as acusações. E todas as leituras eram seguidas pelas palavras do Êxodo, como uma ladainha: (Êx. 22:18) "A feiticeira não deixarás viver".

Ao todo eram vinte e cinco mulheres a serem executadas, os homens presos ou haviam morrido ou foram soltos. Muitas mulheres recebiam suas penas capitais, constrangidas e humilhadas pela força do braço secular. Vi o desespero de muitas e a falta de esperança como o único fio da vida. Entre minhas irmãs, Urânia parecia amargurada e muito sofria com a morte iminente. Ylla, da mesma idade, enfrentava mais serena seu destino. As outras seguiam impávidas como emblemas de uma vida dedicada à magia. Nada justificaram ou rebateram de seus algozes e de suas acusações. Fiquei horrorizada ao perceber que os olhos de Lintra haviam sido vazados em torturas mais recentes, pois ainda sangravam. Depois eu descobriria o motivo: ela teria predito para Jean Foul que não o veria no dia do julgamento, pois este, antes disso, seria ferido mortalmente pela mordida de um leão inglês. Como vingança, mandou lhe arrancar os olhos para garantir que realmente não o veria no julgamento.

Ao observar minha doce Virna, estremeci. Ali nada poderia fazer para salvá-la. Sentia-me estranha, beirando as raias do desespero e do desamparo. Cheguei a desejar fortemente estar ali com elas. Tentei ao máximo manter-me calma e apenas presenciar o inevitável, lembrando sempre que Hália e Medricie dependiam agora de mim. Se não fosse por elas, nada garantiria minha vida.

Com grande alarde, a guarda de seis homens traz Deirdhre, considerada a rainha das bruxas. Gritos entrecortados eram ouvidos à medida que era arrastada, em meio a pesadas correntes: "Vocês pagarão, seus malditos, malditos. Eu voltarei, malditos". O terror se misturava às crenças do povo e o medo vinha à tona. Suas palavras perpetravam um efeito sinistro, como algo adorado e temido ao mesmo tempo. Era impressionante o silêncio conseguido por uns instantes. A multidão refeita e enlouquecida passou a gritar: "Levem-na para a fogueira, para a fogueira com a bruxa". Um coro vibrante, quase ensurdecedor, crescia e foi preciso Bernard se levantar irritado para que o povo se contivesse. Um soldado também irritado com as bravatas de Deirdhre golpeia-a no ombro com a espada. Ela se prostrou enquanto o sangue jorrava por seu braço. Novamente, ela se levantou e lembrou: "Eu sou uma feiticeira, não morro, voltarei para me vingar de vocês, seus malditos". Novamente, atacam-na com a espada, sendo em número de quatro. Atingida em várias partes do corpo, ainda consegue gritar: "Sejam eternamente malditos". Muitos olham naquela direção sem saber se morreu ou não, caída entre as correntes. Então é suspensa como um troféu para delírio da multidão. De repente, mexe-se e agarra uma espada, atingindo duas sentinelas, um ferido mortalmente, o outro segue ainda claudicando. Um certo descontrole acontece ali, quase havendo a invasão do público. Uns vão ao delírio, talvez como acontecia nas antigas arenas romanas. Quinze homens a cercam e a transformam em uma massa de sangue, erguendo novamente o corpo informe. Por essa hora, os guardas não estavam mais contendo os avanços das pessoas. Irritado, Bernard ordena que o corpo seja abaixado imediatamente e acabem com tais manifestações vindas da guarda.

O segundo inquisidor vai para uma das extremidades do tablado judiciário e começa a recitar trechos bíblicos, dando início de fato ao julgamento. (Jó 1:1): "No princípio era o Verbo, e o Verbo estava com Deus, e o Verbo era Deus. (Jó 1:14): "E o Verbo se fez carne, e habitou entre nós, e vimos a sua glória, como a glória do unigênito do Pai, cheio de graça e de verdade".

Faz uma rápida passagem, vistoriando todas as prisioneiras.

— Arrependei-vos, ó pecadores, porque a autoridade de Deus é eterna na face da terra. O Santo Ofício é o instrumento direto que o Senhor utiliza, é a luz que fará iluminar a escuridão dos séculos e purificará a terra das mãos terríveis de Satanás — voltou o olhar para o céu e depois para a terra. — Estas condenadas macularam a carne ao aceitarem o demônio e pagarão por seus crimes no fogo. As bruxas merecem a mais severa punição — disse o inquisidor, voltando-se para a plateia que silenciou temerosa.

Voltou-se mais uma vez para as condenadas e disse:

— Mas a misericórdia de Deus é soberana, arrependam-se, pois assim poderão garantir a entrada pelos portões do céu, o que o homem não separa com sua limitação temporal, poderá Deus bendito fazê-lo na sua imensa sabedoria.

Muitas clamavam com orações, arrependidas dos pecados praticados, beijando a cruz do inquisidor à medida que ele passava entre as condenadas. A maioria se ajoelhando, à exceção das mulheres do Culto do Lobo e umas poucas outras. Minhas irmãs mantiveram-se firmes em suas posições. Seus rostos pareciam portar uma luminosidade estranha e enigmática.

— Não vão se arrepender? — gritou o inquisidor para minhas irmãs, com falsa benevolência, emanando um poder que de fato não possuía. — (Mt. 10:33): "Mas qualquer que me negar diante dos homens, eu o negarei também diante de meu Pai, que está nos céus" — citou o inquisidor com grande alarde e uma expressão de temor. Depois, voltando-se para o chefe dos inquisidores, inclina a cabeça levemente.

Então, Bernard se levanta e observa atentamente cada uma das condenadas. Ali, seus olhos e gestos revelaram que não deixava de ser um homem piedoso, mas as crenças da vida monástica pesavam mais nas suas ações do que os dignos sentimentos, nascidos do seu coração.

— Que Deus todo-poderoso tenha piedade de nossas almas pecadoras — disse ele, levantando as mãos para o alto. — Todas são bruxas confessas de práticas de feitiçarias e malefícios, crime que é sentenciado com a morte na fogueira. Nem todas se arrependeram, mas ainda há tempo — olhou novamente para as mulheres e parou por uns instantes. — Antes de proferir a sentença e a execução, poderão arguir em defesa própria, embora tamanhas foram as evidências encontradas que o julgamento é apenas uma formalidade de justiça — sentou-se novamente e aguardou qualquer manifestação das condenadas.

Lintra levanta a cabeça e a gira, como se observasse tudo, embora não mais possuísse olhos carnais. Certamente, sua poderosa vidência supriria qualquer deficiência nesse sentido. Então ela verbalizou:

— Onde há muita luz, há muitas trevas. — Sua voz era límpida e parecia ressoar em todos os cantos. — Não temos porque nos arrepender. Muito menos aceitamos vossa autoridade ou vossa igreja, tateando como sanguessugas na escuridão dos séculos. Julgais que a miséria de vossas crenças, os erros, a soberba e a injustiça de vossos atos se traduzem em algo como louvor? Acreditais que rastejam menos do que serpentes? Pois deveis saber que entre as serpentes sois as mais perniciosas. Nem os vossos pares andam no mesmo rastro, temerosos do veneno maléfico de vossas palavras tirânicas. Pensais que a vergonha e a destruição, vomitadas por vossas bocas, não serão chamadas à responsabilidade no verdadeiro juízo em que a consciência maior penetra o coração do homem, do tempo e do verbo para realizar a justa sentença? Acreditais legitimados por corações secos e atrozes; por palavras ocas, cultivadas com soberba, em uma fé de sórdida monogamia e tolerância, na qual a força da língua empurra os sons com aparência da verdade? Acreditais que o luxo do poder se traduz em divina providência? Mas nobre seríeis se fôsseis vermes.

Houve uma comoção geral e comentários diversos surgiram de todos os lados. Quem era tão simples camponesa com palavras tão refinadas e judiciosas? A multidão não compreendia bem tudo o que dissera, mas gostaram do que ouviram, pois atacava o intocável clérigo, sempre prepotente. O primeiro inquisidor avermelhou e com grande irritação, acusou:

— Palavras do demônio! — e voltou-se para a plateia, apontando para a feiticeira. — Aí está o maligno na mulher.

— O que é o demônio? — perguntou Lintra imediatamente, movendo a cabeça lentamente para o inquisidor, assustando-o. — Eu não sei! Seria a vida de uma pobre velha, áspera pela solidão dos dias e que mal sabe distinguir um peixe de um sapo, mas que ama seus animais com profundo respeito e olha a noite como se Deus a afagasse nas horas calmas? Seriam as jovens que sorriem encantadas diante da beleza da criação, mas que cometem erros tolos e impensados pela ausência de uma experiência, ou pela necessidade simples, concedida pela própria natureza de cometê-los? Ou, ainda, as mulheres que lutam contra uma vida miserável, oprimidas por homens empobrecidos de todo benefício da razão e do coração? Seríamos nós que conhecemos os mistérios do tempo, da visão superior e servimos fielmente à Grande Mãe, e que consideramos sagradas todas as árvores, todos os animais e todos os ventos? Ou sois vós que turvais as águas da vida, desvirtuando as letras que considerais sagradas, semeando uma piedade mentirosa e vã, vendendo lotes no céu a troco de bens vis? Acreditais que não ireis pagar por isso, mais cedo ou mais tarde? Pensais vós que ficareis como pedras não gastas pelo tempo? Pois sabeis hoje que, em breve, nas terras germânicas surgirá a cisma das indulgências; então se verá a renovação com aqueles que usam as roupas negras. Eles formarão várias escolas e intermináveis raízes, mas muitos também carregarão à sombra o altar da hipocrisia.

— Ó, como é irônico o demônio — verbalizou o inquisidor — (1 Tm. 4:1): "Mas o Espírito expressamente diz que nos últimos tempos apostatarão alguns da fé, dando ouvidos a espíritos enganadores e a doutrinas de demônios"; (1 Co. 10:21): "Não podeis beber o cálice do Senhor e o cálice dos demônios; não podeis ser participantes da mesa do Senhor e da mesa dos demônios" — inclinou-se para a multidão que tentava ouvir atentamente.

— O que é o demônio? — tornou Lintra, com eloquencia.

— O inimigo de Deus — declarou o outro, com veemência.

— E o inimigo do homem, qual é?

— Ora! Também o demônio, mulher maldita — respondeu em tom de obviedade.

— Quis Deus então dividir seu inimigo com os homens? Talvez apenas emprestá-lo com a finalidade de testar a nós, criatura?— fez uma pausa, olhando na direção do inquisidor e sorriu friamente. — Ou apenas forçou o lugar na criação a essa parte que se anuncia como demônio para que este mantivesse alguma ocupação? — outra pausa e virou a cabeça em direção ao céu. — E, acima de tudo, qual é o maior inimigo do demônio, Deus ou o homem?

Andou um pouco para a frente, virando-se para a tribuna com altivez.

— É necessário dizer: o Verbo traiu o Verbo — disse ela em alta voz.

— Blasfêmia! — gritou o inquisidor mais irritado do que indignado, acompanhado pelo coro da comitiva do bispo, que se agitou com grande desaprovação. A multidão era quase um perfeito silêncio. Olhei para Bernard e sua expressão era mais de admiração e interesse do que de repulsa, apesar das grandes ofensivas que Lintra disparou contra a Igreja.

— Pois bem! O próprio demônio é o seu maior inimigo, nem Deus, nem o homem — continuou, sem se importar com os reclames do outro. — Contudo, tem o demônio consciência disso, ou Deus, ou o homem, um do outro e de si próprios? — Não! Parece que não, pois são como pedras que rolam montanha abaixo, burilando-se mutuamente. O que resta ao homem, então? — Calou-se como se não fosse mais falar.

Cheguei a questionar se as últimas frases que ela dissera foram para alguém ou para si mesma. Havia naquilo tudo uma reflexão inconclusa, pelo menos assim me pareceu; portanto, ainda em desenvolvimento dentro do seu ser. Embora uma certeza me viesse, poucos compreenderam suas palavras e sua alta sabedoria. Permanecia serena e, apesar dos olhos vazados, comportava-se como se tudo enxergasse.

O bispo faz entender a Bernard que gostaria de se pronunciar no julgamento, embora não fosse o seu papel ali. Com ajuda, levanta-se da cadeira, ajeita sua pomposa batina, olha por sobre a multidão com superioridade. Lança um olhar furtivo sobre Lintra, sendo correspondido imediatamente por ela, deixando-o confuso momentaneamente, embora não se deixando intimidar.

— Peço ao Pai — e levantou as mãos — o poder de combater o maléfico que se apossou dessa mulher, pois não temos a capacidade de piedade maior do que a Vossa. Muitas são as armadilhas de Satanás e poucos são os emissários de Deus capazes de combater a fera monstruosa e sórdida que se esgueira pelas colunas do pecado. Não se enganem com palavras falsas e enganosas das criaturas que militam nas hostes abomináveis. (2 Co. 11:14): "E não é maravilha, porque o próprio Satanás se transfigura em anjo de luz" — recita as palavras sagradas e continua: — Dai-me a força necessária para que em vosso nome frutifique a verdade, e que a glória dos céus deposite nesse trecho do mundo, tocado pela maldição, a luz amável e poderosa de sua presença infinita. Também derrame sobre nossas cabeças o fogo sagrado do Espírito Santo, elo maravilhoso que transforma a todos na família do mistério divino. A todos que aqui estão eu benço em Vosso nome, para que os pecados sejam perdoados e as almas, ascendidas aos reinos dos céus. — Parou, observou a repercussão de suas palavras. E pareceu satisfeito, pois um sorriso chegou ao rosto com serenidade, refletindo nele um aspecto benevolente e discreto, porém não completamente, pois o cinismo e a soberba já haviam adquirido vida própria nas feições daquele homem.

A multidão acompanhava com grande atenção, muitos consideraram belas as palavras do bispo, como uma mensagem de esperança vinda dos céus. Depois, continuou:

— Devemos muito ao Santo Ofício que vem expurgar esses espíritos diabólicos e enfermos. (Mc. 1:34): "E curou muitos que se achavam doentes de diversas enfermidades, e expulsou muitos demônios, porém não deixava falar os demônios, porque os conheciam". (Mt. 12:28): "Mas, se eu expulso os demônios pelo Espírito de Deus, logo é chegado a vós o reino de Deus". Orai, fiéis! — grita com eloquência, semelhante a um profeta. — Os finais dos tempos se aproximam, observem os sinais. (Provérbios 5:7): "Agora, pois, filhos, dai-me ouvidos, e não vos desvieis das palavras da minha boca".

(Ap. 2:11): "Quem tem ouvidos, ouça o que o Espírito diz à igreja. O que vencer não receberá o dano da segunda morte". (Ap. 2:10): "Nada temas das coisas que hás de padecer. Eis que o diabo lançará alguns de vós na prisão, para que sejais tentados; e tereis uma tribulação de dez dias. Sê fiel até a morte, e dar-te-ei a coroa da vida" — mirava os prisioneiros, enquanto recitava as palavras sagradas.

Uma vez mais a voz de Lintra se elevou nos ares com gravidade e força poderosa:

— Tu és um tolo, padre. Aliás, muito mais do que isso: és uma coleção podre de argumentos velhacos, onde o vasilhame requintado brilha com resplendor irrepreensível, mas o conteúdo fede. Aprecias demasiadamente as coisas mesquinhas, interessa-se por pompa e poder; és tão servil e hipócrita, que somente os vermes o aceitariam como um verdadeiro amigo. Teu coração não é apenas seco, estancou com suas pequenas vontades e a falta de uma compaixão verdadeira. O que resta ao homem? — olhou para o céu. — Nada nas tuas palavras daria alento a um inseto que fosse. És um símio fantasiado com roupas gloriosas, no qual o estômago é o dono da casa; e a boca, a toca das serpentes.

A fama do bispo era bastante conhecida e seus defeitos mais ainda. Houve silêncio total, quando deveria haver ao menos alguns risos. Mas quem se atreveria em tais condições?

— Matem, matem esse demônio! — vociferou o descontrolado prelado.

Bernard tocou o ombro do bispo, como se pedisse calma e assumiu ele mesmo a condução do julgamento.

— Cumprimos um papel que a Santa Igreja determina em nome de Deus. És confessa como pagã e como alguém que abandonou a verdadeira espiritualidade. A Santa Igreja representa a autoridade de Deus e de todo o pensamento e espírito humano.

— Peço-te! — exclamou, como se tivesse certa intimidade com o ilustre inquisidor. — Não endureças teu coração com palavras petrificadas de velhos sábios e de velhos textos, como se fossem soberanas e superiores ao juízo da sabedoria. O espírito que atravessa uma época é a árvore de um tempo apenas. Novas árvores nascem, maiores e menores, e todas são árvores sobre a Mãe Terra. A santidade de que falas vem espalhar a dor e o sangue como benefício para um mundo caótico e um regime espiritual duvidoso. Nada e em nenhum tempo, vossa igreja garantirá a verdade, a razão, a sabedoria ou a sanidade dos povos, pois, por muito, ainda espalharão as terríveis sombras das luzes espirituais que também promanam. Libertarão e aprisionarão muitas almas pelo caminho, que dificilmente poderíamos contar se vivêssemos cem anos. Cumprem um destino claudicante e esperado, diga-se, nem bom nem mal, nem melhor nem pior do que seria qualquer outra coisa, pois inimigo é o homem de si mesmo — falou em tom mais profético e emblemático.

— "Todo o ser humano é a causa de sua própria perversidade." — Afirmava o santo doutor, Agostinho, e ainda diz: "Nem todos os nossos pensamentos malévolos são determinados pelo diabo: alguns surgem durante a operação de nosso próprio julgamento". Não existe nada que já não tenha sido dito, tenham cuidado todos, pois os ardis do mal são inúmeros — disparou o outro inquisidor de forma messiânica.

Lintra o escutou, voltando-se para ele a seguir.

— Tuas palavras só servem para autorizar o que tenho dito. Observes em tua própria igreja, a maioria dos líderes são mais afetos ao poder e ao luxo do que à sabedoria ou à compaixão humana, nada poderia ser mais destoante com o que é pregado. De fato, poucos exercem a humildade e o desapego. Tua igreja será como uma generosa irmã mais velha que nunca se casa e que vive a combater o espírito novo de cada época, adaptando-se aos novos ares, apenas pela força do tempo. Portanto, dificilmente estará no presente do pensamento humano e jamais na sua renovação. A essência se perde em meio aos vapores da ignorância, enquanto a palavra original se esvazia.

— O perdão de Deus é infinito, e ele morreu na cruz para nos salvar. Sua igreja é eterna e não é dado ao homem conhecer seus mistérios e escolhas — disse Bernard, depois de ouvir atentamente a feiticeira. — Um Deus que resolveu padecer e sofrer pelo homem: não há e nunca haverá sacrifício ou verdade maior, mesmo que muitos não alcancem e ou entendam esse mistério — acrescentou com devoção verdadeira.

— O que é mais nobre que a sabedoria? Um Deus que, se sabendo Deus, morre pelo homem? Um homem que, se sabendo homem, morre por um Deus? Um homem que, se sabendo apenas homem, morre por outro homem? Ou um homem que, se sabendo Deus, morre por outros homens que não se sabem Deus? Portanto, não se pode falar do que é o maior sacrifício.

— Esse tipo de comparação é dispensável e profundamente herética — declarou Bernard, abalado pelas palavras de Lintra. — São hereges e todas devem pagar por isso, mas procuramos com a graça do Altíssimo dar a chance ao arrependimento a cada uma.

— Este julgamento espelha vossas misérias e vossos próprios demônios — virou-se para as condenadas e depois para a tribuna. — O mais contraditório desta cerimônia é que, se o filho do homem estivesse aqui presente, não estaria do vosso lado, mas aqui do lado de cá, como um condenado, pois ninguém, em nenhuma parte de vossa igreja, o reconheceria. A estreiteza de vossas vistas é tão calamitosa, que nada poderá ser feito por séculos em cima de séculos. O reconhecimento de um notável estaria novamente reservado aos humildes e aos puros de coração.

— Impossível! — contrapôs Bernard com segurança e domínio — pois, no segundo advento, virá em toda sua glória, comandando legiões de anjos.

— Justamente! E de forma alguma poderíamos reprovar nosso Irmão por esse motivo; ao contrário, encorajá-lo para tal disposição, principalmente conhecendo como Ele deve conhecer os que se assenhorearam da sua igreja — fez uma breve pausa. — Conta-se que houve um pastor, há muito tempo, que reuniu um rebanho perdido, dando vida nova e esperança. Um belo dia necessitou partir para muito longe, tão longe, que o horizonte não alcançava. Tinha, por essa época, fiéis cães pastores como amigos inseparáveis. Deixou-os como seus sucessores até o esperado retorno. O rebanho e os cães pastores viviam em perfeita harmonia e como uma grande família, partilhavam a mesma temperança e desejos. O tempo passou e o grande pastor não voltava. Os antigos cães morreram e o regime foi mudando; agora, os cães pastores negociavam com seu rebanho, pois tornaram-se poderosos na terra. Todos diziam: é o que queria o grande pastor, pois se assemelha ao reino do Grande Pai. E muito tempo se passou e os senhores cães se tornaram sedentos e corruptos, mais ferozes e mais raivosos. Em um lindo dia, o grande pastor voltou. Quisera o destino não ter voltado, pois foi destroçado como um desconhecido, sem ver seu amado rebanho.

— Blasfêmia, blasfêmia! — gritou agora Labrunne.

Lintra vira a cabeça naquela direção, apontando para ele, e fala:

— Eis aí o mensageiro do maligno, amante das vaidades, traiçoeiro por excelência e com aptidões secretas para os amores com rapazotes que conquista não com amor, mas por meio de chantagens, recompensas terrenas e ardis vergonhosos. Não me preocuparei contigo, maldito padre, pois não passarás dois meses e uma enfermidade nascerá de tuas entranhas e o matará em fogo brando, sugando cada gota do teu sangue odiento.

— Calúnia, bruxa miserável, matem-na — gritava com a voz tremida.

— Sou uma bruxa, sim. Uma feiticeira dos lobos. E todos os presentes aqui saberão, hoje, quando dormem as feiticeiras.

Seguiu-se um coro crescente entre os religiosos, pedindo a morte das bruxas. Até a multidão, já cansada da ladainha, exigia a execução.

Bernard ordenou que o braço secular assumisse a execução, pois a Igreja ali terminara o seu trabalho.

Seguiu-se um cortejo até o local da pena. Quando já estavam todas amarradas aos postes, resolvi acompanhar o martírio de Urânia. Ao ver Simont, um dos carrascos, apelidado de "Língua", tive uma ideia, pois ele carregava alguns sacos de pólvora, provavelmente para amarrar entre as pernas das vítimas para assim ter uma morte rápida. Aproximei-me dele:

— Lembra-se de mim, "Língua"?
— Sim, madre.
— Bom. Simont é homem religioso? — perguntei.
— Religioso, muito religioso, sou.
— Está vendo aquelas duas jovens? — apontei para Urânia e Ylla.
— Vejo, sim.
— Gostaria que amarrasse esses sacos de pólvora nelas.
— "Língua" faz.
— Tem mais desses?
— Muitos, não.
— Prefira as mais jovens, então.
— Certo, madre! "Língua" é homem religioso.

O cheiro da carne queimada se espalhou pelo ar. O fogo ia consumindo, uma a uma, a vida das mulheres. Choros e desesperos eram comuns por todos os cantos. No céu, uma lua minguante brilhava pálida em meio às nuvens de fumaça que subiam tristes e escuras.

Lobos uivaram quando minhas irmãs pereceram nas chamas. Muitos foram vistos nos portões da cidade e nas proximidades. A época do Culto do Lobo acabara ali, nas chamas avermelhadas da inquisição.

XI

AS FEITICEIRAS

Escutei sons de uma charrete puxada por vigorosos cavalos se aproximando rapidamente, parando próximo à casa. Esgueirei-me até uma janela. Um homem alto e de bela aparência salta e dá ordens para que o cocheiro o aguarde. Existia nele algo que me soara muito familiar, embora nunca o tivesse visto antes.

— Perdão, senhora! — disse inicialmente o cavalheiro, ao me ver sair. Olhou-me com certo espanto, como se esperasse encontrar ali outra pessoa, mas prosseguiu com desembaraço. — Chamo-me Etienne, sei que pode ser uma indelicadeza chegar sem um aviso prévio nesta hora tão incômoda da manhã, justifico-me apenas pela importância do que vou tratar — concluiu, enquanto observava tudo em volta e fazia menção de entrar.

— Muito bem! Tenha, senhor, a delicadeza de entrar na minha casa — disse.

Olhou-me detidamente e parecia refletir um pouco sobre a minha pessoa.

— Afinal, o que desejas, cavalheiro? — adiantei-me.

— Vim atrás de lembranças e memórias — declarou sem rodeios.

"O livro! Seria ele a tal pessoa que ficaria com o livro *Da Claridade e das Sombras?*", pensava.

— Vejamos! Que lembranças eu posso te dar, honrado cavalheiro? — indaguei.

— Apenas aquelas que a tinta das penas reservam silenciosamente, contando histórias valiosas e secretas — respondeu prontamente e me encarando com seu poderoso olhar.

— Como podes estar tão certo de que possuo algo dessa natureza, algo assim valioso?

— Bem, senhora! Minha mãe tem tal certeza — respondeu com um sorriso enigmático.

— Tua mãe! — exclamei sem entender o que queria dizer.

— Devo mandá-la entrar? — falou a seguir.

— Certamente.

Seus cabelos já estavam todos brancos, conservando, porém, a altivez da outrora juventude. A expressão de seu rosto pouco dizia da sua idade, pois muito poder passava pelas rugas adquiridas nos extensos anos. O sorriso leve que trazia entre os lábios revelava seu modo divertido e irreverente. Já olhos amendoados refletiam seu espírito aguçado e antigo. Não tardaria a reconhecer alguém que imaginei ter perdido no caminho da vida.

— Itangra, mulher! — gritei tomada de surpresa.

— Urtra! Minha irmã — respondeu ela, com sua voz inigualável, rouca e penetrante.

Nos abraçamos e choramos por coisas de quase trinta anos. Contou-me que fugiu para o reino de Aragão e Castela, e lá se casou com um rico nobre. Hoje, vive em um castelo ao norte da Espanha com o filho e a nora.

— São tantas coisas que quero dividir. Vim também para te levar para lá. E não aceito recusa, cara irmã — disse de sua maneira que os anos não transformaram.

— Eu também tenho muitas coisas para contar de minha história, cara Itangra.

— Nem parece que envelhecestes, Urtra. Isto não é natural — observou, olhando bem de perto.

— Que bobagem!

— Estou maravilhada — atalhou de modo sério, arregalando os olhos. — Mesmo meu filho esperava uma velha como eu, e quando te viu se espantou. Temos quase a mesma idade e parece que apenas uma década, ou um pouco mais, passou por seu corpo desde o nosso último encontro. Como pode ser isso? Que magia poderosa é essa, afinal?

— Na verdade, isso pode ter uma razão, mas é uma história muito longa, cara amiga e irmã. Além disso, a morte me ronda com alguns galanteios.

— Isso eu duvido. Não deves ter espelho há muito tempo por aqui.

— É, de fato — constatei um pouco surpresa com essa observação.

— Precisas de um então, minha cara. A morte é companheira, mas sabe bem seu ofício.

— Eu sei — ri.

— Comigo, podes estar certa, ela virá mais cedo. Contudo, deixarei passar algum tempo, antes de ceder. Afinal, como ficaria minha reputação ao me deixar subjugar tão facilmente pela morte — falou rindo. Um grande poder a acompanhava como rainha dos elementos.

Conversamos por mais de sete horas seguidas.

— Então, era você o tempo todo que viria buscar o livro. Sempre fiquei intrigada com isso — anunciei em um certo momento.

— Foi uma das tarefas ordenadas por Bithias, embora, de fato, o guardião seja Etienne, meu filho.

— Agora entendo com clareza. Bithias pensou em tudo mesmo.

— Era uma pessoa muito especial nossa antiga mestra — seus olhos brilharam intensamente e então disse: — Ela tinha muita confiança em ti, Urtra, aliás, mais do que em qualquer outra de nossa Irmandade. E claro, como sempre, tinha razão, pois cumpriste muito bem tudo o que te coube. E teu poder hoje é maior do que o dela, do que o meu — anunciou por último, impressionada com sua própria constatação.

— Será?

— É, tenho certeza. Urtra, só a tua presente juventude espantaria qualquer um.

— Não sou mais jovem.

— Não como antes, isto é verdade. Mas algo poderoso aconteceu contigo. E não é só isso, teu halo etéreo está bem maior, reflexo do teu poder...

— Mas que importância tem isso agora?

— Não a encontraria se não fosse pela emanação dele.
— Se assim ajudou, fico feliz, porém acima de tudo, fico feliz por sua presença.
Fez um gesto engraçado com os olhos e disse-me com certa eloquência:
— Mas tenho um motivo muito pessoal para ter lhe procurado por todo esse tempo.
— Qual?
— Uma promessa! — disse ela.
— Uma promessa?
— Sim, uma promessa feita um dia para ti — concluiu de modo triunfante ao perceber que não me recordava de nada.
— É alguma brincadeira? — assenti, olhando também para Etienne que apenas sorriu delicadamente.
— Etienne, traga — ordenou ao filho, que saiu com diligência até a carruagem.
— Ó, pela Grande Mãe, a adaga de meus ancestrais, Itangra... O que posso dizer, não sabes como trazes a felicidade para esta velha bruxa — lágrimas correram pela minha face.
— Contudo, amiga, saiba que tua felicidade não é maior que a minha — retrucou com fervor.
— Não precisamos brigar para saber quem é mais feliz com a presença da outra, não é mesmo, feiticeira? — rimos por algum tempo e nos abraçamos.
Partimos no outro dia. O sol brilhava com intensidade reveladora. O ar estava fresco para uma época de verão. Fechava e abria os olhos, acompanhando ritmicamente e sem premeditar o balançar da charrete. Todas as sensações se tornaram distantes, imprecisas e saborosas. As pálpebras cerraram sem mais abrir, dormir, ainda com a voz de Itangra a falar qualquer coisa sobre os anos que se passaram.
Não sei se acordei, mas não tive sonhos.

FIM

INFORMAÇÕES SOBRE NOSSAS PUBLICAÇÕES
E ÚLTIMOS LANÇAMENTOS

Cadastre-se no site:

www.novoseculo.com.br

e receba mensalmente nosso boletim eletrônico.

novo século®